단편소설집 *Media facade*

미디어 파사드

서웅교

홍익출판사

책머리에

말, 생각, 회한……

오랜 시간
둘레길을 돌아
나 이제
산 중턱에서 하늘을 바라보니

비로소 보이는 것들
뭉게구름
하늘을 나는 산새
무엇보다
햇살이 그토록 눈부신지 모르고 살아온 지난날

일장춘몽이 되어 흩어진
지난 상처들을 하나씩 모았다

차례

미디어파사드

Media facade

어린 시절
부모를 여의고
삐뚤어진 삶을 살아온 남자
그 아픔의 깊은 심연으로
스스로 찾아가는데

제4회 포항문학상 대상

미디어파사드

옥상 난간에 올라섰다. 저 멀리 하늘과 맞닿은 산등성이엔 아직도 잔설이 희끗희끗 남아 있고 여전히 새파란 하늘은 절기에 떠밀리며 4월을 마주하고 있다. 옥상 한쪽의 H빔에 밧줄을 매어 채비를 마친 후 난간 아래로 서서히 풀어 내린다. 줄은 기다렸다는 듯 똬리 튼 여러 겹의 밧줄 뭉치가 하나씩 뱅글뱅글 원을 그리며 풀려 20층 건물 아래로 내려갔다. 까마득히 먼 아래로 도로가 사방으로 뻗어 있고 그 위로 사각등만 보이는 차량들의 행렬이 맹렬했다. 순간 현기증이 일었다. 이미 3미터 정도의 간격 양쪽으로 머리에 수건을 질끈 동여맨 두 사람이 받침대 하나에 몸을 실은 채 옥상 꼭대기에서 서서히 몸을 내리고 있다. 나도 난간에 서서 몸을 내리고 나무깔판 사이에 앉는다. 평소에는 여기에 걸터앉는 것만으로도 편안함을 느꼈던 것인데 오늘따라 몸이 무겁다. 새벽에 받은 전화 때문이었을까. 계속 현기증이 일면 큰일이었다. 잊자. 잊어야 한다. 적어도 지금 이 순간만큼은. 나는 흐려지는 초점을 바로 잡으려 미간을 찌푸렸다. 밤이면 LED 불빛으로 화려한 영상을 만들어내는 미디어 파사드. 골프채를 휘두르는 사람, 역동적인 육상선수의 움직임과 부유물질처럼 점점 크게 떠오르던 새들의 비상 등이 유리창에 비춰지던, 건물 유리 외벽 청소를 해야 한다. 허공에 매달리자 몸이 휘청이며 플라스틱 통 속의 세제물이 약간 출렁거리면서 중심이 흔들렸지만 애써 한 손으로 줄을 잡는다. 통 속에 담긴 밀대를 꺼내 유리창에 물을 뿌리고 스퀴지로 유리창을 쓸어내린다. 간격을 유지하기 위해 압축기를 꺼내 창에 던진다. 탕! 압축기가 유리에 달라붙자 좌우로 움직임에 거침이 없어진다. 물방울이 튀어 아래로 흩어진다. 아주 오래도록 물방울은 낙하했고 어디쯤엔가 튀어 산산조각이 되었을 것이다. 건물 아래에서 빌딩 주위로 통행금지선을 쳐놓고 임 반장이 위를 올려다보고 있다. 그의 고개가 90도 각도로 꺾여있다. 질끈 동여맨 수건사이로 삐져 나온 머릿결 하나가 바람에 팔랑인다. 허공에 매달린 지금 나는 세찬 바람에 깃털이 살랑거리는 독수리의 꿈틀거림처럼 자유로울 뿐이다. 이것이 바로 내가 로프공을 시작한 이유였다. 남들은 위험한 줄쟁이라고 하는 직업이었지만 자유롭게 하늘을 나는 것이 나의 어릴 적부터의 꿈이었다. 땅과 맞닿아 있는 곳은 어디든 싫었다. 산, 들, 도시의 회색빛 그리고 강, 바다. 그렇다. 무엇보다 바다 때문인지도 모른다. 바다, 그리고 오늘 아침에 받은 한 통의 전화.

집중해야 한다. 곁에서 내려가는 두 사람의 속도가 빨라지기 시작했다. 나도 속도를 내기 위해 부지런히 세제통 속에서 밀대와 스퀴지, 헤라를 번갈아 바꾸어가며 손을 놀린다. 그러나 얼마가지 않아 다시 머릿속이 어지러워진다. 어젯밤, 순영의 머리에서 나던 라벤더 향이 코끝으로 스며든 것 같기도 하고 어디선가 자꾸만 전화벨 소리가 들리는 듯했다. 압축기로 다시 창을 힘껏 내려쳤다. 탕! 줄을 잡아채자 몸이 휘청이며 고정된 곳까지 힘껏 딸려간다. 그 순간 눈앞에 작은 새 한 마리가 유리창을 향해 돌진해오는 모습이 보였다. 새는 순식간에 유리창 가까이 다가와서야 허공이 아님을 알아차렸는지 급히 방향을 선회해 아래로 몸을 틀었다. 새가 그대로 아래로 떨어져 내린다. 분명 유리에 충돌을 하지는 않았는데 어떻게 된 것일까. 엉겁결에 몸이 뒤로 휘청대던 순간 나는 손의 안전장치를 풀어버렸다. 줄이 풀리면서 몸이 아래로 곤두박질친다. 아래에 서 있던 임 반장의 눈과 입이 동시에 커지고 있었다.

“잡아. 줄을 잡으라고 인마.”

땅 위에 내려서자 기다렸다는 듯 임 반장이 달려왔다.

“죽고 싶어 환장했어?”

나는 대답 대신 웃었다. 왠지 웃어야 할 것 같았다. 그 웃음으로 인해 나는 하루 일당을 고스란히 버렸다는 것 보다는 더 이상 밧줄을 탈 수 없다는 사실을 깨달아야 했다.

"당분간 집에서 쉬고 있어. 다음 일거리 있을 때 부를 테니까."

얼마를 잤을까. 잠에서 깨어날 때면 언제나 죽음을 건너온 느낌이 들었다. 터져버린 풍선껌의 잔재물이 입술에 붙어 있어 항상 께름칙한 무언가를 남겨주던 꿈. 날아야 한다. 몸이 가볍게. 풍선처럼 가벼운 몸짓. 그러나 마음과 달리 수직 강하하던 그의 몸이 땅으로 곤두박질친다. 이대로 땅에 떨어지고 마는 걸까. 눈을 질끈 감는다. 순간 풍덩하는 소리와 함께 갑자기 귀가 먹먹해진다. 몸은 점도 높은 글리세린 속에서 허우적대듯 마음껏 펴지지 않는다. 눈과 코, 입으로 흘러드는 물. 숨이 막힌다. 헉! 손을 뻗치자 무언가 손에 잡힌다. 살기 위해 나는 그 물체를 손으로 휘휘 감아 힘껏 잡아당겼다. 몸이 거짓말처럼 수면 위로 떠올랐다. 푸! 참았던 숨이 토악질처럼 터져 나온다. 그제야 나는 손에 잡고 있던 물체를 쳐다보았다. 그것은 검은 머릿결이었다. 잘 손질된 윤이 나는 광목 자락 같던 긴 머리카락. 꿈이었다.

밖엔 어느새 어둠이 내려 있었다. 누운 채로 손을 뻗어 담뱃갑을 찾는다. 담배보다 먼저 쓰러지는 유리병 소리. 점심도 먹지 않고 맥주컵에 비워 단숨에 마셔버린 소주병이었음을 깨닫는 걸 보면 어느 정도 술이 깬 상태일까. 대신 두통이 밀려왔다. 관자놀이를 바이스로 꽉 조여 매듯 한 곳에만 집중된 통증. 담배를 물고 불을 붙이는 순간 전화벨이 울린다. 혹시나 반장의 전화일까. 그러나 그럴 일은 없을 것이다. 손을 더듬어 전화기를 폈다.

"나다."

삭아빠진 동아줄처럼 갈라진 음성에 노여움이 잔뜩 낀 떨리는 목소리. 오늘 새벽에 이어 두 번째로 듣는 그의 음성이었다.

"어찌된 게 순서가 뒤바뀌어 내가 꼭 이렇게 네 놈한테 전화를 먼저 해야 쓰겠냐? 나쁜 놈."

잠시 침묵이 흘렀다. 손가락에 침을 묻혀 베게 앞에 떨어진 담뱃재를 집어 병속에 넣는다.

"할아버지 돌아가셨단 소릴 듣고도 꼼짝도 않은 네 놈을 생각하면 더 이상 연락이고 뭐고 할 필요도 없겠지만 마지막으로 통보한다. 모레가 출상이다. 네 놈이 오든 말든 이제 나도 상관을 하지 않겠다. 너 혼자 땅에서 솟아났다고 생각한다면 이제부터 연을 끊어도 좋다. 썩을 놈."

전화는 마지막 한마디가 채 건너오기도 전에 찰깍하고 끊겨버리고 말았다. 백부의 노한 목소리가 어두운 방 속을 튕기듯 돌아다니다 나의 뇌리에 박혔다. 찌르르 가슴으로 파고드는 날카로운 그 무엇이 심장을 관통하듯 갑자기 숨이 멎을 통증이 밀려와 머리를 이끌고 물속으로 빠져든다. 안 돼. 난 날아야 해.

하늘에서 수많은 민들레 씨앗이 떠다니자 나는 후후 낙하하는 그들을 향해 입김을 불어 정신없이 하늘로 올려 보냈다. 어디선가 들려오는 구성진 가락.

> 낙조 청강에 배를 띄우니 술렁술렁 노 저어라 달구경 갈거나
> 어기야 디여차 어야 디여 어기 여차 뱃노래 갈거나.

방 밖에서 물소리가 들렸다. 문을 열고 나왔다. 거실의 둥근 형광등이 푸른빛을 쏟으며 내려다보고 있다. 목욕탕 문을 살짝 밀어보았다. 더운 물을 받았는지 김이 가득 차 있고 욕조 앞에 비닐 커튼이 쳐져 있다. 커튼을 젖혔다. 언제 들어왔는지 순영이 욕조에 누워 있었다. 천장에 서려 있던 물방울 하나가 똑 하고 떨어져 내렸다. 그녀는 다리를 구부린 채 옆으로 누워 있어 몸 전체가 물속에 잠겨 있다. 순영의 늘어진 젖가슴 위로 길게 머리카락이 흘러내려 있다. 그녀는 오른 손바닥으로 머리맡에 있는 배수구를 꼭 틀어막고 있었다. 물속에 잠긴 그녀의 얼굴에서 작은 기포가 솟아오를 무렵 그녀가 손을 떼기 시작했다. 좌르륵 소리를 내며 물이 조금씩 배수구로 빠져나갔다. 그리고 그녀의 긴 머릿결이 서서히 한 곳으로 뻗치기 시작했다. 힘찬 물살을 따라 어느 순간 그녀의 머리카락이 사정없이 배수구로 딸려가기 시작했다. 그녀는 그러나 꼼짝도 않고 누워 있기만 했다.

"그만해."

얼른 다가가서 그녀의 몸을 물 위로 끌어올렸다.

"제발, 이젠 잊어. 이런다고 아이가 돌아오는 것도 아니잖아."

그녀가 순간 두 팔을 뻗어 그의 목을 감싼다. 그녀가 흐느낀다. 그녀의 심장이 빠르게 뛰고 있었다. 그 진동이 가슴으로 여울처럼 퍼져 나오자 내 기억 속에서 폭우 속 섬광처럼 찌르르 다가오는 통증 하나. 나는 그녀를 꽉 껴 안는다. 그것은 그녀가 아닌 나를 위한 밀착이었는지도 모른다.

"딸아이가 있었어요. 네 살 된. 영업시간이 거의 끝나갈 무렵 내일 오라는 목욕탕 주인에게 겨우 사정을 했어. 그날 그 시각이 아니면 딸아이와 함께 목욕할 시간이 없었어."

그녀가 이혼 뒤 남편의 집으로 딸아이를 보내기 바로 전 날이었다. 그날, 순영은 딸아이를 잃었다. 그녀가 샤워기 앞에서 서 있는 동안에도 아이는 분명 탕 밖에 서 있었다. 주인이 청소를 하기 위해 배수구를 연 뒤 탕 밖으로 나가자 물은 바닥에 있는 구멍으로 힘차게 빠져 나갔다. 아이는 언제 탕 속으로 들어간 것일까.

"아이의 긴 머릿결이 배수구로 딸려갔어."

물속에서 딸려가지 않으려 안간힘을 쓰던 아이. 주인여자가 목욕의자와 수건을 치우러 간 사이의 그 짧았던 시간에 일어난 사건이었다.

순영의 집으로 들어온 지도 어느새 세 달이 지나고 있다. 그녀는 내가 단골로 다니던 식당에서 일을 하고 있었다. 딸아이가 딸린 이혼녀. 매일 늦은 시간에 그녀는 내 상을 봐주었고 그렇게 시작된 그녀와의 인연은 어느 날부터 나를 그녀의 집으로 스스럼없이 스며들게 하였다. 그녀의 머릿결과 몸에선 언제나 라벤더 향이 났다. 어릴 적 먼 기억 속의 향기. 어쩌면 내게 가장 큰 그리고 첫 여인의 체취와 비슷했는지도 모른다.

"이젠 이 집에서 나가줘. 부탁이야."

어느새 울음을 그친 그녀가 돌아누우며 말했을 때 나는 기다렸다는 듯 옷을 입고 그녀의 집을 빠져나왔다. 거리엔 어느새 밤이 깊게 물들어 있었다. 미적대던 마음의 갈등을 당장에라도 해결하고 싶었다. 오늘 나는 일자리를 잃었고 순영과도 이별해야 했다. 내게 조금이라도 미련이 있었다면 그리 쉽게 포기하진 않았을 것이다. 그러나 이쯤에서 모든 것을 멈춰야 한다는 것쯤은 알 수 있었다. 혼자 내 멋대로 살아온 지난 세월이었지만 어쩌면 그런 시간이 있었기에 포기와 선택을 더 명확하게 해야 함을 배웠는지도 모른다. 이젠 떠나야 했다. 또 다른 시작이란 내게 쉽게 설렘과 두려움을 주진 않았다. 닥치는 대로 살아온 인생이었으니까. 시작은 언제나 그랬다. 길게 고민할 필요도 없이 그 다음을 선택했고 그 선택엔 후회도 희망도 없었다.

고속도로 위를 달린다. 이젠 어디로 가야 하나. 난 오늘 하루 너무나 많은 일들을 겪었다. 일자리를 잃었고 순영과의 관계 또한 그런 식이었다. 순영의 집으로 들어가 살기 전 내가 얻었던 원룸은 한 달도 채 살지도 않고 난 순영의 집으로 들어갔다. 그게 내가 살아온 방식이었다. 내겐 삶의 선택에 망설임은 없었다. 지극히 빨리 다음 행동을 결정해야 했고 어떻게 보면 무모하고 즉흥적이랄 수도 있던 선택이었지만 단지 살기 위해서였다. 일자리를 구하는 것도 일단은 닥치는 대로 부딪쳐야 했다. 일을 하다 이게 아니다 싶으면 언제든지 미련 없이 걷어차 버렸다. 순영과의 관계도 그랬다. 그날 그녀는 아이를 데리고 식당에서 일을 하던 중이었다. 그러나 아이는 몸이 좋지 않았는지 자꾸만 순영의 곁을 맴돌고만 있었다. 그녀가 아이를 데리고 와서 식사를 하던 나에게 아이를 잠시 맡기고 돌아섰을 때에도 처음엔 황당해하다가 이내 아이를 잠시 안아주었다. 생각 외로 아이는 나를 잘 따랐다. 그렇게 하루 이틀이 지나는 동안 순영은 당연한 듯 내게 아이를 맡겨왔다. 나는 집으로 가는 대신 순영이 일을 마치는 시간까지 아이와 함께 있다가 그들과 함께 그녀의 집으로 향했다. 나의 몸을 파고들던 그녀의 몸에 배어있던 향기. 그윽하지만 내 후각엔 이미 깊이 각인된 그 냄새. 난 향수처럼 그 냄새를 맡곤 했지만 꼭 즐겼던 것만은 아니었다. 때론 그녀의 체취를 맡으며 잠든 날 새벽엔 악몽이 찾아오기도 했다. 푸른 물속으로 햇살이 부챗살처럼 퍼지고 있고 물그림자가 일렁일 때마다 한없이 퍼져나가던 그 검은 물체. 해조류의 부유 같은 출렁임. 그 물체를 손으로 잡고 뒤집으면 순식간에 나타나던 하얀 윤곽. 여덟 살 이후 끊임없이 나를 괴롭히던 악몽이었다. 삼십 년이 지난 지금도 생생하게 전두엽에 새겨진 트라우마. 내게 그런 감성이 있을 줄은 스스로도 몰랐지만 어린 나이에 세상 밖으로 쫓기듯 뛰쳐나와 거칠고 험한 세상살이를 먼저 배워버렸던 내겐 견디기 힘든 일이 아닐 수 없었다. 그러나 이젠 다시 연극의 일막이 끝나고 한적한 빈 무대만 남은 듯 허전해 온다. 이젠 어디로 가야하나. 어딘가 깊은 어둠 속에 숨고 싶었다. 지금까지의 삶에서 벗어나 깊은 잠 속으로 빠질 수 있다면. 그 영원한 안식이 그리워진다. 백부의 화난 모습이 떠올랐다. 내일 아침이 출상이었다. 시간은 어느새 자정에 가까워져 간다. 어두운 고속도로엔 속도를 높인 차량들의 질주가 아찔하게 느껴진다. 나는 이제 포항으로 향한다.

전화벨이 울렸다.

"다시 알리마. 설마 못 온다는 소리는 않겠지. 만약 오지 않으면 그땐 우리가 네 놈을 다시는 보지 않겠다. 네 할아버지 할머니가 너 때문에……."

"가겠습니다. 큰아버지."

처음으로 내가 대답했다. 잠시 침묵이 흐른다.

"좋다. 또 한 가지. 설마 3년 전 일을 기억 못하고 있진 않겠지? 그 난리를 부린 것도 모자라……. 아무튼 이번엔 조용히 왔다가 거라. 그때처럼 또 한 번 행패를 부렸다간 내가 가만두지 않겠다. 칠이 아재가 무슨 잘못이 있다고……. 알아들었냐?"

" ……. 잘 알겠습니다."

칠이 아재. 3년 전 할머니 상을 당했을 때를 떠올렸다. 자신도 주체하지 못할 정도로 술을 마셨던 그날, 나는 하관을 마치고 내려오던 칠이 아재의 멱살을 잡고 그 아래에 있는 묘지 앞으로 끌고 왔다.

"똑똑히 봐. 이게 내 아버지 어머니 모습이요. 그리고 나! 내가 누구때문에 이렇게 사는데. 우리 가족을 이 꼴로 만들어 놓고 당신은 뻔뻔스레 지금껏 살고 있다니."

사람들이 우르르 달려왔다. 그리고 멱살을 잡고 있는 나의 손을 잡아채서는 내팽개쳤다.

"그래. 난 부모도 조상도 없어. 누가 나를 이렇게 만들었는데. 도대체 누가. 왜?"

철썩! 눈에서 불이 번쩍 튀었다. 백부가 어느새 나타나 멱살을 잡고 따귀를 때렸다.

"조상도 없다고? 그런 놈이 왜 여기 있어? 일찍 조실부모 했다고 모두들 안타까워해 줬더니 이거 영 형편없는 놈이네. 이놈아. 그게 어째 칠이 아재 때문이냐?"

"그럼 누구 때문입니까. 그때 칠이 아재만 아니었어도 아무 일도 없었을 것 아닙니까. 왜요? 그 비밀이 도대체 뭡니까. 뭐냐고요?"

자정이 넘어가는 장례식장 안은 썰렁하기만 하다. 드문드문 조문을 마친 사람들이 앉았다 간 자리엔 먹다 남은 음식들이 그대로 남겨져 있고 빈소엔 백부와 당숙 그리고 고모만이 앉아 있었다. 그들은 내가 이곳에 온 이후 단 한마디도 말을 하지 않았다. 그런 그들에게 약간은 서운한 감은 있었지만 한편으로 이해는 갔다. 지난 십여 년간 할머니 장례식 날을 제외하곤 한 번도 찾지 않은 고향이었다. 여덟 살이 되던 어느 날부터 나는 이곳 바닷가를 떠나 대구에 있는 고모와 함께 살아야 했다. 비록 내 선택이 아니긴 했어도 시간이 지날수록 난 두 번 다시는 고향으로 돌아가고 싶은 마음이 없었기 때문이기도 했다. 비록 할아버지와 할머니, 백부

등 친척이 계신 고향이었지만 내겐 그곳이 마치 다시는 다가설 수 없는 곳처럼 느껴졌기 때문이다. 그 느낌은 고스란히 악몽이 되어 지난 세월 나를 괴롭혀 왔다. 바다가 싫은 이유도 하늘을 날고 싶은 이유도 그때부터 시작되고 있었다.

처음 장례식장에 들어설 때부터 백부의 눈초리는 매섭다 못해 경멸의 빛까지 띄고 있었다. 숫제 차마 밟아버리지 못하는 벌레처럼 앉아 있던 나는 그 분위기를 견디다 못해 빈소에서 일어나 홀로 나와 버렸다.

"배고프지? 오느라 애썼다. 술이라도 한잔할래?"

고모가 그의 앞으로 밥과 국을 챙겨왔다. 나는 말없이 소주병을 땄다.

"밥이 목구멍으로 넘어 가냐? 부고를 보낸 지가 언젠데 이제야 나타나서."

뒤에서 백부의 화난 목소리가 들렸고 고모는 눈짓으로 그런 큰아버지를 말리고 있었다.

그러나 삐뚤어질 대로 삐뚤어지고 이미 한참을 어긋나버린 내 삶을 항상 누군가의 탓으로만 돌리며 원망과 분노 속에 살고 있었던 3년 전 그때와는 달리 난 오늘 백부의 질책에도 아무런 감정이 솟아나지 않았다. 대신 모든 게 서글퍼졌다. 어느 것 하나 가슴에 응어리진 분노를 잠시도 떨쳐낼 수 없었던 지난날의 내 모습과, 내 현재의 삶 그 모두가 한낱 서글픔으로 다가오기 시작했다. 내 자신을 표출하기 위해 난 누군가를 끊임없이 원망해야 했고 그렇게 함으로써 내 행동을 합리화시키려 했던 것이었을까. 그러나 이젠 그 대상이 하나씩 사라져 간다는 인식이 들었을 때에야 난 자신의 현실을 알기 위해 너무나 무모하게 먼 길을 돌아왔음을 뼈저리게 느낀다. 그것은 그나마 마음속으로는 한없이 등 기대고 싶었던 할아버지에 대한 그리움 때문이었는지도 모른다. 그랬다. 난 외로웠던 것이다. 겉으론 억센 척 했지만 누군가의 따스한 말 한마디에도 쉽게 가슴이 무너져 내렸을 것 같던 그 감정을 난 수없이 숨기고만 있었기에. 한 번 터져버린 봇물은 걷잡을 수 없이 나를 본연의 나약한 내 모습으로 돌려놓아버렸다. 고향에 대한 기억은 여덟 살에서 멈춰 있었다.

"어린 것이 얼마나 충격을 받았으면."

그날 이후 내게 바다는 그 자체가 공포로 변해있었다. 난 문만 열면 내려다보이는 바다를 보지 않기 위해 날마다 방 안에 있었다. 그러다 누군가 방문을 열면 난 질식을 하듯 구석으로 얼굴을 파묻으며 소리를 질렀다. 온몸에 식은땀이 흘러내렸고 내 얼굴은 공포에 질려 초점을 잃은 채 허공을 보며 벌벌 떨고만 있었다. 할아버지는 그런 나를 항상 업고 다녔다. 방문을 나선다는 것 자체가 내겐 너무나 무섭고 두려웠던 그때, 난 처음으로 하늘을 날고 싶었다. 내게 바다는 가장 소중했던 그 무엇을 송두리째 앗아가 버린 저주와 질식의 공간이었다. 그 공포가 더해지자 난 물과 땅, 그리고 지면 아래로 내려선 그 모든 것에 공포를 느끼기 시작했다. 그것을 피하기 위해 난 한 마리 새처럼 하늘을 날아다니는 꿈을 꾸고 있었다. 그 새는 내게 있어 가장 행복했던 시절의 자화상처럼 또렷이 가슴에 새겨져 있던 큰 날개. 어디서 보았던 것일까. 그러나 그 기억은 도무지 생각이 떠오르지 않았다. 삼십 년이 지난 지금까지도 내겐 그저 작은 기억으로만 남아 있을 뿐 그 또렷한 실체를 한 번도 유추해보지 못한 채 수수께끼처럼 남아 있던 그 상상 속의 새. 그 새는 항상 나의 꿈이고 희망이었다.

고향에 대한 기억을 잊기 위해 난 대구에 사는 고모 집으로 보내졌다. 그리고 그곳에서 학교를 다녔다. 중학교에 입학을 했다. 그러나 이미 나는 공부 따위엔 더 이상 자신을 던지고 싶지 않았다. 내가 말썽을 부릴 때마다 고모가 학교에 불려 다녀야 했다. 그리고 그때마다 포항에서 할아버지가 올라오셨다. 그러나 나는 그런 날이면 집에 들어가지 않았다. 이미 이 세상은 내가 멋대로 살아가도 아무도 내게 제재를 하지 못할 만큼 난 삐뚤고 반항만 가득 찬 놈이었다. 난 그들보다 더 난폭한 말로 나를 그들의 괄호 안으로 몰아지기를 거부하고 있었다. 중학교 2학년 봄. 나는 드디어 학교를 떠났다. 그리고 집을 나와 버렸다. 무슨 이유인지는 몰라도 그날 나는 상급반에 다니던 선배 하나를 반죽음이 되도록 두들겨 팼다. 녀석의 얼굴이 피범벅이 되어 정신을 잃고 쓰러진 복도. 아이들이 내 주위를 빙 둘러서 있었다.

"비켜. 이 새끼들아. 한 놈이라도 내 손에 걸리면 저 새끼처럼 만들어버릴 테니까."

아이들이 슬금슬금 그의 길을 터 주었고 교문 앞까지 걸어간 나는 교복을 벗어 쫙쫙 찢어 던져버리고 학교를 나왔다. 담임선생과 몇몇 아이들이 급히 교실로 뛰어가고 누군가 뒤에서 뭐라고 소리치고 있었으나 나는 한 번도 뒤돌아보지 않았다. 그 뒤 나의 인생은 부초처럼 흔들렸다. 역 인근 깡패들의 소굴로 스스로 찾아들어갔다. 군대에 가기 전까지 나의 인생은 그곳에 머물러 있었다. 그 바닷가 모래밭에 길게 늘어져 있던 검은 머릿결. 그것은 내게 견딜 수 없는 고통을 주었다. 그 고통이 날마다 악몽을 꾸게 했고 그럴 때마다 나는 점점 더 악랄하게 변해갔다. 당시 나를 치유할 수 있었던 건 하늘을 날고 싶다는 욕망. 검은 머릿결을 삼켰던 그 바다가 무서웠다. GL 선 아래에 있는 건 모두가 두려웠다. 바다, 강, 회색 도시의 건물도. 그 아래에 서면 내 몸이 나도 모르게 그 속으로 녹아들 것 같은 느낌. 그리고 그 두려움을 잊기 위해 나는 못된 짓만 골라가며 살아갔다.

잔뜩 찌푸린 날은 금방이라도 눈을 몰고 올 것만 같았다. 하관이 끝나고 일꾼들이 큰 막대기를 잡고 봉분을 밟아가며 덜구소리를 하고 있었다.

> 어-후- 덜구여/ 산지조정은 골영산이요/ 어허 덜구여/ 수지조정은 한계수라/ 어허 덜구여/ 인지가면 언제 올꼬/ 어허 덜구여/ 명년이때 꽃도 피고/ 어허 덜구여/ 산천초목에 우리지고/ 어허 덜구여/ 간다간다 나는간다/ 어허 덜구여/ 지하실로 나는

> 간다/ 어허 덜구여/ 인제가면 언제오노/ 어허 덜구여/ 명년이 때 춘삼월에/ 어허 덜구여/ 꽃이피면 돌아온다/ 어허 덜구여

"아따 어련히 알아서 할까봐 그렇게 지켜 보능교. 칠이 아재도 참."

그러나 칠이 아재는 그 말을 듣는 둥 마는 둥 허투루 밟힌 땟자국을 손으로 가리키며 더 밟으라고 소리를 질렀다.

"일꾼들이 무슨 애착이 있겠어. 대충 일당만 받을 생각만 하지. 칠이 아재가 그나마 저라고 있으니 저래 신경 써서 하고 있지. 하여튼 칠이 아재가 할아비한테만은 끝까지 정성을 들이시네."

상주들이 대부분 산을 내려가고 있었으나 나는 산자락을 끼고 돌아간 곳에 앉아 멀리 발아래 바다를 내려다보았다. 실로 오랜만에 바라보는 바다. 다시는, 꿈에서도 바다 보기가 그토록 두려웠건만 오늘은 왠지 바다가 저 멀리 내려다 보였다.

"삼우제는 보고 가야지?"

언제 다가왔는지 칠이 아재가 나를 내려다보고 있었다.

"예."

칠이 아재가 내 곁에 앉았다. 그의 몸에서 아직도 젖은 땀 냄새가 풍겼다.

"나도 한 잔 따라 주라."

나는 말없이 술잔을 내밀었다.

"지금도 나는 여기만 오면 마음이 무너져 내리는 것 같다. 물론 네 맘이야 어떻겠냐마는."

아재가 두 손으로 산소를 쓰다듬는다. 무슨 말이라도 해야 할 것 같았다. 그러나 그와 반대로 난 칠이 아재에게 아무런 말을 하지 못하고 말았다. 그렇다고 지금껏 칠이 아재에게 쏟아 부었던 모든 원망과 앙금이 사라진 건 아니었다. 단지 이제는 알고 싶었다. 그날의 진실을, 그리고 칠이 아재의 진심을.

백부는 미리 산에서 내려와 할아버지 집 마루에 앉아 있었다. 구룡포와 감포를 양팔로 거느린 수양산 자락의 국도 건너편 언덕 아래에 있는 작은 어촌 마을. 계속된 경사를 따라 내려가면 그 아래에 바다가 나타났다. 바다엔 잔물결만이 조금씩 밀려왔다 모래밭을 쓸어내리고는 뒤로 돌아가고 있었다. 저 소리. 어느 순간부터 내겐 그토록 공포로 다가왔던 저 물결 소리. 순간 온몸으로 전율이 인다. 아! 아직도 나는 적응이 되지 않는 것일까.

"집으로 가자. 이젠 여긴 아무도 없다. 또 여기 있어봤자 네게 떠오르는 건 네 가슴 아픈 기억뿐일 테니까."

실로 오랜만에 들어선 집이었다. 바다를 보면 그 지독한 악몽과 두려움에 몸부림쳤던 그때 내가 살았던 그곳. 할아버지와 할머니 그리고 엄마와 아버지와의 희미한 기억들이 남아 있는 집. 그러나 이젠 이곳엔 아무도 없었다. 그림자처럼 남아 있는 나 자신 외엔 모두가 내 곁을 영원히 떠난 사람들뿐. 대구로 떠난 지 삼십 년 만에 처음으로 찾아온 곳이었다. 여덟 살의 기억은 그 나이만큼의 시야로 남아 있어 내겐 오히려 생소해 보이는 곳이었다. 안채에 달아낸 방 한 칸. 그곳이 내가 부모님과 함께 살았던 곳이었던 것을 기억해내는 데에도 난 상당히 오랜 시간을 지내야 했다.

"아닙니다. 오늘은 여기서 지내겠습니다."

백부도 더 이상은 만류하지 않았다.

"이따 집으로 오너라. 저녁은 먹어야지."

백부가 집을 나서 어두워지는 골목을 나서자 나는 할아버지가 계셨던 집을 차례로 둘러보았다. 그리고 마지막으로 어렴풋한 기억 속의 방. 바로 내가 부모님과 함께 팔 년을 살았던 방. 미닫이문을 열자 방 안은 마치 오랜 기억 속의 지난 시절로 돌아가 시간이 멈춰있는 듯 했다. 방엔 작은 삼단가구 하나만이 놓여 있을 뿐 이미 모든 가구들은 사라지고 없었다. 먼저 보낸 아들 내외가 살던 방을 할아버지, 할머니 그리고 바로 뒷집에 사는 백부인들 그 방을 어떻게 그냥 둘 수 있었을까. 말끔히 정리된 방엔 오래된 벽지가 빗물에 얼룩이 져 퇴색이 되어 있었다. 이 방에서의 기억들. 그러나 내게 떠오르는 건 아무 것도 없었다. 어린 나로선 그 기억을 떠올린다는 자체가 비정상인지도 몰랐다. 그러나 너무나 오랜만에 찾아온 탓일까. 갑자기 나는 어떤 그리움 하나를 느껴야 했다. 지금껏 살아오면서 한 번도 느끼지 못했던, 아니면 내 스스로 그것을 지워버리려 했던 것. 지금 나는 꿈이 아닌 현실 속에 서 있었다. 그곳에 있었던 부모와 어릴 적 내 모습과 할아버지, 할머니 그리고 바다 그 모든 기억들이 생생한 내 시야에 비춰지자 나는 갑자기 현기증을 느꼈다. 방에 잠시 주저앉아 있던 나는 방 입구 문에 붙어 있는 스위치를 올렸다. 방 안에 백열등 불빛이 무지개처럼 내려앉는다. 그러나 그 불빛은 너무나 어두웠다. 벽으로 내 그림자가 길게 드리워졌다. 회색빛 벽지 위로 그려지는 긴 그림자. 그 그림자가 어딘지 낯익었다. 무엇이었을까. 저 기억은?

그때 문득 섬광처럼 스치는 흐릿한 옛 기억 하나. 나는 무엇엔가 홀린 듯 두 손을 들어 맞잡았다. 그리고 손바닥을 펴 마주 쥐고 손가락을 길게 뻗쳤다. 그러자 벽에 나타난 그림자. 불현듯 떠오른 것은 어린 시절 하던 그림자놀이였다. 아버지가 늦게 들어오던 날이면 엄마가 자주 만들어주던 그림자놀이. 그것은 날개를 활짝 편 한 마리 새였다. 새는 그림자로 벽에 걸터앉아 날갯짓을 하고 있었다. 눈도 부리도 보이지 않는 어두운 무색 민무늬의 새. 그 기억은 점점 또렷해져 스포트라이트의 불빛이 점점 조도를 밝혀나가다 눈이 부실 정도로 확 달려들던 그 눈부신 불빛이 되더니 눈앞으로 사라졌다. 그와 함께 그림자 새의 날개가 힘차게 날갯짓을 하고 있었다. 마치 하늘을 향한 비상의 몸짓으로.

삼우제가 끝난 다음 날 아침 나는 눈을 뜨자마자 마당에 나왔다. 그리고 빗자루를 찾아 방과 집 마당을 청소하기 시작했다. 마치 그래야 하는 것처럼. 그건 분명 내가 해야 할 일인 것 같았다.

그날 오후 나는 천천히 바다를 끼고 멀리 보이는 방파제로 향했다. 짧은 방파제 끝에 칠이 아재가 작은 어선을 손질하고 있었다. 1.5톤 정도의 선실도 없는 작은 어선. 순간 온몸으로 전율이 돋았다. 바다와 배. 백사장. 난 아직도 그곳이 낯설고 두려웠던 것일까. 그러나 마음과 달리 나는 자석에 끌리듯 그곳으로 다가갔다. 피할 수만은 없는 현실을 이젠 받아들여야 했다.

"왔구나."

마치 기다리기라도 한 듯 칠이 아재는 뱃머리에 앉아 그물을 손질하며 말했다.

"언젠가 한 번은 네가 올 줄 알았다."

나는 아무 말 없이 바다를 바라보았다. 물결은 살랑거릴 정도로 밀려왔지만 하늘엔 구름이 잔뜩 끼어 있었다.

"여전히 나를 용서 못하겠지? 그래도 난 네게 뭐라 할 말이 없구나. 그게 네 생각이라면……."

"아저씨."

나는 아재의 말을 끊고 말했다.

"그곳에 한 번 가보고 싶어요."

"…………….?"

"아버지, 엄마가 마지막 계셨던 그곳에요. 왠지 그래야 할 것 같아서요. 너무나 오랜 시간이 지나버렸지만 그리고 그 기억이 너무나 긴 악몽처럼 나를 괴롭히고 있긴 하지만 그렇다고 무작정 피하고 싶지는 않아서요."

칠이 아재는 한참을 골똘히 생각을 하던 눈치더니 선실로 내려갔다.

"올라오너라."

배는 물살을 가르며 바다로 나아가고 있었다. 신기하게도 그토록 두렵게만 느껴왔던 바다, 그 푸른 심해의 가슴 속이 더 이상 무섭지가 않았다. 어쩌면 그 공포는 상상 속에서 만들어낸 자신의 가슴앓이는 아니었을까. 공연히 두려움 하나를 머릿속에 두건처럼 뒤집어쓰고 있는 환상. 막상 지금 내려다보는 바다에서 나는 전혀 그런 공포가 없어진 사실에 스스로 놀라고 있었다. 배는 처음 속력 그대로 바다 중앙을 향해 달리고 또 달린다. 바다는 점점 더 푸른색이 더해갔다. 그러나 수면 아래는 발만 뻗으면 금방이라도 모래사장에 닿을 듯 그 깊이를 가늠할 수 없는 착각에 빠질 즈음 갑자기 배가 멈춰 섰다. 뒤돌아보니 어느새 육지는 저 멀리 시야에서 꽤나 벗어나 있었다.

"이 작은 배로는 더 이상 나가기가 힘들다. 그때 우리가 나갔던 곳은 이보다 한 시간은 더 나간 곳이었지. 사방에 바다만 보이던."

칠이 아재가 담배를 빼물고는 날아오는 바람을 등지고 불을 붙였다. 담배연기가 쫓기듯 육지 쪽으로 흩어졌다.

"아직도 나를 원망하고 있는 거니? 하긴 어린 네가 받았을 그 고통을 생각하면 나로서도 네게 뭐라 할 말이 없구나. 그동안 혼자 얼마나 힘겨웠을지 짐작이 가고도 남는다. 하지만 이건 변명 같은 얘기다만 나 또한 그 일이 있은 뒤 몇 년 동안 배를 타지 못했다. 배를 탈 때마다, 아니 가까이 오기만 해도 그 악몽이 자꾸만 뱃머리에서 어른거려 마치 혼령의 울부짖음 같던 공포를 느끼곤 했다."

"그날 아버지와 어머니는 왜 함께 배를 타신 건가요? 한 분만이라도 남아 계셨어도……."

나는 뱃머리에 앉아 기대듯 난간을 잡고 있었다. 배가 조금씩 파도에 흔들리자 현기증이 밀려왔던 것이다. 그러나 나는 지금 꼭 알고 싶었던, 비록 다 알고 난들 다시 되돌릴 수 없는 허무만이 남는 그 진실을 무모하게 캐려하는 건 아닐까. 그러나 설사 그 사실에 나 자신이 모든 걸 안 이후 더 참담해지는 한이 있더라도 이젠 그날의 모든 것을 알고 싶었다. 그래야 모든 걸 잊을 수도 있을 것 같았기에. 여기에 나오기 전 난 이미 또 하나의 결심을 굳힌 뒤였다. 이제 나는 더 이상 돌아갈 곳도 오라는 곳도 없었다. 그런 도시의 생활로 다시 뛰어들어본들 내겐 지금까지 내가 받았던 상처와 혼란만이 가득한 생활의 연속일 뿐이리라. 이미 지칠 대로 지친 그 생활에서 지금 난 또 하나의 피난처를 찾으려 하고 있었다. 그것은 내가 어젯밤 방에서 보았던 어린 기억의 단편. 그 속에서 한없이 하늘로 솟구쳐 오르던 그림자 새의 비상을 본 이후 굳힌 결심이기도 했다. 난 귀로에 서 있는 것이다. 모두가 떠나고 내 주위엔 여전히 아무도 없는 곳이지만, 어쩌면 수없이 찾아 나섰지만 그 어디에서도 찾을 수 없었던 내 귀중한 안식처. 그곳은 바로 이곳이었었다. 내가 그토록 두려워하던 바다와 강물과 도시의 회색 구름을 피해 달아나고 싶었던 그곳이 바로 이곳, 고향이라는 바다였음에 나는 헛웃음만 났다.

"그날은 바로 몇 년 만에 별신굿이 열리던 날이었다. 마을 사람들이 모두 모여 기원제를 지내고 풍어를 기원하는 의식을 밤새 치룬 날이었어. 네 엄마는 별신굿의 굿거리장단을 유난히 좋아했다. 덩더꿍 덩덩 울려대던 풍악소리에 네 어머니는 그날 마치 신들린 사람처럼 바닷가를 돌아다녔어. 밤이 깊어갈수록 풍어제는 흥이 더 고조되어갔지. 네 어머니가 그렇게 고무되어 있던 건 나도 처음 보았다. 내가 보기엔 네 어머니의 그 모든 행동은 바로 그 풍악소리 때문인 것 같았다. 그렇게 별신굿판은 밤늦게까지 계속되었지. 그리고 다음 날 새벽 나는 네 아버지와 또 한 사람의 일꾼과 함께 배를 타고 바다로 나가기로 했어. 그런데 일꾼 한 사람이 몸이 좋지 않다고 못 나가겠다는 거였어. 그물을 치고 올리고 하는 건 손발이 맞아야 하는데 한 사람은 비고. 그때 네 아버지를 따라 뱃머리에 나와 있던 네 엄마가 그랬어. 별신굿을 지낸 해가 되면 꼭 한번 배를 타고 바다로 나가고 싶었다고 말이야. 말로만 듣던 별신굿이 다시 재현된 건 실로 그해가 십오 년 만이었다. 네 엄마의 말에 네 아버지와 나는 만류했었다. 그러나 네 엄마의 고집이 워낙 완강했어. 여자를 배에 태우지 않는 금기를 깨기로, 할 수 없이 마음 먹었어. 맑고 하늘이 푸른 날이었다. 가을 해풍이 조금은 차갑던. 배가 정지하고 그물을 내렸지. 바다 속으로 그물이 빨려들 듯 내려가기 시작했다. 네 아버지와 엄마가 마주 앉아 사이좋게 그물을 풀던 순간이었어. 갑자기 빨려 내려가는 그물의 속도에 네 어머니가 당황하기 시작했지. 네 아버지가 급히 그물을 잡았으나.... 네 엄마의 긴 머리가 그물에 빨려들고… 두 사람은 순식간에..... ”

나는 칠이 아재의 이야기를 말없이 듣고 있었다. 그리고 머릿속으로 그 상황을 상상하기 시작했다. 그러나 마지막 칠이 아재의 그 말– 네 엄마가 그물에 하는 부분에 이르자 갑자기 멀미가 나기 시작했다. 앞이 깜깜해지면서 아무것도 보이지 않았다. 칠이 아재의 말이 먼 환청처럼 가물가물해질 무렵 나는 갑자기 몸을 돌려 배 밖으로 몸을 기울였다. 그리고 뜨겁게 가슴속에서 솟아오르던 그 무엇을 기어이 토해내고 말았다. 신물이 기도를 넘어간 듯 갑자기 기침이 났다. 콜록콜록! 눈에서 눈물이 찔끔 나왔다. 나는 검푸른 바다를 향해 고개를 바다에 맞닿은 채로 계속 헛구역질을 하고 있었다. 그때였다. 내 눈앞 수면 위로 떠오르는 생생한 영상 하나. 너무나 강력해 마치 꿈이 아닌 현실처럼 느껴지던 그것. 긴 머리를 풀어헤친 여인이 물속에서 허우적거리고 있었다. 그녀의 입과 코로 솟아나던 기포들. 여인의 긴 머릿결이 물속에서 해초처럼 흐느적거리고 있었다. 그 순간 눈을 감고 물속에 잠겨 있던 그녀가 갑자기 눈을 떴다. 그것은 바로 엄마였다. 그리고 그 순간 어디선가 들려오는 뱃노래 소리.

> 사람이 살면은 백년을 사나요. 덧없어라 인생살이 한도 많구나.
> 낙조 청강에 배를 띄우니 술렁술렁 노 저어라 달구경 갈거나
> 어기야 디여차 어야 디여 어기 여차 뱃노래 갈거나.

덩더꿍 덩덩. 그 소리는 점점 더 크게 내 귓전에 다가오고 있었다.

끝.

2012. 2. 8

샌드페인팅

지금은
골목과 빌딩 도로
어디에서도
감시의 눈길에서 자유로울 수 없다
의인화된 시각으로 보는 인간 세계

샌 드 페 인 팅

"앗! 누구야?"

갑작스런 습격이었다. 번개처럼 머리 위를 스치는 무엇을 피해 그는 본능적으로 몸을 낮췄다. 조금만 늦었어도 그들에게 속수무책 당할 뻔했다. 그들은 집요했다. 두 놈이 양쪽에서 치고 빠지는 작전을 벌이는 데에는 덩치가 큰 그도 어쩔 수 없었다. 일단은 재빨리 도망을 치는 수밖에. 그러나 그곳을 빠져나온 뒤에도 다른 한 녀석이 끈질기게 뒤따라오는 바람에 그는 길 건너편 2층집 뒤까지 줄행랑을 쳐야만 했다.

놈들은 그를 쫓아낸 것에도 분이 안 풀렸는지 한동안 그들의 집 앞에서 요란하게 소리를 지르며 방어 태세를 멈추지 않고 있다. 누군가를 향한 그들의 분노. 그건 본능에 가까웠다.

잠시 뒤 그들이 있던 곳을 벗어난 검은 물체 하나가 어슬렁거리며 건물 안으로 사라지고 있었다. 그들이 그토록 경계를 하던 실체가 내가 아닌 저놈이었다니. 원흉을 알고 나니 마침 자신도 잘 도망쳐 나왔다는 생각이 든다. 단지 그들과 가까운 거리에 있었다는 이유만으로 덤터기를 당했던 게 그는 조금 억울한 기분이었다. 예전 같았으면 그들의 공격을 맞받아쳤거나 아니면 그 정도쯤은 식은 죽 먹기로 피했을 것이란 생각 때문이었다. 이제 나도 나이가 들어가는구나 하는 자조가 섞여 나왔다.

'어디 가야할 곳이 있는데.'

그러나 그곳이 어딘지 도무지 생각이 나지 않는다. 먼 기억 속에서 부르는 그곳.

골목길 저 멀리, 한 무리가 모여 있다. 모두 아는 얼굴들이었다. 그는 지체 없이 달려갔다. 그러나 오늘도 한발 늦고 말았다. 더구나 그의 등장에 잔뜩 경계를 하고 공격 자세를 취하는 모습을 본 그는 또 한 번 허탈해진다. 오늘 아침부터 벌써 두 번째 겪는 일이다. 며칠 전까지만 해도 그는 저 무리의 우두머리 격이었다. 그런데 이젠 어쩔 수 없이 그들의 기세에 밀리고 만다. 나이 탓이라 하기엔 기분이 더 씁쓸하다. 한 때는, 왕년엔 운운하던 기백 넘치던 시절의 의기도 행동으로 나오지 않는다. 갑자기 침울해졌다. 이게 다 가을이 온 까닭이란 생각이 들었다.

거대한 빌딩 뒤 골목 안은 전면에 위치한 화려한 도심과는 달리

여느 평범한 주택가의 모습일 뿐이다. 단지 회사원들을 위해 늘어선 식당이 대부분이라는 점과 군데군데 전신주나 모퉁이엔 어김없이 거머리처럼 붙어 있는 CCTV 카메라들. 아침이면 골목길 양측으로 주차 전쟁이 벌어지는 곳이기도 하다. 모 은행의 주차장은 아예 차단기를 설치해 직원 이외는 주차를 할 수 없도록 하기도 했다. 골목길은 그야말로 치열한 인생의 단면이 그대로 드러나고 있었다. 아침 햇살이 어느새 5층 원룸 꼭대기로 고개를 내밀고 있다.

"식사는 했어?"

20층 빌딩 후문 주차장 출구 쪽으로 갔다. 사뿐히 그의 곁에 앉는다.

"식사? 그게 뭐야?"

어처구니? 식사가 뭐라니? 너까지 날 우롱하는 거야? 하는 생각도 잠시 아차!

"허긴 넌 병원에 입원해 있는 중환자처럼 줄 하나에 운명을 걸고 있으니까."

그는 여전히 꼼짝도 않고 서서 한 곳만 주시하고 있다. 전봇대 위에 달린 커다란 눈망울의 CCTV.

"비둘기. 넌 아까 왜 그리 호들갑스럽게 쫓겨난 거니? 네 몸뚱이 반도 안 되는 딱새들한테?"

CCTV가 비둘기의 정곡을 찔렀다. 따지고 보면 딱새들이 놀란 것도 나무 밑을 어슬렁거리며 그들을 노리던 고양이 때문이었으니 자신은 지레 놀란 격이었다.

햇살이 점점 높아지며 밤새 깔린 어둠이 자취를 감춘다. 저 멀리 식당가 뒤 골목 안 집을 나서는 노인의 모습이 보인다. 빛바랜 흰 중절모에 오래된 감색 양복을 입은 노인은 작은 가방 하나를 어깨에 메고 천천히 빌딩 쪽으로 걸어온다. 빌딩 뒤 주차장 옆 등나무 벤치 아래에서 잠시 멈춘 노인은 조금 전 넥타이를 맨 젊은이들이 한바탕 피우고 간 담배꽁초를 주저 없이 몇 개 손으로 집어 주머니에 넣고는 옆길로 사라진다.

"저 영감님도 참 딱하시지. 아침마다 쫓기듯 집을 나서니 말이야."

멀뚱히 주시하던 CCTV가 입을 열었다. 비둘기는 부리로 몸 곳곳의 가려운 곳을 긁으며 대꾸한다.

"독거노인 이라고 했나?"

"아니. 그러면 차라리 낫지. 아들네 집에 얹혀사는데 아침마다 아들이 출근하고 나면 며느리에게 눈치가 보일까 봐 일찍 집을 나서는 모양이더라고."

"갈 데는 있고?"

"뻔하지 뭐. 무료지하철 타고 시내 공원에서 종일 앉았다 저녁에야 돌아오는 걸."

"그러고 보면 사람이나 짐승이나 사는 건 똑같은 모양이야. 젊어 한 때지 나이 들고 나면 몸 아프지, 갈 데 없지, 젊은 것들 눈치 봐야지."

일어서는 아침 햇살을 따라 골목길로 승용차들이 모이기 시작했다. 저 멀리 이발소 앞, 골목 중간 길 이발소 앞에 차를 세우고 내린 양복의 사내가 재빨리 주차 금지 팻말을 옆으로 치우고는 자신의 차를 주차시키고 있다. 차가 이발소 출입구를 막고 서 있다.

"저런, 저런. 사람들은 왜 저래? 조금만 돌아가면 유료주차장이 있는데 굳이......."

"자네가 왜 신경을 써?"

비둘기는 여전히 몸 이곳저곳이 가렵다. 어제 밤새 주차장 안에 있는 벚나무 가지 속에서 잠을 잔 탓인지 몸도 무겁다.

"저러고 그냥 가버리고 나면 나중에 또 한바탕 난리가 날 게 뻔하잖아. 이발소 주인이 가만있겠어? 요즘 사람들 자신의 이익부터 챙기지 남이야 어찌되든 상관없다는 식이니 하는 말이야. 잘못하면 나도 불려갈지도 모르고."

"자네, 많이 당해본 것처럼 얘기하네?"

그는 말없이 웃었다.

"요즘은 사건만 터지면 제일 먼저 찾는 게 CCTV거든."

승용차를 얌체 주차한 사내가 이쪽으로 걸어오고 있었다.

"있어 보이는 놈들이 더 지독해. 유료주차비를 저런 식으로 아끼려 들다니."

잠시 비둘기는 몸을 터는 것을 멈추고 갑자기 CCTV 앞 전선이 늘어진 곳으로 날아갔다. 사내가 그의 머리 밑으로 걸어와 건물 안으로 들어가려하는 중이었다. 바로 그 찰나, 비둘기는 후다닥 몸을 날려 저 멀리 날아가 버렸다. 그와 동시에 '저런!' 하는 CCTV의 탄식.

"뭐야. 저놈의 비둘기가."

사내가 저 멀리 날아가는 비둘기를 보며 욕설을 퍼붓는다. 사내의 검은 양복 어깨 위로 허연 분비물이 흘러내리고 있다.

"너도 참, 성질 고약하네. 인류 평화의 상징이라던 새가 그런 얌통머리를 가지다니."

한참 뒤 비둘기가 CCTV 옆으로 돌아오자 CCTV가 이마를 찌푸리며 말한다.

"나는 정의의 사도다. 불의를 못 참는 우리의 본능으로 한 행동일 뿐이야."

CCTV가 한심하다는 듯 눈을 흘긴다.

"그래서 그 사람 차 위에까지도 뿌리고 온 거야? 자넨 변종이야."

"인간들이 그렇게 만들었잖아. 언제는 평화의 상징 운운하더니 요즘은 아예 천덕꾸러기로 취급하니 말이야. 먹이도 못 주게 하는 판국에. 이 복잡한 시내 도심가가 들어서기 전엔 인간들과도 마찰없이 잘 지내왔을 거야. 아니 그들이 우리를 추대하고 공유하려고도 한 시절이 있었지."

어느새 해는 중천에 떠 있고 벅적대던 골목길도 어느 정도 출근

시간에 맞춰 정리가 됐는지 한산한 모습이다. 그새 비둘기는 새벽에 음식물 쓰레기 수거차량이 흘리고 간 음식물 찌꺼기를 허겁지겁 집어 먹고 온 모양이다. 아까 한 무리의 동료들이 그를 그 근처에 얼씬도 못하게 한 것도 바로 그 음식물 때문이었다. 치열한 경쟁 사회에서 살아남기 위한 몸부림이라고나 할까. 그러나 비둘기는 여전히 주변을 두리번거리고 있다.

"새들의 시력은 일 키로 전방에 떨어진 작은 볍씨 한 알도 알아볼 수 있다는데 너희들 새들, 참 대단하구나. 우리는 좌우 180도 각도의 주변만 보이는데."

느닷없이 생각난 듯 CCTV가 감탄을 하고 나섰다.

"생존 본능일 뿐이야. 근데 안타깝게도 요즘 점점 그런 본능이 사라진다는 느낌이거든. 젠장 일 키로 전방의 씨앗? 볼 수가 있어야지. 주위엔 온통 저 회색빛 건물이 가로 막고 있는데."

"그럼 자네도 귀촌을 하지 그러나?"

"귀촌? 인간들 세상, 시골도 이젠 옛말일 뿐이야. 탁 트인 곳이 잘 없어. 또 그런 곳에 가면 우리보다 더한 먹이 사슬의 상전들이 가만있겠어? 양식 구하러 갔다가 매의 양식이 될 수도 있는데?"

그러고 보니 비둘기의 깃털이 예전보다 윤기가 없고 심지어 뭉치고 깃털이 빠져나간 곳도 보인다.

"CCTV. 너희들은 먹고 살 걱정은 없어 좋겠구나."

"우리? 먹고 사는 걱정은 없어도 우리도 결국 인간 문명의 희생체일 뿐이야. 신형 모델이 나오면 몇 년 못 가 우리는 고물 신세로 전락하고 말테지."

"그러고 보니 모든 게 인간 세상 위주로 돌아가고 있어. 불공평해. 태초엔 우리가 지배했던 자연세계를 인간들은 점점 자신들만의 소유로 점유하려 하고 있으니 말이야."

"그렇다고 나는 원망하지 마라."

건너편 2층집과 중국 음식점 사이 골목에서 노인이 빗자루를 들고 걸어 나오고 있다. 주차장에 근무하던 주차원이 아는 체를 한다.

"영감님! 지금 시간이 몇 시인데 아직도 잠옷 바람으로 돌아다니고 계세요."

타박 반 농담 반인 줄 아는 노인이 능청스레 받아 넘긴다.

"근무나 잘해! 근데 오늘은 조용하네? 차도 없고. 요롱소리 나도록 바빠야 내가 속이 시원할 텐데. 히히."

"영감님이 입으로 양기가 오르셨나. 빨리 옷 갈아입고 돌리러 나가셔."

노인이 시계를 보더니 손을 흔들며 다시 골목 안으로 들어가 버렸다.

"돌리러 간다는 게 무슨 말이야? 뭘 돌린단 말이지?"

비둘기가 궁금해서 CCTV에게 묻는다. 비둘기는 높아지는 햇살이 부담스러운 듯 주변을 둘러보며 그늘을 찾는 중이다.

"두 발로 서는 인간들의 발전된 춤 문화. 지루박, 차차차 뭐 그런 거 있잖아."

비둘기가 주차장 주변 회양목 사이로 고개를 내미는 고양이를 발견하고 화들짝 놀라는 기색이다.

"저 영감님 연세가 얼만 줄이나 알아? 아흔이 다 돼가는 분이야."

"그래? 구십 년이라. 우리의 열다섯 배 정도는 인간들이 더 볼 걸 더 보고 사는 셈이네. 그것도 문명의 발달 때문이겠지?"

"문명의 적과 흑, 손바닥 안과 밖, 뭐 그런 거 아니겠어? 양지가 있으면 음지도 있고."

"아까 처음에 본 그 담배꽁초 줍던 노인네하곤 딴 인생이란 뜻이지?"

잠시 뒤 말쑥한 회색 양복 차림의 노인이 골목길을 걸어 나왔다. 주차원에게 한 손을 들어 '갔다 올게.' 인사를 하고는 빌딩 후문 안으로 사라져 버렸다. 건물 안을 통과해 정문으로 가려는 속셈이었다. 마주보던 주차원이 손을 흔들어 주고 있다.

"대단해. 인생을 저렇게 살아가는 것도 괜찮겠는데?"

"즐겁게 사는 것, 그게 바로 장수의 비결!"

구월이 지났는데도 한낮은 여름처럼 덥기만 하다. 밤엔 제법 쌀쌀해서 잠잘 곳을 찾아 몇 시간을 헤매야 하는데.

어디론가 날아가고 싶다. 그곳이 어딘지는 모르지만 가슴 속 어디선가 용솟음치는 그리움의 물결이 가을 들녘처럼 여물어가는 것 같았다.

잠시 졸았던 것 같다. 딱새들의 보금자리를 피해 멀찌감치 떨어진 가지 속에서 늘어지게 자고 나니 벌써 오후였다. 젊어 한 때는 잠자는 것도 수잠이었다. 항상 긴장을 늦추지 않았기에 조금만 소리가 들려도 번쩍 눈을 뜨곤 했는데. 회한에 앞서 배가 고프다. 또 어디를 뒤져야 할까. 태어나 5년이 지나도록 네 번의 새끼들을 키워 보냈다.

아침에 음식물 앞에 있던 비둘기들 중에 그의 자식도 넷이나 있었다. 그러나 둥지를 떠나고 나면 그뿐이었다. 아니 정확히 말하면 그들도 왜 부모를 못 알아볼 텐가. 먹이만 풍부하다면야. 비둘기는 자신이 굳이 치고 들면 그들을 쫓아내고 음식물을 자신이 독차지할 수도 있었지만 못 이기는 척 자리를 비켜준 것도 자신의 자식들이 눈에 밟혔기 때문이었다.

오늘따라 열한시가 조금 넘은 늦은 시간에 출근한 이발소 주인이 문 앞을 가로 막고 있는 하얀 외제 승용차 앞에서 전화를 걸고 있다. 작은 체구에 나이답지 않게 청바지에 젊은이들이 입는 해골이 그려진 티셔츠를 입고 있었다.

"장사를 망칠 작정이요? 지금 당장 차 빼시오. 안 그러면 불법주차로 견인을 시킬 테니."

CCTV가 그 모습을 유심히 지켜보고 있다.

"뭘 그리 열심히 봐?"

비둘기가 다시 그의 곁으로 날아왔다.

"분명 문제가 생긴다고 하더니 저걸 말하는 거야? 이발사가 전화로 차 주인을 불러내는 거?"

"그게 아냐. 문제는 이제부터야. 두고 봐."

"도통 뭔 소린지 모르겠구먼. 배고파. 내 코가 석 자인데 그게 무슨 상관이람."

주위를 두리번대던 비둘기가 다시 어디론가 황급히 날아가 버린다. 골목길을 돌아가는 걸 보면 이번엔 인근 초등학교 앞 슈퍼로 가는 모양이다. 아이들이 먹다 흘린 과자 부스러기가 그의 목표물이었다.

잠시 뒤 빌딩 후문을 빠져나오는 이가 보였다. 바로 이발소 앞에 주차를 한 사내였다. 비둘기 분변 세례를 받은 양복 윗도리는 벗어둔 체 와이셔츠에 넥타이 차림으로 성큼성큼 이발소를 향해 걸어간다. CCTV는 여전히 이발소 앞 차에 눈을 꽂고 있다.

이발소 주인을 만난 사내가 미안하다는 듯 연신 고개를 굽실거리고 있다. 이발소 주인의 화난 목소리가 한참 동안 이어지자 사내는 급히 차를 빼려 문을 연다. 그러나 잠시 주춤하던 사내의 표정이 심상찮다. 차창에 그려진 고약한 무늬들 보다는 먼저 눈에 드는 게 있었기 때문이다.

"아저씨. 아무리 기분이 나빠도 그렇지 차를 이렇게 긁어 놓으시면 어떡합니까?"

이번엔 사내의 목소리가 점점 더 높아지고 있다.

"긁다니. 이 사람이 무슨 소릴 하는 거야?"

"아저씨. 이거 안 보이세요?"

사내가 가리키는 곳을 이발소 주인이 쳐다본다. 운전석 문고리 옆 하얀 도색 부분이 찍힌 듯 긁힌 자국이 선명했다.

"생사람 잡는 소리 하고 있네. 증거 있어?"

"아저씨. 잡아뗀다고 될 일이 아니에요."

두 사람 사이에 한동안 실랑이가 벌어지고 있었다. 골목 안이 두 사람의 목소리로 가득차기 시작했다.

"무슨 일인가?"

어느새 날아온 비둘기가 CCTV 옆에 바짝 다가앉는다.

"또 귀찮게 생겼군."

"아니 저 사람들이 싸우는데 자네가 귀찮을 일이 뭐 있어?"

그러나 CCTV는 아무 대꾸도 없이 싸우는 곳만 응시하고 있다. 사람들이 이발소 주위로 몰려들었다.

"딱 봐도 문을 열면서 찍힌 자국이네 뭐."

누군가 운전자의 편을 들어주었다. 정확하게 차에 찍힌 자국이 이발소 현관문을 열 때 부딪히는 위치와 일치했기 때문이다.

"아니, 그렇다고 이 사람이 문을 열면서 찍었다는 증거가 없잖아. 다른 곳에서도 얼마든지 이런 자국이야 생길 수 있는데."

이웃집 식당 주인이 이발소 주인의 편을 들어준다.

"결국 올 것이 오고야 말았군."

한 시간 뒤, 그들은 빌딩 관리소에서 CCTV 녹화 화면을 되돌려 보고도 결론을 내지 못했다고 한다. 화면이 흐리니 50미터나 떨어진 곳의 장면이 또렷치 않았기 때문이다. 이발소 주인이 그제야 사내에게 큰소리를 치며 빌딩 밖으로 나온다.

"CCTV! 자네 잘못하면 화질이 흐리다고 헌신짝처럼 버려지고 신형으로 바뀌는 것 아냐?"

비둘기의 걱정이 바람처럼 흐른다. 침묵하는 CCTV.

밖으로 나온 이발소 주인이 늦은 점심을 해결하기 위해 골목을 벗어나 도로변으로 나갔다. 스마트폰 대리점 뒤 골목 안에 허술한 음식점이 보였다.

"내가 따라가 봐야지."

비둘기가 뒤따르기 위해 한쪽 다리를 쭉 뻗더니 날개를 거둔다.

"거긴 왜? 음식 부스러기라도 얻어먹을 작정인가?"

CCTV의 신경이 날카롭게 변해 있었다. 아마도 자신의 시력이 이웃집 분쟁의 해결방안이 되지 못한 데 대한 화를 삭이는 것 같았다. 또한 그로 인해 교체될 수도 있다는 불안감과 함께.

"말하는 것 하고는. 치사하게 내가 구걸이나 하러 다니는 줄 알아?"

"아휴, 아침마다 이놈의 골목은 주차 때문에 전쟁터가 따로 없다니까."

이발소 주인이 식당 안 둥근 탁자 앞에서 기다리고 있고 주문한 칼국수를 끓이던 식당 여주인이 이발사의 편을 들고 있다. 자세히 보니 이발사의 얼굴에 주름이 가득하다. 입고 있는 청바지로만 상상하던 그의 실제 나이가 예상보다 많은 듯 했다.

"참, 그 일은 어떻게 됐소?"

이발사가 한참 뜨거운 칼국수를 후후 불어가며 먹는 모습을 보던 식당주인이 갑자기 생각난 듯 그에게 물었다.

"아, 그거?"

이발사는 잠시 잊었던 걱정거리가 떠오른 듯 젓가락을 놓고는 물부터 한 잔 마신다.

"그러게 사람이 끊고 맺음이 분명해야지. 보아하니 아직도 물러날 생각도 않는 모양이구먼. 요즘 밤새도록 이발소 불이 켜져 있을 때부터 알아 봤어야 해."

여주인은 처음 그를 맞던 태도를 바꿔 대놓고 이발사에게 비웃듯 말한다.

"이제 어떡할 작정이에요? 아닌 말로 작정을 하고 꼬리를 잡고 늘어지면 아저씨도 뭐 할 말도 없겠구먼. 그 여자 00동 빌라에서 아들과 둘이 산다면서요? 어이구, 이제 봉 잡았다 이거겠지. 자신은 과부고 이쪽은 유부남인데. 아닌 말로 처음 듣는 사람은 누굴 편들겠어?"

여주인은 마치 모래로 까치집 따먹기를 하듯 이발사의 심기를 과히 건드리지 않을 정도에서 살살 그의 속을 긁고 있었다. 그 모습이 얄밉기까지 했다. 반대로 이발사는 아무런 대꾸를 않더니 대신 한숨을 푹 쉬며 수저를 내려놓는다.

"환갑 진갑 다 지난 사람이 아직 세상 물정을 저렇게 몰라서야. 그 여자 하는 수작을 봐서는 아예 처음부터 작정을 하고 덤벼든 것 같네, 뭐."

사내는 아예 고개를 숙이고 만다. 잊고 싶었던 현실 앞에선 자신의 모습이 모래성처럼 부서져 내렸으면 하는 꿈을 꾸는 것 같았다.

"일억이 어느 집 강아지 이름인 줄 아나봐? 그래서? 그 여자 요즘도 밤엔 이발소에서 죽치고 있어요?"

여주인이 이젠 승기를 잡았다 싶었는지 아예 사내의 맞은편 의자에 엉덩이를 붙이며 약을 올린다.

"시끄러워요. 불난 집에 부채질하는 것도 아니고."

드디어 그가 폭발하고야 말았다. 외상 달아 놔! 하는 소리를 남기고 이발사가 문을 열고 나가버린다. 여주인이 그의 등에 대고 입을 삐죽인다.

"흥 그러면 그렇지. 내가 다시는 외상 달아주나 봐라. 본 마누라가 뻔히 눈뜨고 있는데 바람을 피워? 고소하다 고소해. 집에도 못 들어가니 저래 꾀죄죄하니 하고 다니지. 그년도 그렇지. 손뼉이 저 혼자 쳐지나? 지도 실컷 재미 보고는 이제 단물 다 빼먹었다 이거지 뭐. 에이, 나도 몰라. 내가 왜 흥분해서 난리야?"

여주인이 콧노래를 부르며 그릇을 치우고 그릇에 남은 국수 가락을 문 앞에 던진다. 비둘기가 잽싸게 달려들어 허겁지겁 집어 삼킨다. 바람이 휭 하니 불더니 이제 막 시작되는 낙엽들이 한바탕 흩어져 내린다. 가을이 깊어가나 보다.

하루하루 살아가는 모습이 마치 물결처럼 밀려왔다가 순식간에 사라지는 신기루와 같다는 생각이 드는 건 지난 9월 중순부터였다. 조석으로 불어오는 서늘한 바람에 스산한 낙엽 떨어지는 소리. 풀벌레의 밤낮 없는 울음소리에 내친 김에 누군가 뺨이라도 쳐주면 핑계 삼아 실컷 울고 싶어지는 계절이다.

이런 비둘기의 상념은 땅거미가 짙어갈 무렵부터 시작되었다. 오늘은 어느 곳에서 또 밤을 새워야 하나. 몇 년 전, 지나가던 차에 부딪쳐 유명을 달리한 수컷의 그림자가 얼마나 든든했는지 이제야 깨닫는다. 그래서인지 비둘기는 곧잘 대꾸를 해주는 CCTV 곁을 자주 찾아간다. 비록 따스한 체온도 없이 기계적인 대꾸이긴 해도 그 물체는 적당한 높이에 있어서 좋았다. 그건 바로 그 물체가 종일 바라보는 골목 풍경을 고스란히 비둘기에게 전해주기 때문이기도 했다.

"아직 퇴근 안 했어?"

정오 무렵, 일찍 점심을 먹고 나간 2층집 노인이 갈 때 그랬던 것처럼 빌딩 후문을 통해 나오는 모습이 보인다. 저녁이나 먹으러 갈까 두리번거리던 주차원이 노인을 향해 반갑게 인사를 한다.

"오늘은 얼마나 도셨소? 저러니 얼마나 오래 살지도 모르지. 아마 벽에 0칠까지 할지도 모르겠소. 허허, 아무튼 건강하니 보기 좋소이다."

반나절 가까이 시내 번화가 뒤편 노인들이 자주 찾는 어느 성인 콜라텍에서 신나게 춤사위를 하고난 탓인지 양복 윗도리가 노인의 손에 얌전히 걸려 있다.

"하여튼 신사의 품격인 매너 하나는 철저한 노인이야. 수십 년간 얼마나 많은 여자들이 저 손을 잡고 돌아갔을까?"

CCTV가 중얼대는 사이 노인이 손을 흔들며 집으로 들어간다. 이어 주차원도 모자를 벗고는 저녁을 먹으러 초소를 나선다. 그의 흰머리가 어두워지는 초저녁에 유난히 드러나 보인다.

"그 노인은 어떻게 됐지? 아직 안 돌아왔지?"

비둘기가 담배꽁초를 주어가던 노인을 떠올리며 CCTV에게 묻는다.

"아들이 밤 8시가 넘어야 돌아오니 그때까지 시간을 보내고 있겠지."

CCTV의 눈이 빨갛게 변해간다. 작은 점들이 동그라미를 그린 화면. 밤이면 적외선 촬영이 시작되기 때문이다. 그런 모습이 비둘기는 낯설고 두려워진다. 붉은 빛이 주는 공포.

"저놈의 고양이가 또 나타나기 시작했군."

멀리 주차장 옆 나무 그늘 속에서 모습을 드러낸 검은 고양이 한 마리가 인근 식당에서 나온 음식쓰레기 봉투에 눈독을 들이고 있지만 아직은 섣불리 나서지 않는다. 순간 비둘기가 더욱 긴장을 한다.

"걱정 마. 제아무리 고양이라 해도 내 철제 몸은 타고 오르지 못할 거야."

CCTV가 그런 비둘기를 다독인다. 그나저나 하염없이 CCTV 곁에서 밤을 샐 수는 없는 일이다. 나무 그늘 아래가 좋은 것은 자신이 태어난 곳이라는 안도감 때문인지도 모른다. 또한 자신도 나뭇가지가 우거진 그런 곳에서 새끼들을 키워냈으니까. 회색 콘크리트 건물만이 가득한 뒷골목가에서 그런 나뭇가지를 찾는 건 쉽지 않았다.

"어디론가 떠나고 싶어. 이곳을 벗어나 자연의 숨소리가 들리는 곳으로 말이야."

"나로서는 이해할 수가 없는 일이군. 이런 문명의 혜택을 싫어하다니 말이야."

CCTV가 이해할 수 없다는 투로 말했다.

"그게 단지 자네와 나의 차이점이야. 생명과 무생물, 우리는 진화도 하지만 본능이란 게 있거든. 그 본능을 펼칠 공간이 여기엔 너무 부족해. 퇴화라고나 할까. 인간들도 문명을 바탕으로 살면서 자신들의 본능을 감춘 것 같아도 오히려 뒤로는 더 밝히는 게 인간의 심리인 것 같더라고. 이기적이고 자기중심적인 생각이 팽배한 것도 어쩌면 감춘 본능 뒤의 반대심리가 아닐까?"

"이발소 주인 얘기도 포함되는 거지?"

"맞아. 요즘 아이들은 자네 같은 기계에 노예가 되어가고 있는 것 같아. 자연에 대한 예의도 잃어가는 것 같고. 감정 조절도 제대로 못하는 이들이 얼마나 많은지."

어둠이 짙어가자 빌딩에서 쏟아져 나오는 퇴근하는 사람들의 손에 저마다 스마트폰을 들고 있다. 길을 걸으며 음악을 듣거나 누군가와 통화를 하고 문자를 보내는 모습뿐인 사람들. 어둠의 반 이상이 조명으로 밝혀진 거리. 다시 바람이 분다.

비둘기는 아침에 나갔던 노인이 저녁 늦게 아들의 집으로 돌아가는 모습을 본 뒤에야 근처 나뭇가지로 잠자리를 찾아 떠났다. 축 처진 노인의 어깨가 빈약하고 곧 쓰러질 듯 위태로워 보였다.

밤은 그렇게 깊어만 가고 뒷골목 식당가엔 새로운 모습들이 눈에 띄기 시작했다. 회식을 마치고 나오는 사람들이 다음 코스를 두고 의견이 분분한 모습이 여기저기 보인다. 그 중에는 한잔 술에 흐느적이는 모습도 보였다. 밤이 깊어갈수록 그들은 낮 동안 받았던 스트레스를 어둠 속에서 보란 듯 잊고 자신의 정체성을 찾는 듯 했지만 그건 일종의 객기였다. 그들은 스스로 포박된 삶의 굴레. 한 가정을 책임져야 한다는 중압감을 그렇게라도 벗어나려 몸부림치고 있었다.

"그래. 만물의 영장이란 사람들의 모습이 내겐 안타깝게만 보이는 건 왜일까? 단지 이 발전하는 사회에서 살아남기 위한 방편으로 자식들에게 성공가도만을 바라는 평생의 희생이 내겐 없어도 되지 않은가. 가진 게 없으면 어떠랴. 때가 되면 부모 자식의 정도 끊고 훌훌 떠나가는 새끼들에게 평생 목숨 바칠 일도 없는 데. 미식가가 되기보다는 그저 배부를 만큼만 찾아 먹으면 되니 그게 나만의 특권이 아닌가."

자위를 하면서도 비둘기는 그것이 곧 탄식이란 걸 안다. 지금은 어디선가 나무를 타고 올라와 덥석 자신을 물고 가버릴지도 모를 고양이에게 온통 신경을 곤두세우고 있는 자신이 우습다.

밤은 그렇게 또 깊어가고 있었다. 자정이 넘어가도록 거리엔 차량의 요란한 행렬이 끊이지 않는다. 뒷골목엔 비틀대는 모습. 어디선가 기껏 비싼 돈 주고 먹은 음식을 토해내는 소리가 들려왔다. 귀소 본능은 모든 동물들의 유산이 아니던가. 문득 지난 봄, 치미는 꽃향기를 따라 영원히 이소한 네 마리의 새끼들이 떠오른다. 아침에 잠시 만났던 그들은 지금 어디서 이 한 밤을 새고 있을까.

다시 날이 밝았다.

고개를 뒤로 돌려 부리를 깃털 속에 감춘 자세로 잔뜩 움츠리고 잔 탓인지 오늘 아침에도 몸이 무겁다. 딱새들이 오늘도 요란하다. 그게 덩치 작은 새들의 본능인지도 모른다. 잦은 심장의 박동만큼이나 요란한 그들의 몸짓. 그런데 오늘따라 한 마리만 보인다. 수컷이 보이지 않았다. 남은 새의 정신없는 지저귐이 새벽하늘에 오랫동안 퍼진다. 그러나 인근 다른 나무에서 함께 밤을 지새웠을 다른 새들은 평온하기만 하다. 까치와 굴뚝새, 낮은 울타리 나무 숲속의 참새들. 그들에게 하나의 희생은 또 하루를 시작하게 할 평온이란 걸 안다. 비록 다음엔 바로 자신이 희생의 과녁이 되리란 걸 아는지 모르는지. 딱새 한 마리를 덥석 물고 간 고양이는 여전히 배가 덜 부른지 전신주 아래 쌓인 쓰레기봉투를 찢어 놓고는 회양목 위 주차장 담을 훌쩍 뛰어넘어 어디론가 사라진다.

"밤새 들려오던 귓속의 환청 때문에 잠을 못 잤어."

비둘기가 CCTV곁에 힘없이 앉아 있다.

"어떤 환청이기에 잠도 못 자고 그래?"

"누군가가 부르는 소리 같기도 하고 깊은 숲속 소나무 사이로 빠져나가는 바람 소리 같기도 했어. 멀리서 들리는 파도 소리 같기도 하고."

"동물들의 감정이란 게 그런 거였구나. 나로선 이해가 안 되는 대목이지만."

CCTV는 오늘도 눈을 부릅뜨고 앞만 쳐다보고 있다.

"자네처럼 단순하게 사는 것도 행복인지도 몰라. 뇌에서 끊임없이 내리는 명령과 순간적인 판단. 지칠 것만 같아."

"가을을 탄다는 게 그런 거였구나."

"자넨 언제나 기계적인 말만 하는군. 터미네이터처럼 회로가 망가지면 모든 걸 놓아버리면 되니까. 얼마나 단순해? 난 지금껏 자네란 존칭을 썼는데 넌 언제나 너라고만 불렀어. 그게 너의 한계인가 보다."

"우릴 탓 하지 마. 그렇게 입력이 되어 있는 걸."

"그래. 서로의 장단점이 있지. 때론 우리도 단순하고도 싶으니까."

골목길을 들어서는 차량이 늘어가고 있었다. 그 매캐한 매연 탓에 비둘기는 잠시 자리를 뜨고 싶었다. 그는 골목길을 돌아 거리로 나왔다. 보도블록으로 떨어진 부스러기들을 주어먹는 한 무리의 새들. 그들 곁으로 날아가려던 비둘기는 문득 그들 중 또 한 번 낯익은 모습을 발견하고는 이내 발걸음을 돌렸다. 모정이란 것도 있었다. 한 때는 자신도 그들을 둥지에서 품고 알에서 깨어 나온 녀석들에게 먹이를 물어다 주지 않았던가. 비록 이소 뒤 한 번도 자신을 찾아오지 않는 자식들이지만 원망보다는 멀리서나마 힘을 불어주고 싶은 모정이 되살아나는 듯 했다.

골목길로 다시 접어들었다. 그들이 음식을 다 먹을 동안 자리를 피해줄 요량이었다.

비둘기는 이발소 앞 전신주 위에 앉아 이발소 앞을 내려다본다. 어제 저녁부터 이발소 문이 밤새 열려 있는 걸로 보아 이발사는 어제도 집에 가지 않은 모양이다. 대신 자정이 되어갈 무렵 술에 취한 두 남녀가 비틀거리며 안으로 들어가는 모습이 보였을 뿐이다. 남자의 구겨 신은 운동화와 중년 여인의 샌들이 지그재그로 방 앞에 늘려 있다.

"앗, 이게 무슨 날벼락이람."

그때 정적을 깨고 들려오는 여자의 비명 소리. 위치로 보아서는 칼국숫집 여주인의 목소리가 틀림이 없는 듯했다. 무슨 일일까. 비둘기는 전신주를 벗어나 큰길로 향했다. 모퉁이 구두 수선집 옆에 식당 여주인이 서 있다. 가까운 위치에서 비둘기는 날갯짓을 멈추고 상황을 파악하기 시작했다.

"에잇. 아침부터 재수 없게."

수선집 가까이 차를 세운 낯선 운전자의 신경질적인 소리가 들리는가 싶더니 이내 사내는 차를 몰고 골목길을 빠져나가 큰 길로 사라진다.

"세상에. 불쌍하기도 해라. 이렇게 사고치고 그냥 가버리다니. 나쁜 사람 같으니."

칼국숫집 여주인이 수선집 옆 하수구에서 비둘기 한 마리를 꺼냈다. 새는 피 칠갑을 한 채 이미 숨이 끊어져 있었다. 골목길을 빠져나가던 차에 치인 게 분명했다. 국숫집 여주인이 조심스럽게 비둘기를 길옆에 뉘더니 신문지를 가져와 비둘기를 싸기 시작했다.

"꽃도 피워보지 못하고 죽는구나. 다른 형제들은 멀쩡한데 어째 너만 이런 일을 당하니?"

그녀가 말하는 비둘기들은 자주 그녀의 가게 앞에서 자주 먹이를 얻어먹던 놈들이 분명했다. 언제나 함께 다니던 녀석들. 그녀는 신문지를 들고 집 앞 가로수 밑 흙을 파고 그것을 묻는다. 함께 다니던 비둘기들이 주변에서 맴돌며 구구대고 있었다.

그 광경을 처음부터 끝까지 맞은편 건물 위에서 바라보던 비둘기의 눈에 경련이 일기 시작했다. 그는 갑자기 안절부절 하였다. 당황한 듯 날갯짓마저 제멋대로다. 그러다 발이 미끄러지면서 건물 위에서 삐끗하며 아래로 떨어진다. 그러나 비둘기는 이내 정신을 차린 듯 국숫집 여주인이 비둘기를 파묻은 장소로 곧장 날아갔다. 이미 흙이 덮여 있어 새는 볼 수 없었지만 어디선가 구구대던 낯익은 소리가 들리는 듯하다.

비둘기는 한참을 맴돌다 문득 옆을 보았다. 나머지 세 놈은 무슨 일이 일어났는지 상관 않겠다는 투로 게걸스럽게 길에 떨어진 것들을 주워 먹고 있었다. 그러더니 그 중 한 마리가 갑자기 비틀대며 게걸음질을 한다. 이어 다른 녀석들도 중심을 잡지 못하고 아예 자리를 잡고 앉아버린다. 무슨 까닭일까?

그들이 먹다 남긴 곳을 쳐다보던 비둘기의 눈이 다시 한 번 경악을 금치 못한다.

이발사가 아침을 먹기 위해 식당으로 들어온 것은 그로부터 약 이십 분 뒤였다. 어젯밤 함께 보냈던 여자는 이미 집으로 돌아간 눈치였다.

"참 나! 꽃뱀이 따로 없네. 제대로 걸려든 것 같아."

자조 섞인 이발사의 푸념이 이어지자 주인 여자가 한 눈을 흘겼다.

"잘 하네요. 흥. 기껏 돈 몇 푼 벌어서 집에 보태줄 생각은 않고 허튼데 다 갖다 부어요? 내 일은 아니지만 참 딱도 하시우. 팔천? 어제는 일억이라더니 이제 가망이 없다 싶으니 스스로 가격을 내리는 구려. 흥정도 붙일 걸 붙여야지."

"내가 눈이 삐었었어."

이발사가 자신의 머리를 쥐어뜯으며 고개를 숙인다.

"어휴. 없어져야 할 것들은 멀쩡히 살고 제대로 살아보지도 못한 것들은 저렇게 죽어가고. 불쌍한 것들. 술이 원수지 원수."

비둘기 세 마리는 아직도 정신을 못 차리고 비틀대고 있다. 저러다 찻길에라도 뛰어들면 어쩌나 싶어 가까이 앉은 비둘기의 눈길이 안절부절이다.

"한 놈은 술에 취해 차에 뛰어들어 죽고 나머지 놈들은 술에 취해 저 모양이고. 이게 다 사람들이 벌여둔 것이 죄 없는 새들에게 돌아가는 꼴이구려. 아저씨도 그 술 때문이야. 술. 그년 상판대기를 보니 볼 것도 없고 어디 하나 예쁜 구석도 없더구먼."

이미 해는 중천에 떠올랐고 비둘기 세 마리는 여전히 비틀대며 거리를 걸어 다닌다.

구두 수선집 바로 옆 하수도 입구에 벌겋게 말라가는 토사물에서 알코올 냄새가 여전히 진동을 한다. 사람도 못 견디는 것을 저 작은 체구로 어찌 견디랴.

그날 비둘기는 한참 동안을 그렇게 앉아 있다가 정오가 되어서야 빌딩 뒤 주차장으로 날아갔다. CCTV곁에 앉았으나 비둘기는 한동안 말이 없었다.

"오늘도 그 영감님은 아침 일찍 아들 집을 나와 등나무 휴게실 아래서 담배꽁초를 주웠고 주차 문제로 또 다른 식당 앞에서 한바탕 소동이 있었고……"

2층집 노인은 오늘은 감색 양복을 차려 입고 어제 그 시간에 정확하게 시내로 향했고 주차원은 그런 노인에게 잘 다녀오라며 손을 흔들어 주었겠지. CCTV가 주절댄다.

모든 건 변함이 없다. 어제처럼. 비둘기가 죽든 말든, 이발사가 돈 문제로 골치를 썩든 말든 세상은 돌아가고 있었다. 바람이 오늘따라 더 스산하다. 어느새 낙엽이 제법 떨어지기 시작한다.

마주 보이는 이층집 창문 너머로 할멈이 혼자 앉아 TV를 보고 있다. 새는 문득 가을에 접어들면서 자꾸 생각나던 그 어딘가를 향해 떠나고 싶었다. 막상 떠오르지 않던 그곳의 실체가 처음으로 뇌리를 스친다. 깊은 산중턱 고사목에 앉은 자신의 모습이 생경스럽다.

TV 속 모래로 그림을 그리던 샌드 페인팅 작가는 금방 금방 장면을 바꾸며 또 다른 그림을 그리고 있었다.

끝.

2015. 9. 26. 추석 날.

1933 라오창팡

광우병으로
애지중지 키운 소를 생매장했던
악몽과도 같은 기억
계속되는 트라우마

1933 라오창팡

그야말로 순식간의 일이었다.

인천 공항에서 상해 푸동행 비행기를 탄 지 한 시간 반 만에 나는 어느새 상하이에 도착을 한 셈이다. 오늘 아침, 오전 열한시 반 비행기를 타기 위해 나는 새벽 같이 집을 나서 공항버스를 탔었다. 출발과 도착이란 시간 개념과 달리 인천과 상하이란 공간, 그 시공을 뛰어넘어 왔다는 사실이 또 다시 깨닫게 해준 셈이다. 내게 있어 시간이란 또 다른 시작과 끝을 이어주는 연결고리일 뿐이었다. 그 연결고리는 그 다음 과정으로 넘어가 한 시점이 끝나고 나면 또 다른 시작이 나를 기다리고 있을 뿐이었다.

도착을 알리는 기내 방송이 나오고, 그때까지 창밖으로 보였던 풍경들이 기체가 지면에 가까워지면서 점점 클로즈업 되자 성미급한 승객들은 벌써 일어나 관물함을 열고 가방을 꺼내느라 분주해지기 시작했다. 착륙을 할 때까지는 움직이지 말라는 기내 방송은 그렇게 바람처럼 묻혀버리고 만다.

에스컬레이터를 타고 입국심사대로 향할 즈음에야 나는 이제 낯선 타국에 와 있음을 느끼기 시작했다. 그는 과연 나를 마중 나와 있을까. 혹시나 하는 생각에 사로잡히자 이러다 오도 가도 못하는 국제 미아가 되는 건 아닌지 조바심이 났다.

잠시 기다린 끝에 나는 정복을 차려 입고 무표정하게 앉아 있던 낯선 사내가 스탬프를 찍어준 여권을 받아들었다. 앞선 사람들이 줄지어 나가는 뒤를 따랐다. 나처럼 한국에서 온 여행객들 몇몇이 큰 소리로 떠들고 있는 그 뒤를 따라섰다. 길게 컨베이어벨트 위로 실려 오는 수화물들. 나는 그 중에서 가장 작은 검은 가방 하나를 집어 들었다. 세관검사를 마치고 나오자 도착장 로비가 보인다. 이제 이곳을 벗어나면 나는 이국인이 되어 처음으로 상해 땅을 밟게 될 것이다. 머잖은 곳에 출구가 있다.

"여어, 박기석. 오느라 수고 많았어."

그의 승용차 뒷좌석에 어정쩡하게 몸을 싣자마자 차는 이내 공항을 벗어나 시내를 향해 달리기 시작했다. 이제야 나는 한순간 우려했던 국제 미아가 되지 않았음에 안도를 했다. 베이지색 바바리코트를 입고 내 옆자리에 앉아 있는 그를 힐끔 쳐다보며 잠시나마 그런 생각을 한 자신이 괜히 우스워지기 시작했다. 모든 기우와 안도는 시간이 만들어내는 것일 뿐이다. 그 시간 속에 갇혀 허동대는 감정을 수시로 느껴야 하는 자신에게 나는 웃어줄 수밖에.

그는 그런 내 기분을 눈치라도 챘는지 지나치는 거리의 풍경을 이것저것 설명을 해주기 시작했다. 수많은 고층 빌딩이 끝도 없이 이어진 도시. 너무나 광활한 풍경에 난 어쩌면 이 도시의 시작과 끝을 도무지 가늠할 수가 없을 것 같았다. 저 많은 건물이 모두 기계 아닌 사람들의 손으로 짓는다는 사실에 저 한 빌딩을 완공하는데 드는 인원과 시간은 과연 얼마나 될까 괜히 쓸데없는 생각에 빠진다.

"참, 얼마 전에 아버님 상을 당했다고 했지. 미안해. 내가 한국에 있었으면 당연히 가 봤어야 하는데."

"괜찮아. 근데 하는 일은 잘 돼가나 봐? 나를 여기까지 초대를 다 해주고."

그의 M자형 이마의 머릿결이 잠시 흐트러져 X자로 꼬여있었다.

"그럭저럭. 마른 땅에 헤딩 한다고 만만한 게 어디 있겠어. 다행히 한 2년 정도 지나니까 조금 자리를 잡아가는 것 같아. 처음엔 고생도 많았지. 이곳에 정착한지 오래된 지인을 붙잡고 늘어져 일을 가르쳐 달라고 애원하다시피 했지. 그래도 안 되겠다 싶어 비장의 카드로 회사를 그만두어 버렸고. 그리고는 난 이제 백수 신세가 되었으니 날 책임을 져달라고 생떼를 쓰니까 할 수 없이 받아들이더군. 자네가 회사를 그만둔 일 년 뒤였으니까 벌써 오 년이 되어가네 그려."

태원구. 그는 내가 다니던 회사에 함께 근무하던 동료였다. 나이는 나와 동갑이었지만 내가 재수를 해서 대학을 가는 바람에 내가 그 직장에 입사했을 때에는 그는 나보다 일 년 선배의 위치에 있었다. 만약 내가 직장을 그만두고 시골로 내려가지 않았다면 지금쯤 어떻게 되었을까. 그러나 난 지금 그에게나 다른 사람들에게 떳떳이 내세울 그 무엇이 없다. 아무리 둘러봐도 내겐 실패한 과거의 전력만이 남아있을 뿐이다.

"도시에서 번듯한 직장을 가지고 있어도 장가가기가 힘든 판에 요즘 여자들이 누가 시골에 사는 마흔두 살 노총각에게 시집을 오겠어. 난 자네가 왜 그때 잘나가던 직장 그만두고 시골로 갔는지 아직도 이해가 안가."

처음엔 오랜만에 만난 탓인지 조금은 조심스럽던 그의 말투가 차츰 예전처럼 거침없이 내뱉고 있다.

"근데 무슨 일이야. 날 이곳까지 오라고 한 이유가."

그가 힐끔 나를 쳐다본다. 그러다 아직은 말해줄 수 없다는 표정으로 싱긋 미소만 띄울 뿐이다.

"나중에 얘기함세."

차는 약 삼십여 분을 달려 고층빌딩 뒤편 도로로 접어 들더니 어느 회색빛 건물 앞에 멈췄다. 건물 입구엔 중국 특유의 붉은 글씨가 쓰여 있었지만 난 읽기를 포기하고 말았다. 그가 중국인 바이어와 점심 약속을 하기로 되어 있으니 일단 그곳에 함께 동행을 하자는 말을 들은 탓이다.

"내가 여기에 함께 해도 되는지 몰라. 자네 비즈니스인데."

난감해하는 내게 그는 아무렇지도 않게 말했다.

"괜찮아. 자네에게 도움이 되었으면 되었지 거리낄 건 없어. 그냥 편안히 앉아 있기만 하면 돼."

약속 시간이 이른 탓인지 아직도 바이어라는 사람은 나타나지 않았다. 그 틈을 타서 그가 내게 말을 건넸다.

"중국 사람들과의 식사약속은 아주 사소한 예의를 갖춰주는데서 시작하거든. 예를 들어 고객자리는 테이블 중앙에서부터 순서대로 앉게 할 것, 종업원이 술을 따르는 경우 술을 받기 싫으면 그냥 술잔 위에 손바닥을 가볍게 올려두면 되고 그리고 만약 손님이 술을 따라주면 검지와 중지를 펴서 식탁을 가볍게 몇 번 두드리는 게 고맙다는 뜻이야. 술은 보통 바이주를 많이 마시는데 냉장시켰다가 마시면 맛이 더 좋다고 하나 보통은 주로 상온에서 그대로 마시기도 해. 때론 운전기사도 합석하는 경우가 있는데 이건 그냥 이 나라 사람들의 관행이니까 신경 쓰지 않아도 돼."

그러나 내겐 그의 말처럼 전혀 신경 쓰지 않아도 될 일이 아니었다.

"자네가 힘든 시기인 줄은 알아. 하지만 언제까지 그렇게 포기하듯 지낼 수는 없잖아. 내가 자네 조력자가 되어줄 수도 있으니까."

그는 선뜻 내게 머리도 식히고 새 삶의 구상을 도와주기 위해서란 전제를 내세워 나를 꼭 이곳으로 오길 끈질기게 원했다. 처음에 나는 그의 제안을 물론 일언지하에 거절했었다. 모든 것을 잃어버린 상황에서 그의 동정심 섞인 조건 없는 제안이 쉽게 마음에 동하지 않았기 때문이었다. 석 달 만이었다. 내겐 그 트라우마가 평생토록 지속될 것만 같은 착각 속에 빠져 있었는데. 나를 바꾸어준 건 무엇이었을까? 그건 바로 노르웨이의 게이랑에르 피오르에서 끊임없이 떨어지는 폭포처럼, 쉬지 않고 지나가는 시간의 시작과 종말을 자꾸만 되새기게 되면서였다. 난 그때 처음으로 시간과 공간이 뫼비우스의 띠처럼 시작과 끝이 끊임없이 일어나면서도 결코 끝은 없는 그 사이클을 영원히 이어가고 있다는 사실을 깨닫기 시작했다. 그리고 다음 날 나는 그의 제안을 받아들이기로 했다.

그러나 막상 상하이에 도착한 순간, 낯선 전봇대 하나가 가슴에 비스듬히 박혀있는 느낌을 받은 것은 상하이라는 도시가 내게 주는 어떤 가벼운 경고와 함께 내가 모르는 그 무엇이 그림자처럼 드리워져 있다는 생각 때문이었다. 조건 없는 계약이 없듯이 그는 과연 내게 무엇을 바라고 있는 걸까. 그 궁금증은 잠시 뒤 그와 함께 만난 바이어들과의 식사시간 내내 가슴을 맴돌고 있었다.

"미안해. 오자마자 이런 자리를 마련해서. 오히려 머리가 더 복잡하게 만들어준 것 같군. 그러나 잘 생각해주길 바라네. 내가 왜 자네를 이 자리에 합석시켰는지는."

그의 말은 의미심장했지만 난 여전히 가슴에 족쇄 하나를 단단히 움켜쥐고 있는 듯 마음은 자꾸만 뒷걸음부터 치고 있었다. 바이어들과의 식사를 마치자 시간은 어느새 오후 네시가 되어가고 있었다.

"일단 호텔로 돌아가 여장을 풀고 편히 쉬고 있게. 난 저녁에 또 다른 약속이 있거든. 그 자리야말로 오늘 자네를 여기까지 오게 한 중요한 변수가 될 것 같으니 늦더라도 기다려주게. 다시 만나면 내가 자네를 부른 이유를 설명해 줄 테니."

나는 그들이 이끄는 대로 약 이십분을 달려 도착한 어느 호텔 앞에 차를 내렸다. 뒤따라 내린 그가 프론트로 가서 체크인을 하고 열쇠를 건네주었다.

"이 근처엔 상하이를 관광 오는 사람이면 누구나 들르는 관광 명소가 있어. 호텔에서 걸어서 약 십분 거리에 있으니까 혼자서도 충분히 구경을 다닐 수 있을 거네. 열시까지는 충분히 구경을 다녀도 될 시간일 걸세. 열시 넘어서 내가 전화를 하고 찾아올 테니."

15층 객실로 들어가 짐을 풀었다. 짐이래야 간편한 일상복이 하나 더 들어 있을 뿐이었다. 묘했다. 왜 그는 나를 혼자 남겨두고 가버린 걸까. 굳이 그가 원해서 나를 불렀으면서 말이다. 서운함과 불편함이 조금씩 밀려들었지만 나는 어두워질 때까지 침대에 누워 있다가 저녁 7시가 다 되어갈 즈음 로비로 내려왔다. 식당에서 대충 식사를 마치긴 했지만 여전히 음식도 사람들도 분위기도 낯설기만 하다. 내가 안동이라는 작은 시골에서 나고 자라 사십이 년이 흐르도록 내게 자연스럽게 배어 있는 우리나라의 음식과 계절, 문화 등 그 모든 것에 길들여졌듯 이곳 사람들 역시 중국이라는 나라에서 나고 자랐으니 그들만의 문화와 시간 속에 길들여 살아온 것이다. 따지고 보면 이 역시 분명 다른 공간에서 맞은 시간의 시작과 끝의 수많은 반복적 삶을 살아온 것이 아니던가. 불교에서는 색즉시공 공즉시색이라– 모든 눈에 보이는 것이 허상이고 무無란 뜻이 아니었던가. 난 아직도 그 뜻을 깨우치기엔 너무나 부족한 인간에 불과한 걸까. 내겐 시간도, 공간도 모두가 유기적으로 반복을 계속하는 끊임없는 복합체란 사실을 철석같이 믿고 있는 건 아닌지. 적어도 내가 살아 움직이는 동안만은 말이다.

저녁 식사를 마치고 나는 혼자 호텔을 빠져나왔다. 수많은 사람들의 흐름. 십억 인구의 단면일까 아니면 관광도시에서 보는 나 외의 또 다른 관광객일까. 가이드가 없어도 나는 그들을 뒤따르면 모든 관광을 할 수 있을 것 같았다. 그들은 하나같이 손에 카메라와 작은 가방 하나씩을 들고 번화한 도심 속을 흐느적이며 돌아다니는 관광객의 모습 그대로 남아 있었다. 그들을 따라 화려한 거리를 거닐며 나도 이국적인 때론 동질적인 문화의 일면을 느끼며 걸어 다니다 문득 너무 많이 걸어온 것 같아 그 자리에 멈췄다. 그랬다. 난 이방인이다. 비록 이곳 사람들과는 한 마디도 주고받지 못해봤지만 그러기에 난 아직도 이곳이 타국이란 사실을 잊고 있었음에 당황하기 시작했다. 나는 다시 발걸음을 돌려 호텔 쪽으로 급히 발걸음을 옮겼다.

한참을 걸은 후에야 나는 가까이 보이는 내가 묵은 호텔 외관의 특징을 발견하고 발길을 옮겼다. 길 건너편으로 고층 건물의 화려한 야경이 강물에 어려 데칼코마니처럼 양분된 문양이 된다. 9월 말의 선선한 바람이 강물을 건너와 강둑을 넘어왔다. 사람들은 저마다 밤의 야경에 취한 듯 감탄사를 연발한다. 강 건너 화려한 조명에 갇힌 동방명주를 배경으로 사진을 찍고 있다.

"죄송하지만 사진 좀 찍어주시겠어요?"

그때 누군가 뒤에서 말을 건넨다. 뒤돌아보니 한 여인이 카메라를 내밀고 있다. 검은 가방이 무겁게 그녀의 어깨를 짓누르는 듯 그녀는 연신 가방 끈을 새로 여미기 위해 어깨를 들썩인다. 사진기를 건네받아 야경을 배경으로 두 컷의 사진을 찍었다. 그녀의 뒤로 남녀 두 사람이 마주보고 서서 함께 힘껏 뛰어오르는 포즈를 취하며 깔깔대고 웃고 있다. 아마 누군가가 앞에서 그 모습을 촬영하고 있는 것 같았다. 그녀의 어깨까지 내려오는 긴 머리가 바람에 찰랑거렸다. 나이는 좀체 가늠할 수가 없었지만 이십 대 내지 삼십 대 초반쯤 되어 보인다고 단정한다. 당당해 보이는 모습과는 달리 그녀의 미소 뒤로 약간의 수줍음이 남아 있는 듯하다.

"혼자 오셨나 봐요?"

카메라를 건네며 물었다.

"예. 근데……."

"어떻게 한국 사람인지 알았냐고요? 정말 기억이 안 나세요? 오늘 아침 비행기에서."

그녀가 가볍게 웃는다. 아! 나는 그제야 탑승 시 그녀의 가방을 적재함까지 올려준 기억이 떠오른다. 보통 키 정도의 그녀였지만 무거운 여행 가방을 들고 어쩔 줄 몰라 하던 때, 마침 지나가던 내가 그녀의 가방을 올려주었다. 나는 그녀의 바로 뒷좌석에 앉았다. 도착한 뒤에도 내가 가방을 내려주었던 것 같았다. 그러나 단지 그것뿐 막상 그녀의 얼굴만은 선뜻 기억하지 않고 있었던 것이다.

“그랬나요?”

단체 관광객인 듯한 사람들이 무리를 지어 지나가자 우리는 잠시 한쪽으로 자리를 옮겼다. 가이드가 앞장서서 걷고 그 뒤를 외국인들이 줄지어 뒤따르고 있다. 여기저기 관광객들이 뒤엉켜 강변은 사람들로 넘쳐나고 있다. 황푸강 건너 진마오 빌딩과 동방명주가 바라다 보이는 와이탄 강변. 뒤로는 중국의 현대사를 가름하듯 이십 세기 초반의 유럽식 아르데코 건물들이 밤의 틈새로 화려한 조명 속에 갇혀 있다. 와이탄 13호 시계탑. 그리고 마주 보이는 470미터 높이의 방송 송신탑인 동방명주. 그 두 건물만 찾으면 호텔을 찾지 못해 헤맬 염려는 없을 듯 했다. 무엇보다 혼자 유리벽 속에 갇힌 듯 저 수많은 사람들의 행렬 속에서도 군중 속의 고독이 자꾸만 커지던 즈음이었기에 그녀의 등장은 오히려 내겐 다행이란 생각이 들었다.

“사실 저는 이번이 세 번째 여행이지만 매번 일 때문에 바쁘게 왔다 정신없이 일 처리만 하고 갔거든요. 이번에는 작정을 하고 왔어요. 꼭 한 번 들러볼 데가 있어서 다시 왔어요.”

갑작스런 그녀의 등장에 난 낮부터 무언지 모를 이질감에 답답하던 가슴이 조금은 풀려오는 듯 했다. 초면이었지만 왠지 그녀와의 만남이 전혀 낯설지 않은, 그래서 우리는 마치 연인들처럼 잠시 강둑을 따라 걸으며 야경을 구경했다.

"참, 사진 안 찍으세요?"

그녀가 갑자기 멈춰서며 말했다.

"찍어주실래요?"

그녀는 내가 내민 카메라를 받아들고는 구도를 잡으려고 이리저리 몇 번을 움직이다 이윽고 몇 번 셔터를 누른다. 그리고 우리는 잠시 여전히 북적이던 강가를 따라 다시 걸어갔고 차츰 사람들의 모습이 점차 줄어들 무렵에야 우리는 다시 되돌아섰다.

"실례지만 아까 이번 여행에서 꼭 가고 싶으신 곳이 있다고 하시던데 그곳이 어디인가요?"

"지금은 복합문화센터로 재활용된 건물이에요. 처음엔 전혀 다른 목적으로 지어졌지만 그 용도가 다한 건물들은 용도 폐기 대신 다른 문화공간으로 다시 활용하는 건물이 많거든요. 제가 가고 싶은 곳도 바로 그런 곳 중의 하나죠."

우리는 천천히 걸어온 길을 되돌아가서 아르데코 건물들이 줄지어 있는 거리로 들어섰다. 시간은 어느새 밤 9시가 넘어가고 있다. 혹시라도 그 사이 태원구가 호텔방으로 전화라도 한 건 아닐까. 내가 여기에 온 목적은 지금과 같은 관광이 아니지 않은가. 그냥 그가 일을 마치고 호텔로 전화를 걸 때까지 객실에서 기다릴 걸 하는 후회가 밀려와 갑자기 걸음이 바빠진다.

"여기서 헤어져야겠네요. 오늘 만나서 반가웠어요."

그녀가 되돌아서며 묻는다.

"어머, 퍼플 마운틴 호텔에 계세요? 저도 거긴데."

"아, 그러세요? 그럼 같은 곳에 투숙을 하고 있네요."

난 그녀가 언제나 한 발씩 앞선 곳에서 나의 일거수일투족을 죄다 지켜보고 있었던 것 같은 묘한 기분에 사로잡혔다.

"사실은 아까 호텔로비에 있는 식당에서도 선생님을 보았거든요. 호호. 제가 미저리 같아 보이지 않으세요?"

"오늘은 제가 마치 미행을 당하는 것 같은 기분인데요."

"걱정 마세요. 스토커는 아니니까."

프론트에서 키를 받아 들었다. 그녀는 내가 키를 받아들자 방금 들어왔던 현관 쪽으로 몸을 돌렸다.

"저는 아직 둘러볼 곳이 많아서요."

그녀가 가볍게 손을 흔들며 다시 현관 쪽으로 걸어가다 갑자기 잊은 듯 돌아서며 말했다.

"참, 내일 특별한 계획이 없으시면 저랑 같이 다니실래요? 저는 아침 8시경에 식당에 있을 거에요. 편히 쉬세요."

호텔방으로 돌아왔다. 텅 빈 방 안이 마치 또 다른 세계처럼 여전히 낯설다. 창밖으로 내다보이는 시내 전경 또한 띄엄띄엄 보이는 중국어 간체자가 또 다시 생경스러워진다. 혼자 있는데 익숙할 때도 지났건만 난 아직도 심한 낯갈이를 하는 어린아이처럼 주눅이 들고 만다. 밤 열한시가 넘어서야 태원구로부터 전화가 왔다.

"많이 기다렸지? 자네를 조력자로 삼을 이곳 바이어를 만나느라고. 나 또한 자네 힘이 얼마나 필요한지, 그리고 자네가 그 분야에 얼마나 전문가인가에 대한 설명을 하자 그쪽에서도 조금씩 자네에게 호감을 가지는 눈치더라고. 잘 될 거야. 그러니 걱정 말고 푹 쉬게나."

전화를 끊고 나자 갑자기 몸이 나른해 진다. 낯선 하루의 긴장감이 한꺼번에 밀려들었다.

"이봐, 기석이. 여길 떠나겠다고? 그건 현실도피일 뿐이야. 어디를 간들 자네 맘속의 기억들을 떨칠 수 있을 것 같아? 상황과 장소만 바뀔 뿐 그건 요원할 뿐일 걸세. 트라우마를 잊는 방법? 그건 도피가 아니라 오히려 다시 시작을 하는 거라고 할 수 있는 것 아닌가. 왜냐하면 그건 자네가 가장 잘 할 수 있는 일이기도 할뿐더러 종전의 실패란 자신의 치명적 실수에서 라기보다는 인재가 아닌 자연재난이었기 때문이지. 자네 잘못도 없는데 왜? 왜 현실에서 도망치려고 하냐고. 다시 덤벼. 다시 시작하라고."

그러나 이제 난 단 한 순간도 그곳에 머무는 게 싫었다. 고향을 찾아 귀향한 내 동기는 단순히 아버지의 병환에 의한 타의적 방향 전환이었다. 난 충분히 옛 직장에서 자신의 꿈을 펼칠 수도, 더 앞으로 진취적으로 나아갈 수도 있지 않았던가. 이제라도 늦지 않았다. 적어도 무슨 일을 하더라도 고향에서의 일상보다는 조금도 못할 일이 없다는 생각이 자신의 당위성을 불 지르고 있었다. 내겐 잊어버려야 할 시간과 공간이 있다면 다시 찾아야 할 시간과 공간 역시 있어야 했다. 그런 상황에서 이장의 말이 내 뒤에 들어올 리가 없었다. 그리고 그 생각을 더욱 확고히 해준 것은 바로 친구인 태원구였다.

한 달 전부터 그의 전화가 걸려오기 시작했다. 중국에서 무역업을 한다고 했지만 정확히 무슨 사업인지에 대해서는 별 말이 없었다. 대신 그는 내게 함께 동업을 하기를 제안해오기 시작했다. 처음엔 그마저도 귀찮았다. 내겐 3년 전, 잘 다니던 회사를 그만두고 고향으로 돌아와 홀로 계신 아버지를 도우기 시작하면서 축산업으로 부농을 꿈꾸기 시작했던 그 부푼 기대와 열정은 이미 온데간데없었다. 지금까지의 시간과 흘린 땀방울은 그 시작과 끝이 명확히 대비되면서 이미 땅속으로 곤두박질쳐 버렸으니까. 그 또한 순간적이었다.

그러나 그는 끈질기게 며칠을 두고 전화를 걸어왔다. 잦은 낙숫물에 단단한 돌이 패이듯 내 마음이 흔들리기 시작했다. 떠나고 싶었다. 어서 이곳을 벗어나야 한다는 강박감. 난 서서히 그의 말에 마음이 흔들리고 있었다. 그래 떠나자. 모두 다 잊을 수 있는 곳으로.

어젯밤, 내가 중국으로 떠난다는 소식에 이장이 한달음에 달려왔다.

“칼을 뽑았으면 썩은 무라도 벨 일이지. 내가 관여할 일은 아니다만 모든 걸 팽개치고 꼭 떠나야만 하겠니?"

"형님도 겪으셨잖아요. 지난겨울, 이 동네에서 어떤 일이 벌어졌는지. 형님이야 벌써 여러 차례 이런 일을 겪고 또 다시 일어서기를 몇 번 하셨으니 다시 시작하겠다는 말씀이 수월하게 나올지는 몰라도 저는요.... 저는 잊을 수가 없어요. 매일 밤 들려오는 그 소리를...."

한동안 잊고 있던 눈물이 끊임없이 흘러내렸다. 아직도 흘릴 눈물이 남아 있었던가.

"이번 가을엔 지난여름 내가 새로 들여온 우리 집 암소가 송아지를 낳는다네. 자네 손으로 꼭 한 번 송아지를 받아보고 싶다고 했지? 그때 와. 와서 자네가 받도록 해. 그리고 그 일은 없던 걸로 하고. 정 가고 싶다면 며칠 머리를 식히러 간다고 생각하고 갔다 오던가. 내 말 잘 새겨보게."

그러나 나는 그럴 생각은 전혀 없었다. 이미 내 마음은 빨리 이곳을 벗어나야 한다고 결정을 지은 지 오래였다. 내가 중국으로 올 때에는 이미 반 이상 그의 제안을 마음속으로는 받아들일 준비가 되어있었다. 그만큼 내겐 지난 시간들이 악몽과도 같고 하루라도 빨리 거기서 벗어나고 싶을 뿐이었다.

아침에 눈을 뜨고 창밖을 내다보면서 그제야 이곳이 낯선 타국이란 생각이 든다. 난 지난밤부터 오늘 새벽까지 또 다른 공간에서 또 다른 시간의 시작과 끝을 보냈던 셈이다.

간단한 샤워를 마친 뒤 식당으로 내려갔다. 그녀는 8시경, 여기에 올 것이라 했던 말이 떠올랐다. 그녀를 만나기로 결심을 한 건 어쩔 수 없는 선택이었다. 태원구와의 약속이 또 다시 오늘 밤으로 미뤄졌기 때문이었다. 오늘 하루를 보내기 위해선 그녀를 따라 나설 수밖에 없었다.

"오셨네요. 저는 다시 만난 게 반가운데 반갑다고 하면 안 되겠죠? 일이 잘 안 되셨나 봐요?"

"예. 약속이 오늘 저녁으로 연기되었거든요. 차라리 잘 됐네요. 그쪽이랑 함께 시내 구경을 하고 싶었던 게 솔직한 제 심정이었거든요."

"가요. 제가 안내를 할 테니."

우리는 약 5분 정도를 걸어 지하철역으로 향했다. 밝은 아침 햇살이 긴 빌딩의 그림자를 그리며 거리의 음영을 명확하게 구분하고 있었다.

하이룬역에서 내린 우리는 2번 출구를 빠져나와 거리를 따라 걷기 시작했다. 전신주에 목적지를 안내하는 표지판이 군데군데 설치되어 있는 길을 따라갔다.

"준비를 많이 하셨나 봐요. 가는 길을 훤히 꿰차고 있는 게 마치 가이드를 따라가는 기분이네요."

"제 경험으로는 여행하기 전 이 정도는 기본으로 사전 조사를 해 두어야겠더라고요. 아니면 그만큼 시간 낭비만 하거든요. 인터넷이 제 가이드인 셈이죠."

"실례지만 하시는 일이?"

"캘리그라퍼로 독립할 준비를 하고 있어요. 포토그래퍼도 함께 활동할 계획이고요. 이름은 임향이. 참 촌스럽죠? 디자인과는 전혀 어울리지 않잖아요. 할아버지가 원망스러워요. 그래도 어릴 적 할아버지에게서 배운 서예를 바탕으로 시각디자인 전공까지 했더니 배운 게 도둑질이라고 계속 이 길을 걷게 되네요."

그녀의 직업이 의외였지만 어젯밤 그녀가 내 사진기를 들고 사진을 찍던 모습이 새삼 떠올랐다.

"프리이신가요?"

"사실은 지금 준비 중이에요. 곧 회사를 그만둘 거니까요. 나이 서른여섯에 회사 눈칫밥 먹는 게 여간해야죠. 그러시는 분은?"

"저는.... 귀농한 농부라고 해두죠. 하지만 이젠 아니에요. 귀농 전 내 모습으로 다시 돌아갈 준비를 하고 있으니까요."

거리의 풍경이 낯설게 보인다. 조금 전까지 화려했던 거대한 빌딩의 숲은 다 어디로 간 것일까. 소방도로를 따라 걷는 길가 풍경이 마치 시골 마을을 연상시키고 있었다. 허름한 집과 과일가게, 무엇보다 길거리를 향해 길게 내민 빨래 건조대가 인상적이었다.

"아까 디자인을 하신다고 들었는데 지금 우리가 가는 곳이 그런 것과 연관이 있는 곳인가요?"

"잠시만요. 이제 거의 다 왔거든요. 직접 보시면 답을 아실 거에요."

십분쯤을 걸어 허름한 이층집들이 줄지어선 곳을 지나자 저 멀리 회색빛 오층 건물이 눈에 띄었다. 건물 벽엔 네모와 동그라미 문양이 창문을 대신하고 있는 회색빛의 아주 독특한 건물의 모습이었다. 건물 한쪽 옆으로는 넓은 탄천이 유유히 흐르고 있다.

"라오창팡이란 곳이에요. 예전엔 이곳이 도살장이었다고 해요. 1933년에 영국건축가인 스테이블포드에 의해 설계가 되었다고 하는데 내부 구조가 아주 독특하대요. 디자인이나 사진 전공하시는 분들에겐 필수적인 코스라 들었어요. 과연 어떤 곳인지 저도 궁금해요."

입구에 들어서자 옷가게와 액세서리 가게들이 눈에 들어왔다. 식당, 웨딩숍, 페라리오너스클럽까지. 그 화려한 모습이 예전 이곳이 도축장이었다고는 도저히 상상할 수가 없었다. 2층으로 올라서자 베란다가 보였고 낮고 음침한 회색빛 공간에 굵은 콘크리트 기둥이 드문드문 서 있는 곳을 지나자, 베란다와 소들이 머물던 장소가 연결된 좁은 구름다리가 눈에 띄었다. 우도(牛道)라는 표시는 바로 소들이 다녔던 통로였다. 우리는 중앙의 나선형 계단을 따라 올라가 마침내 원형 타워 중심부에 도달했다. 이곳이 바로 소들이 생을 마감하던 곳이었다.

"이 건물의 동선과 복잡한 내부구조 그리고 창밖으로 보이는 건물과 굴뚝을 내다볼 수 있는 둥근 문양의 창틀 등이 정말 묘한 시각적 매력을 지니고 있네요. 저 음울한 회색빛 공간에 무언가 낙서라도 하고 싶어요."

그녀는 바닥이 훤히 내려다보이는 통유리를 겁도 없이 걸어 다니며 건축물 곳곳을 꼼꼼히 감상하고 있었다. 그런 그녀의 모습에서 나는 그리 멀지 않은 기억 하나를 끄집어낼 수 있었다.

아버지는 처음부터 그 길을 반대하고 나섰다.

"배고프고 돈 안 되는 환쟁이의 길을 왜 자진해서 간다고 나서느냐. 난 그 꼴을 못 본다. 그냥 난 네가 평범하게 회사원이 되었으면 좋겠다."

"아버지, 디자인학과에요. 요즘은 옛날과 달라서 진로가 무궁무진하단 말예요."

아버지는 끝까지 고집을 꺾지 않으셨다. 결국 나의 진로는 아버지의 뜻대로 경영학으로 정해졌었다. 그리고 대학을 다니면서 내가 꿈꾸었던 미술에 대한 꿈도 조금씩 식어가고 있었다. 단지 내겐 흙 속에 가려진 뿌리처럼 드러나진 않았지만 터지지 않는 용암처럼 잠재해 있던 미술에 대한 내 유전자적 자취를 영영 지울 수 없었을 뿐이다. 난 지금 그녀의 모습을 보며 잊고 지냈던 지난 기억 하나를 이 작은 공간에서 불쑥 찾아냈음에 당황해하고 있었다. 갑자기 현기증이 일어난다. 통유리 위에 선 다리가 후들거리며 한 발짝도 움직일 수가 없었다. 뒤돌아서 창가로 가서 난간을 잡고 아래를 내려다보았다. 베란다와 연결된 26개의 좁은 통로들. 저 미로를 따라 올라온 소들이 갑자기 전기충격으로 생을 마감했던 그 순간들이 영상처럼 스쳐간다. 난 그 순간을 누구보다도 쉽게 떠올릴 수 있다. 내게 각인된 트라우마로 남은 악몽 하나만으로도 그건 충분히 가능한 일이었다. 과거와 현재에 존재하던 모든 공간과 시간이 작은 물방울이 되어 다른 물방울과 합쳐져 버린 듯 갑자기 현실이 과거가 되고 과거가 현실이 되어 뒤죽박죽 섞여버린 듯 했다. 좁은 통로로 물밀듯 쫓겨 올라오는 소떼들이 눈에 보이는 가 싶더니 금방 통로 한 가운데 서 있는 그녀의 모습이 보이기도 했다. 갑자기 모든 소음이 뚝 끊기더니 귀에서 소들의 비명에 가까운 울음소리와 쫓기듯 아무렇게나 허둥대는 소 발굽 소리가 이명처럼 또렷이 들려왔다. 그 소리는 점점 더 크게 울려오기 시작해서 마침내 나는 두 손으로 귀를 감싼 채 그 자리에 주저앉고 말았다. 온몸으로 식은땀이 범벅이 되어 흐른다.

"기석 씨. 도살장이었다는 사실에 충격을 많이 받으셨나 봐요. 안색이 안 좋으세요. 이마에 식은땀 좀 봐."

돌아나오는 길엔 구월의 햇살이 좀 더 강력해졌음인지 난 여전히 눈살을 찌푸려야 했다.

"미안해요. 저 때문에 벼르고 벼른 여행을 망치지나 않았는지 모르겠네요."

나는 제대로 구경도 못하고 그곳을 나온데 대해 미안한 마음이 앞섰다. 어지러움은 한참동안 나를 괴롭혀 채 한 시간도 지나지 못해 그녀가 부축하는 대로 건물 밖으로 나와야 했다. 푸른 하늘에서 잔잔한 바람 한 자락이 힐끔거리듯 얼굴을 스쳐갈 즈음에야 나는 겨우 정신을 차렸다. 긴 머리카락이 바람에 날려 왼쪽 얼굴을 가리자 가볍게 귀 뒤로 넘기는 그녀의 모습이 처음으로 예뻐 보였다.

그날 오후, 그녀와 가벼운 점심을 먹은 뒤 그녀는 혼자서 시내 관광을 떠났고 나는 호텔로 돌아와 버렸다. 한가로이 관광을 즐기기가 여전히 맘이 편치 않았음은 내가 이곳까지 날아 온 이유인 태원구와의 만남이 자꾸만 지체되고 있기 때문이기도 했지만 무엇보다 조금 전 라오창팡에 다녀온 뒤 온몸의 기운이 머리에서부터 다리를 통해 자꾸만 방전되고 있는 느낌 때문이었다. 방으로 돌아오기가 무섭게 나는 곧장 침대 속을 파고들었다. 그곳에 가지 말았어야 했던 걸까. 왜 하필이면 그곳이 도살장이어야 했을까. 내가 이곳으로 온 이유도 바로 그날의 악몽을 깨끗이 잊기 위해서였다.

그 사건이 있은 지 세 달 후, 아버지마저 돌아가시고 나자 이젠 더 이상 그곳에 머물 명분도 없었다. 3년 전, 어머니가 돌아가신 뒤 몇 년째 뇌졸중을 앓던 아버지는 혼자서 축사 일을 고집스럽게 하고 계셨다. 팔과 다리에 남은 약간의 마비 증상으로 누군가의 도움이 절실한 시기였다. 내가 회사를 그만두고 고향으로 돌아온 이유였다. 그리고 아버지와 함께한 지난 3년여 동안 나는 서서히 귀농이라는 화려한 변신을 준비하고 있었다. 축사엔 열여섯 마리에 불과했던 소가 내가 온 뒤로 서른다섯 마리로 불어났다. 퇴직금과 영농자금 지원으로 빈 축사를 채웠고 막사 맞은편에 또 다른 축사를 달아내기도 했다. 비록 대규모 축산에는 못 미치는 수

준이었지만 어쩌면 몇 년 내에 나도 그들과 어깨를 나란히 할 수 있겠다는 자신이 내게도 솟아오르기 시작하였다. 그때 내가 가장 해 보고 싶었던 것은 바로 직접 어미소에게서 송아지를 받아보는 일이었다. 아버지가 계시긴 했어도 내가 귀향 후 대부분의 가사 및 축사 일을 내가 떠맡을 수밖에 없었다. 난 단지 옆에 지켜 서서 내게 일머리를 잡아주는 아버지의 지시대로 움직일 수밖에 없었던 초보 일꾼이었기에 번번이 어린 송아지를 사들일 수밖에 없었다.

그렇게 나의 꿈이 조금씩 푸른 열매처럼 서서히 영글어가던 즈음 바로 그 사건이 터져버렸다. 구제역이 발생한 것이었다. 일 년 전 12월부터 시작된 구제역은 전국적으로 급속히 퍼져나갔다. 극도의 긴장감이 감돌았다. 그리고 어김없이 우리 지역에도 구제역이 돌자 가축방역관과 가축방역 담당공무원들이 투입되어 축사 곳곳에 모여들었다. 소들이 입가로 허연 거품을 물기 시작했고 입술과 혀, 잇몸, 코, 발굽으로 물집이 생겨 서 있기조차 힘들어 보이는 소들이 급격히 늘어갔다. 하루 만에 그 증상은 대부분의 소들에게 전염되어 갔다. 5개 시 도, 29개 시 군, 65곳에서 축산업자들의 자식처럼 키워온 소들이 살처분되어 매장되기 시작했다.

"제발, 제발 생매장만은...."

그때부터 아버지의 절규가 시작되었다. 구제역 발생이 지역으로 가까워지던 때부터 아버지는 거의 식음을 전폐하다시피 하며 축사 곁을 떠날 줄을 모르셨다.

"저놈들도 이제부터 자신이 어떻게 될 건지 본능적으로 다 알고 있단 말이오. 말 못하는 짐승이지만 어떻게 멀쩡히 살아있는 놈들을, 내 자식 같은 놈들을...."

아버지의 애끓는 절규가 축사 안을 울리고 있었다. 아버지의 말대로 소들은 자신의 운명을 직감이라도 한 것일까. 한쪽 구석으로 몰려 있던 소들이 일제히 아버지 쪽으로 시선을 두고 있었다. 그들의 눈빛은 애절했고 큰 흰자위로 젖어드는 촉촉한 물기들.

"우린들 이러고 싶어서 이러겠습니까. 두 달째 이러는 우리는요? 밤마다 저들의 울음소리가 이명처럼 들려와 잠을 못 잘 지경이라고요."

흰 위생복을 입은 방역관들이 축사 앞에 기다리고 있었다. 축사 뒤 언덕 뒤편으로 포크레인이 땅을 파 둔 곳엔 사방으로 비닐이 둘러졌고 바닥엔 이미 흙이 뿌려져 있고 매몰 뒤 흙을 덮기 전에 도포될 생석회가 군데군데 가득 쌓여 있었다.

준비완료라는 사인이 있자 방역관들이 지체 없이 축사 안으로 들어서기 시작했다. 놀란 소들이 한쪽으로 몰려있다. 그들의 눈이 또 한 번 아버지를 향해 갔다.

"안 돼. 절대로 안 돼. 이대로 생매장 할 수는 없어. 이놈들아. 이게 인간으로서 할 짓이냐. 산목숨을 그냥 묻다니. 못한다. 절대로 못해!"

갑자기 아버지가 축사 입구를 가로 막고 두 팔을 벌리고 섰다. 음메~ 한 마리가 울기 시작하자 나머지 놈들이 따라 울기 시작했다.

그들은 더 피할 수도 없는 코너에서 조금이라도 더 숨을 곳을 찾기 위해 다른 녀석들을 헤집고 뒤로 숨느라 아수라장이 되고 말았다.

"들어가려거든 나를 밟고 들어가라. 아니 차라리 나부터 죽여라. 이놈들아."

축사 입구에 아버지가 큰 대자로 누워 악을 쓰기 시작했다. 아버지의 눈빛은 마치 허공을 향해 시선이 멎은 듯 고정되어 갔다. 아버지의 발광하는 몸짓이 어느 순간 갑자기 멈춰버렸다. 나는 축사 입구 난간에 서서 그 모습을 차마 지켜보지 못한 채 주먹으로 쇠기둥을 힘껏 내리쳤다. 눈에서 피 같은 눈물이 한 없이 흘러내렸다.

아버지는 매일 방 안에 모로 누워만 계셨다. 건너편 축사 뒤 언덕배기에도 봄 햇살이 나른하게 비춰진다. 시간은 그새 두 달이 흘러 있었다. 아버지의 병세는 점점 악화되어 갔다. 가끔씩 휑한 눈을 들어 축사 쪽을 바라보던 그 모습을 나는 지금도 잊을 수가 없다. 아버지의 시간은 그때 그 순간부터 이미 멈추어 버린 뒤였다. 소를 돌보던 그 축사 또한 시간에 갇힌 듯 폐허로 변해버린 채 지난 세월에 갇힌 아버지의 공간과 시간은 영영 돌아올 줄 몰랐다. 아버지는 그 속에서 무엇을 찾으려 했던 것일까. 나는 오늘 비로소 느꼈다. 그것은 오로지 산자의 기억일 뿐이며 그 기억은 언제나 한 공간과 그 속에 갇혀버린 시간들 속에 꺼져가는 불씨처럼 남아 있다는 사실을.

그러기에 여전히 나는 지금도 조금 전 라오창팡에서의 충격을 잊을 수가 없다. 1933년부터 그 공간속에서 몸부림치며 죽어갔을 소들의 폭풍 같은 질주와 밤마다 이명에 시달렸을 사람들의 악몽까지도. 이미 오래전 그 살벌했던 도축장으로서의 의미는 퇴색된 채 새로운 복합문화공간으로 탈바꿈 했을지언정, 흰자위를 허옇게 드러낸 채 죽어가던 당시 소들의 공포를 내가 고스란히 느낄 수 있었던 것은 바로 지난겨울 아버지의 축사에서 생매장되던 소들의 마지막 절규를 생생히 기억하고 있기 때문이었다. 그 고통을 잊기 위해 난 이 먼 이국땅을 은신처로 삼으려 했을 뿐인데.

난 침대에 몇 시간째 그대로 누워 있었다. 온몸에 한기가 돌기 시작했다. 이미 어둠이 깔리기 시작했는지 실내가 어두워져 갔다. 라오창팡. 그곳이 시작되던 해에 아버지가 태어나셨다. 1933. 그 숫자조차 아버지를 닮은 모습이란 말인가. 아버지의 시간과 그곳의 시간이 묘하게 교차되는 것 같아 나는 차라리 눈을 감는다.

똑똑!

문 두드리는 소리에 눈을 떴다. 이미 몇 번째 두드린 듯 그 소리가 점점 더 커지고 있었다.

"저녁 식사도 않고 잠만 주무시는 거에요? 정말 충격이 크셨나봐. 괜히 제가 그곳에 가자고 해서 기분을 망치게 한 건 아닌지 걱정이 되네요. 내려가요. 요기라고 하셔야죠?"

그녀가 걱정스런 눈빛을 하고 방 안으로 들어선다. 그녀의 검은 머리가 단정하게 뒤로 묶어져 있다. 갑자기 누군가의 품이 그리워졌다. 그것은 일종의 두려움으로 인한 것이었다. 나를 강하게 밀착시켜줄 그 무엇을, 그 누군가를.

"지금이라도 늦지 않았어요. 다른 일을 준비하고 계시다면 이제라도 디자인 공부를 시작해 봐요."

그녀 가슴에 난 오래도록 머리를 묻고 있었다. 그녀가 그런 내 머리를 쓸어 넘기며 말했다.

"돌아가는 길이 멀었을 뿐이에요. 당신의 꿈을 위해서라면 지금 시작해도 늦지 않는 일을. 당신이 말했잖아요. 공간은 언제나 시간 속에 갇혀 있을 뿐이라고. 오래전에 흘려보내야 했던 시간들은 다시 돌아오지 못하지만 그 시간 속에 갇혔던 공간만은 여전히 남아 있다고. 잊으세요. 제가 감히 말할 순 없지만 또 다른 시간을 위해서는 잊어야 할 그날의 공간과 시간이었다고 생각해요."

그녀는 한참을 침대 머리맡에 앉아 있다 자리에서 일어섰다.

"기석 씨는 내일 돌아가실 거죠? 내일 식당에서 한 번 더 마주칠 수 있겠지만 미리 말씀드린다면.... 당신의 꿈을 제가 어쩌면 도울 수 있을 것 같아요. 서울에 오면 꼭 연락 바래요."

그녀는 자신의 명함을 꺼내 탁자 위에 놓고는 조용히 방을 나갔다.

"아침에 식당에서 기다릴게요."

태원구는 그녀가 돌아간 지 한 시간쯤 지나서야 전화를 걸어 왔다.

"그동안 바이어들과 끈질긴 협상 끝에 그들도 자네를 조력자로 받아들이기로 했네. 단..."

그러면서 그는 내게 필요한 자금을 준비할 것을 요구했었고 나는 생각을 해 보겠다고 했다. 그는 내일 아침에는 꼭 들러 그 동안의 사정을 얘기하겠다며 전화를 끊었다.

다음 날 아침 나는 일찍 짐을 챙겨 떠날 준비를 했다. 지금 난 이미 모든 마음의 준비를 마친 셈이다. 가방을 들고 문을 열고 나가려는 순간 전화벨이 울린다. 그녀가 아니면 태원구가 분명하리라. 그러나 나는 조용히 문을 닫고 복도로 나와 버렸다. 그녀가 기다리고 있을 식당을 피해 뒷문으로 나와 지하철을 타기 위해 도로를 걸어간다. 이제 나는 또 다른 공간과 다가올 시간을 향해 다시 걷기로 마음먹는다. 공항으로 가서 고향으로 돌아가리라.

"아마 시월 초엔 우리 집 암소가 송아지를 낳을 것 같다. 그땐 자네 손으로 받아보게. 송아지를 받아보는 게 소원이라고 했지?"

이장이 했던 말이 발걸음을 재촉하고 있었다.

어제 라오창팡에서 그녀가 내게 물었던 말이 생각났다. 이곳에 낙서를 한다면 무슨 글을 쓰고 싶으냐고. 그땐 대답을 못했지만 난 이제 대답할 수 있을 것 같았다. 물론 다시는 그녀도, 태원구도 만날 일이 없겠지만 말이다.

– memento mori (죽음을 기억하라) – 끝.

2012. 12. 9.

싱크홀을 찾아서

돌아보면 우리 주위엔
학교폭력, 사회 부적응자들이 많다
그들은
집에서 혹은 자신만의 공상의 세계에서
스스로를 가두며 정신을 피폐하게 하고 있다
그들을 위한 따스한 손길을......

싱크홀을 찾아서

**공업사 품질관리원 모집. 인원 0명. 나이 학력 상관없음. 3월 25일 한. 모두 거짓부렁이다. 왜 나이가 상관없어? 속는 셈치고 전화를 걸어본다.

"실례지만 나이 제한이 정말 없나요?"

"얼마신데요?"

"쉰……. 하고도……. 둘"

"알았으니까 나중에 연락드리죠."

"자, 잠깐만요. 제발 아직은 끊지 마세요."

"아이 참, 어르신. 말귀도 못 알아들으시네."

"아니, 그게 아니라……. 전화 받으시는 분 성함이라도……."

"실업급여 받으세요?"

뭐 이런 식이었다. 그나마 오늘은 든든하다. 지난 2주간 착실히 구직 활동을 했으니까. 구직 활동 카드가 그것을 말해준다. 한 군데도 아니고 두 곳이나 적어두었으니 오늘만큼은 자신만만하다. 바로 어제 망설이다 전화를 걸었던 곳이 한 군데 더 있는 탓이다.

용훈에게 전화를 걸었다.

"어, 부장님. 웬일이세요? 제가 전화를 한번 드렸어야 하는데. 별일 없으시죠?"

부담스런 전화를 받으면 사람들은 으레 말이 많아지더군. 왜 별일이 없겠니.

"그냥 그렇지, 뭐. 하는 일은 잘 돼가?"

"어휴, 말씀 마십쇼. 정신없어요. 하루 생산물량은 정해져 있는데 전국에서 물건을 달라고 아우성이니. 그래도 부장님 밑에서 회사 봉급 받아들 때가 제일 행복했죠."

"자네도 아우성이겠군. 그러게 한 사람을 들이지. 혼자서 날뛰지 말고."

"그러려는 중입니다."

"그래서 말인데……. 필요한 사람."

갑자기 용훈의 말이 부산스러워진다.

"저기요, 부장님. 죄송한데요. 배송 차량이 들어 와서요. 나중에 전화 올리겠습니다."

딸깍! 전화는 끊겼다. '나는 안 되겠나?' 말꼬리를 잘라먹은 녀석이 괘씸해 그는 오기로 끝까지 중얼거려 보았다.

그에겐 사람들이 북적이는 이곳이 아직도 낯설다. 신규 구직자 창구 앞에 깔끔하게 양복을 차려 입은 중년 남자가 몇몇 순서를 기다리며 서류 작성을 하고 있다. 저 양복으로 얼마나 오래 버틸까. 앞으로 2주에 한 번씩 고용센터 문을 들어서다 보면 한두 달 내로 저 양복은 온데간데없고 아주 편한 복장으로 나오게 될게 뻔하다. 등산복 차림이거나 아니면 집에서 입던 무릎이 툭 튀어나온 추리닝 바지에 때 묻은 운동화. 그게 지금 그의 모습이다. 각 창구 마다 남, 여 상담원이 사무기계처럼 손을 움직이고 있다. 이왕이면 남자가 있는 창구로 갔으면. 그러면 남자끼리의 고충을 알아줄 것도 같다.

"차도선 씨. 그 동안 구직 활동은 꾸준히 하셨나요?"

얼굴 한 번 쳐다보지 않고 카드를 들춰보는 남자 상담원의 무심한 질문에도 그는 성의껏 대답한다.

"예. 거기 뒤에 구인 담당자 이름까지 기재가 되어 있습니다. 두 군데 모두."

"알았어요." 상담원의 바쁜 손놀림이 대답을 대신하더니 이윽고 카드에 도장을 찍어준다. "이 주 후에 봅시다." 이혼 조정 기간도 아니고 원.

목욕탕 하수관이 샌단다.

"2층에 올라가 봐요. 벌써 며칠 짼데. 맨날 집에 있으면서."

차 키를 들고 출근길을 나서던 아내가 뒤돌아서며 말했다. 알았지? 는 샐쭉한 눈꼬리가 대신한다. 시선을 높일 수가 없다. 내가 언제부터…….

그는 고용센터를 나와 무료한 시내 관광을 마치고 나서 점심시간이 지나서야 집으로 돌아왔다. 집에 돌아와서도 그는 한동안 이리저리 TV를 돌려가며 방에서 뒹굴다 베란다에 남아 있던 마지막 귤 하나까지 먹은 뒤에야 목욕탕으로 들어갔다. 2층에서 내려온 물방울이 천장에 송골송골 맺혀 있다가 한참을 벼른 후에야 똑 하고 흘러내린다. 물방울은 직선 하강하여 거름망 위로 떨어져 사방으로 흩어진다. 천장 주변에 물 얼룩이 진하게 퍼져있다. 슬리퍼를 질질 끌며 2층 계단을 올랐다. 타각! 타각! 열린 신발 뒤축이 계단참에 걸려 공간을 울린다.

"아래층에서 왔는데요."

한참 만에야 현관문을 뛰어 넘어오는 목소리.

"무슨 일이신가요?"

목소리로 나이를 가늠해 본다. 꽤 젊은 목소리다. 버릇없이 문도 열지 않고 말대답만 하다니. 그는 또 현관문에 대고 말했다.

"목욕탕에 물이 새고 있다고요."

똑같은 구조를 가진 집. 마치 개축을 마친 그의 집을 보는 듯 생경함과 익숙함이 함께 그의 시야에 꽂힌다. 현관 오른편으로 싱크대의 검붉은색이 마치 화마에 휩싸인 듯 강렬해 그는 한참 동안 그 자리에 서 있었다. 역시나 아래층보다는 일조량이 많은 탓인지 오후의 긴 해그늘이 거실까지 뻗쳐져 있다. 그는 유리라도 밟은 듯 살금살금 깨금발로 화장실로 걸어갔다. 서른 전후의 사내가 먼저 문을 열고 마치 대관식이라도 하듯 그를 기다린다. 보통 신장에 깡마른 체격인 그의 평범한 인상은 검고 두꺼운 안경테에서 자신을 가장 강력하게 드러내고 있는 것 같았다.

"저기 하수구 집수배관 쪽입니다. 물방울이 조금씩 떨어지고 있고 천장에 얼룩도 많이 져 있지요. 아니면 지금이라도 우리 집에 가서 확인을 하시든가요."

남자는 코 밑에 얼기설기 봄풀처럼 돋아난 수염을 손가락으로 문지르고 있었다. 문득 남자의 머리에서 자릿내가 나는 것 같아 그는 얼른 고개를 돌렸다. 1층으로 내려와 그의 집 화장실을 둘러본 남자는 간단한 '예, 아니요'란 대답 대신 알았다는 표식인지 고개만 끄덕하고는 그냥 2층으로 올라갔다. 저런! 그의 슬리퍼 소리가 역시 계단벽을 타고 다 돌기도 전에 문이 쾅 하고 닫혀버린다.

2층 남자를 다시 만난 것은 그로부터 이틀이 지난 뒤였다. 그동안 아내는 그것 하나 제대로 처리 못하느냐며 아침마다 그를 타박한 뒤에야 출근을 했고 그는 집안일에다 빨래와 설거지까지 도맡아 하고도 어문 구박을 받는 게 화가 났다. 그 화를 풀 곳은 오직 2층집 남자뿐이다.

"아니, 확인까지 하셨으면 가타부타 말이라도."

그의 말머리가 잘리듯 싹둑 끊겨나갔다.

"연락을 해놨습니다. 아마 오늘쯤 인부가 올 겁니다. 잠시 들어

오시죠."

잔뜩 벼르던 기대가 눈 녹듯 사르르 사라진다. 그는 어물쩍 그의 집 안으로 들어섰다. 며칠 전 미처 보지 못했던 그의 방문이 활짝 열려있다. 그의 눈길이 그쪽을 따라가자 갑자기 남자가 화들짝 놀라며 문 앞을 가로막으며 양손발로 X자를 만든다. 그리고는 얼른 문을 닫아버린다.

"암실인가요?"

빛줄기 하나 들지 않는 깜깜한 방 안의 여운이 아직도 그의 뇌리에 박혀 있었다.

"아닙니다. 어떤 연구 대상이 있어서요."

그때 현관벨이 울렸다. 공구통을 둘러메고 모자를 눌러쓴 인부가 집 안으로 들어섰다.

"이왕 오신 거 확인이라도 하고 가시죠."

남자가 엄지와 검지로 그의 옷자락을 살짝 당긴다.

"그럴까요? 할 일도 없는데."

그와 남자는 인부가 화장실 배수관을 망치로 깨고 배수관을 확인하는 작업을 하는 사이 바닥에 앉아 거실로 침입하려는 햇살을 노려보며 마주 앉아 있다.

"이거 문제가 커지겠는데요."

인부가 흙물이 묻은 장갑을 탈탈 털며 고개를 내민다.

"그러니까 2층에서 새는 것도 있지만 3층집 배관도 문제가 있다, 이 말씀이신가요?"

"바로 그거죠. 여기만 공사해 본들 아무 소용없다는 뜻입니다."

인부는 마치 수학문제를 가르치는 과외선생처럼 또박또박 설명을 하려했다. 인부는 3층과 연락이 되어 공사 일정을 잡으면 다시 오겠노라며 친절하게 명함까지 두 사람에게 나눠 주곤 돌아가 버렸다.

"일단 올라가 봐야겠죠?"

내가 왜? 난 피해자인데. 난 가만히 2층과 3층에서 알아서 공사를 해주면 되고 그래서 물만 새지 않으면 끝이지 않은가. 그깟 천장 도배지 정도야 내가 발라도 바를 테지만. 엉겁결에 2층 남자를 따라 3층으로 향하면서도 마음이 찜찜하다. 그러나 그보다 더 찜찜한 건 3층집 벨을 눌렀을 때 잠시 인기척이 들리는가 싶더니 더 이상 아무런 대답이 없었기 때문이었다. 2층에 이어 3층까지도 문전박대가 이만저만이 아니다.

2층 남자가 열쇠 구멍에 대고 말을 한다.

"학생! 안에 있는 거 다 알아. 나 2층 형이야. 몇 번 봤잖아. 베란다에서 담배 필 때."

그러나 열쇠구멍이 대답을 할 리가 없다.

"학생이 담배도 피워요? 몇 살이기에?"

"아마 중2 정도 될 거에요. 학교는 안 다닌다던데."

2층 남자는 열쇠구멍에 이어 이번엔 안내경을 통해 안을 들여다보며 소리를 질렀다.

"야, 같은 방콕인끼리 대화의 장을 좀 나누는 시간을 가지면 안 될까?"

잠시 뒤 문이 벌컥 열린다. 소년의 코 밑에 거무스름한 솜털수염이 보송보송 피어있고 검은 모자는 눈 밑까지 내려와 있다.

"너희 집 화장실이 고장이 났단다. 수리를 해야 한대."

"저녁에 엄마 오면 말씀드릴게요."

녀석의 대답이 의외로 시원스럽다. 하긴 그 나이에 집안일에 관심이 있으랴마는.

"아무도 없니?"

그가 둘 사이에 또 끼어든다.

"저는 안 보이세요?"

"엄마는?"

"일 하러요."

"아빠는?"

"회사에요. 그건 왜 물으세요? 나와 말하고 있으면서. 우리 아빠한테 볼 일 있으세요?"

"아니, 그냥……."

"그래도 우리 아빤 아저씨처럼 잘릴 염려는 없어요."

"왜?"

"우리 아빠가 잘라요."

"그래? 사장이구나. 너도 공부 열심히 해서 자르는 사람이 되면 되잖아."

"관심 없어요."

"그럼 뭐가 되고 싶은데?"

"제발, 그런 말 좀 하지 마세요. 어른들은 자신도 그렇게 살지 못했으면서 맨날 애들 앞에서만 큰 소리 치지. 지겨워."

"살아본 사람은 알아. 꿈이 실현 안 됐을 때의 공허함을."

"전 지금도 공허해요. 아주 공허해서 미칠 지경이라고요. 그러니 제발 이래라저래라 하지 마시라고요."

일단은 그 정도에서 물러나는 게 옳을 것 같았다. 녀석의 말투로 보아 더 얘기하다가는 어떤 말봉변을 당할지도 모를 것 같았다. 아이의 온몸이 반항의 기운으로 한가득 부풀려 있는 시한폭탄 같은 느낌이었다.

"말만 저렇게 했지 여린 놈이에요. 괜한 생트집이죠. 말하자면 날 좀 봐 주세요 하듯. 누군가 보듬어 줄 사람만 있으면 괜찮은 놈인데……."

그렇게 그날도 보수 공사는 또 지체가 되고 말았다. 아내는 그의 말에 잔뜩 쌍심지를 켜고 있다가 당신 하는 일이 다 그렇지 뭐, 한 마디 던지고 만다. 두 달 전만 해도 이랬던가? 그놈의 명퇴!

다음 날 연락을 받고 한걸음에 달려온 인부는 3층부터 공사를 시작했다. 하수배관을 파내고 새 PVC관으로 교체한 뒤 방수공사까지 해야 끝이 난다는 설명을 곁들였다. 아이는 자기집 공사임에도 관심이 없는지 그와 2층집 남자가 거실에 멋쩍게 서 있는 모습을 보고는 휭 하니 방으로 들어가 버렸다. 공사 시간은 생각보다 길어지고 있었다.

"일단 점심부터 먹어야겠는데."

인부를 포함해 아이까지 네 사람 몫의 음식을 중국집에 배달을 시켰다. 생각 같아서는 혼자 집으로 내려와 점심을 차려 먹고 다시 올라갈까 생각도 들었지만 젊은 사람들에게 모든 걸 떠넘기려는 치사한 수작인 것 같아 그냥 자신이 내기로 마음먹는다. 아이는 점심 배달이 온 뒤에도 한동안 방 안에서 꼼짝도 않고 있다가 한참 만에야 방문을 열고 나왔다. 얼굴 가득 반항심으로 가득한 사춘기의 아이.

"많이 먹어라."

그는 덤으로 시킨 탕수육을 아이 앞으로 당겨놓았다.

"우리 이렇게 만난 것도 인연인데 통성명이나 하고 지낼까?"

그의 말에 아이는 잠시 얼굴을 찡그리는가 싶더니 말없이 자리에서 일어나 버린다. 한창 그럴 나이려니 이해를 하려해도 아이의 그런 모습이 눈에 가시처럼 밟혀 한마디를 던지려는 순간,

"물이요."

아이가 어느새 냉장고에서 물통을 들고 다가온다.

"그러니까 아저씨 이름이 차도선이란 말씀이죠? 도선이라. 그러고 보니 아저씨. 지금 우리나라에서 제일 봉급이 센 직업이 뭔지 아세요? 도선사에요. 도선사. 아저씨 성이 배씨였다면 참 좋았을 텐데. 아깝네요. 크게 성공할 운이 성 때문에……. 차정비이었어도……."

"그러는 자넨 이름이 뭔가?"

2층집 남자가 망설임도 없이 대답한다.

"지하요."

"지하? 그럼 성은?"

"반가요."

먼저 웃음을 터뜨린 건 3층집 아이였다. 아이는 한참 동안 배꼽을 잡고 웃었다.

"하하. 반지하. 웃겨 정말."

"쳇. 그러는 넌 이름이 뭐냐?"

"나요? 름이요. 름."

"뭐냐 그게. 뭉게구름도 아니고 뜬구름도 아니고 그냥 '름'이라니. 아름이니 다름이니 뭐 그런 건 아니고?"

"그냥 름 이라고요. 성은 구 이름은 름."

"참 가지가지구나. 어쩜 지금 우리 꼬락서니에 딱 맞는 이름들이지 않니? 하하하."

"학교는 왜 그만 뒀어?"

"그냥요."

"그냥? 그냥, 그냥 그러다 세월가면 동냥한다. 너."

"험담은."

"진담이야, 인마."

"형 꼴이 더 한심하다는 거 몰라요? 그러는 형은 왜 맨날 집에만 있어요?"

"나? 난 음, 말하자면 탐험 준비를 하고 있는 중이지. 지금은 준비기간이란 말이다. 어느 곳을 탐험하기 위해선 세밀한 준비가 필요하거든. 하긴 지금 내가 얘기해 본들 네가 알아듣길 하겠니? 우리 집에 한 번 놀러 오렴. 보여줄 게 있으니까."

반지하는 마치 비밀이야기라도 하듯 자못 진지했다.

"그래, 그게 좋겠다. 름아. 매일 방 안에만 있으면 심심하지 않아? 마음 내키면 언제든지 아저씨 집에 놀러 가고 하면서 바깥바람을 좀 쐬고 하렴."

도선은 아이가 학교도 그만두고 집에서 게임만 하고 지내는 사실이 진정 마음에 걸렸다. 그러나 잠시 수그러드는가 싶던 아이의 반응은 다시 거칠게 달아오른다.

"제발, 날 이대로 내버려 두세요. 참견도 간섭도 다 싫거든요?"

인부는 그날 오후 늦게까지 3층집 하나만 겨우 수리를 마쳤다. 다음 날은 2층 반지하의 집 공사가 시작되었다. 도선은 어제는 아이 혼자만 있는 집이라 어쩔 수 없이 자신이 수리 감독을 해 주었지만 오늘은 2층 남자가 알아서 하겠지 하는 심정으로 느긋하게 아침부터 안방에 누워 TV채널만 요리조리 돌리고 있다. 무료하다. 퇴직한 지 벌써 두 달째다. 맞벌이를 하던 아내가 지금은 혼자 고군분투를 하며 직장을 다니고 있는 게 안쓰럽기도 하다. 빨리 무언가를 시작해야 할 텐데.

"당신, 쓸데없이 남의 꼬임에 빠져 퇴직금으로 사업을 한다고 했다간 나하고 아주 끝인 줄 알아. 차라리 어디 가서 경비를 서는 한이 있어도 목돈을 함부로 굴릴 생각일랑 말라고. 형석이 대학 졸업하려면 아직 3년은 더 남았는데."

아내는 비온 땅에 쐐기를 박듯 퇴직하기 전부터 그에게 으름장을 놓곤 했다. 그러나 아내의 말대로 아파트 경비를 서고 있을 자신의 모습을 상상하는 건 끔찍한 일이었다. 이제 겨우 오십을 넘긴 나이에. 다른 친구들은 아직도 현역으로, 아니면 대학교수로 직장을 고수하고 있는 판에 봇물을 트듯 자신의 위상을 그렇게 망가트릴 수는 없다는 강한 자존심 또한 문제였다. 퇴직 후 두 달을 집 안에서 보내는 것 또한 만만치가 않았다. 처음엔 등산도 다니고 그동안 미뤄뒀던 영화도 보러 다녔고 지하철을 타고 종점까지 가서 시원한 강물을 낀 둘레길로 산책도 다니며 유유자적 자신만의 시간을 만끽하기도 했다. 그러나 그런 호기가 무료함으로 바뀌는 데엔 그리 오랜 시간이 필요치 않았다. 매일 남들이 일찍 떠난 출근길을 한두 시간 지난 뒤에야 어슬렁거리며 집을 나서기엔 주변 사람들의 시선이 점차 곤욕스럽게 느껴지기 시작했다. 일상의 단순한 일탈이 그의 리듬을 깨뜨리기 시작했다. 그때마다 그는 차라리 어디론가 떠나고 싶었다. 아이와 아내로부터 해방을 맛보고 싶었다. 지난 이십오 년 회사생활의 순간순간이 모두 걷잡을 수 없는 후회투성이로 변해가며 다시 생이 주어진다면 정말 후회 없는 인생을 다시 시작해보고 싶을 뿐이었다. 그곳은 과연 어디일까.

현관벨이 울린다. 2층집 남자가 턱을 30도 정도 쳐들고 그를 기다리고 서 있었다.

"아저씨. 어제는 아저씨가 점심을 사셨으니 오늘은 제가 사도록 하죠. 빨리 올라오세요. 름이도 데리고 올 테니까요."

그는 대답도 듣지 않고 3층으로 뛰어 올라갔다. 슬리퍼의 달칵대는 소리가 전보다 더 빠르게 울려간다. 그것도 괜찮은 생각이다. 어차피 혼자 있어 봐야 잡념만 쌓일 테니까. 도선은 마치 자동차 앞좌석에 붙은 까딱이는 인형에 빙의라도 된 듯 혼자 고개를 끄덕이며 계단을 올랐다. 인부는 화장실 바닥에서 뜯어낸 타일조각을 한쪽으로 미뤄둔 채 대야에 시멘트와 모래를 섞을 준비를 하고 있었다. 아이는 음식이 배달되고 난 뒤에도 한동안 모습을 보이지 않더니 우리가 식사를 거의 반쯤 먹을 즈음에야 지하의 집으로 들어섰다. 여전히 아이는 심기가 불편해 보이기는 했으나 어제처럼 볼이 잔뜩 부어 있지는 않았다. 몇 번 만나며 안면을 트인 탓일까. 막상 점심만 얻어먹고 바로 내려오기가 뭣해서 도선은 잠시 더 머물기로 마음먹는다. 아이도 별말 없이 자리에 앉아있었다.

"근데 어제 자네가 말하던 탐색 준비란 게 무엇을 말하는 건가?"

문득 도선은 어제 지하가 름에게 하던 말을 생각하면서 그에게 물었다.

"아, 그거요?"

그는 잠시 망설이는 눈빛이더니 이내 자리에서 일어나 방문을 연다. 며칠 전 보았던 대로 방 안은 암실처럼 깜깜하다. 저 곳에서 무엇을 준비한단 말인가. 방 안은 온통 검은 커튼으로 도배되어 있었다. 그곳은 마치 훌륭한 방음 장치를 갖춘 영화관과 같은 느낌이었다. 도선은 벽을 만져보았다. 놀랍게도 벽엔 어떻게 만들었는지 마치 인공 암벽장과 똑같은 구조로 되어 있었다. 사방의 벽은 물론 천장까지 손잡이처럼 달린 인공 바위가 촘촘히 박혀 있다. 더 놀라운 것은 방문 뒤쪽으로 굵은 로프뭉치가 허리 높이까지 쌓여 있다.

"저게 다 뭔가?"

"보시다시피 축소된 인공 암벽장이라고 보시면 됩니다."

"그럼 자네가 말한 탐색 준비 장비가 이걸 말하는 건가? 근데 왜 하필이면 이렇게 칠흑 같이 어두운 곳에서?"

그때 름이가 말했다.

"미치지 않고는 이럴 수가 없죠. 저 형은 지금 반미치광이가 되어가고 있다고요. 나를 볼 때마다 그랬거든요. 우리가 알 수 없는 지하세계를 탐색할 거라고. 개뿔!"

아이의 찡그린 콧날 사이로 조소인지 조롱인지 모를 지하를 깔보는 기색이 역력하다.

"아저씨. 그리고 름아. 지하세계란 정말로 존재하는 거야. 이건 과학적으로도 증명이 된 거라고. 너 지하세계가 어딘지 알아? 그건 말이야."

– 지구 속엔 또 하나의 지구가 숨어 있다. 지구공동설이란 말 그대로 지구 속이 텅 비어 있다는 뜻인데 지구가 공전을 하면서

생기는 원심력에 의해 지구 내의 맨틀층이 지구 표면으로 밀려나게 되어 속이 텅 비게 된다는 원리다. 지금도 북극과 남극의 어딘가엔 지하세계로 통하는 구멍이 있어 그곳으로 내부의 빛이 새어 나온다. 바로 오로라가 그것이다. 그리고 우리가 흔히 얘기하는 UFO도 다른 천체에서 온 것이 아니라 바로 내부세계에 사는 사람들이 바깥 동정을 살피러 내보낸 물체다. 실제로 지구 내부세계를 다녀온 사람도 있다는 증언도 있다고 한다. 그들의 설에 따르면 내부세계에 사는 사람들은 우리와 달리 키가 3미터가 넘고 수명도 600년 이상이나 되며 언어는 단일 언어를 사용하며 그곳의 과일은 그 크기가 우리가 먹는 것의 몇 배나 크다. -

이것이 반지하가 설명하는 지하세계의 실상이었다.

"쳇, 꿈같은 소릴 하고 있네. 과대망상이나 정신이상이 아니면 누가 그런 소릴 믿을까?"

름이가 대놓고 비웃으며 말했다.

"믿든 말든 그건 네 자유인데 제발 내가 말하는데 태클은 걸지 마, 름아."

"그건 현실도피자나 하는 자기 합리화 아니에요? 아니면 직장까지 그만두고 맨날 집에만 처박혀 엉뚱한 공상과학에 빠져 있을 이유가 없지."

"그러는 넌 현실도피자가 아니니? 학교를 그만두고 게임에만……. 그만두자."

"그래요. 형 말대로 나는 현실도피가 맞아요. 하지만 난 눈에 보이는 정당한 사유 때문에 그런 것이지만 형은 그게 아니잖아요. 그런 뜬구름 잡는 소리로 자신의 무능한 현실을 정당화하기 위한 비겁한 말로 밖에는 들리지 않는 거죠."

"이건 무능이 아니라 이상 세계를 향한 도전일 뿐이야, 름아."

두 사람의 설전이 이어지자 도선은 중간에 끼어 어느 쪽 편을 들어야 할지, 어떻게 중재를 할까 망설였다. 잘 나가던 회사를 그만두고 집 안에 갇혀 케케묵은 공상소설 속을 꿈처럼 유영하는 반지하의 경우나, 적응하기 힘든 학교생활을 포기한 채 현실을 부정하듯 게임에만 빠져 사는 름이의 처지는 피차일반인 셈이다. 그러나 그들의 현실 부정에 숨은 엄밀한 원인까지는 알 수 없었다. 설사 그것을 안다고 한들 그들의 인생에 그가 끼어들어 감 놔라 대추 놔라 할 이유도 없었다. 어찌 보면 도선 자신도 그들의 처지를 점점 닮아가는, 진행 중인 현실도피자라고 해도 어쩔 수 없는 말이 아닐까.

그 사건이 일어난 것은 2층집 공사까지 마무리 된 바로 그날이었다. 그날 밤 도선은 매일 조금씩 늦어지는 아내를 기다리다 늦은 저녁을 혼자 해결한 뒤 베란다에 거북껍질처럼 쌓여 있는 쓰레기 분리수거를 하기 위해 공동 집하장에 갔다 돌아오는 길이었다.

"내가 못 살아. 하루 이틀도 아니고 어떻게 넌 매일 엄마 가슴에 못만 박고 있니?"

3층 현관문을 지나 아파트 계단을 날아와 도선의 귀에 박히는 날카로운 목소리.

"엄마가 뭘 알아? 제발 그냥 내버려 두란 말이야. 안 그러면 차라리 옥상에서 확 뛰어내려버릴 거야."

사춘기 아이들이 그러하듯 테너와 바리톤 사이를 미묘하게 오가는 톤이 두꺼운 철제문을 단숨에 박차고 나왔다.

"이 자식이. 오냐, 뛰어 내려. 차라리 죽어버리라고. 나도 너 같은 자식 필요 없어."

굵은 남자의 음성까지 가세해 아이의 집에선 날카로운 말들만이 튕기듯 밖으로 쏟아져 나왔다. 그리고 잠시 후, 아이가 현관문을 박차고 뛰어나오는 게 보였다. 아이는 순식간에 계단을 뛰어 내려오다 1층 현관 앞에 선 도선과 눈이 딱 마주쳤다. 아이의 눈빛이 분노에 휩싸여 이글이글 불타는가 싶더니 그대로 아파트 밖으로 사라져 버렸다.

아내는 그날도 밤 12시가 다 돼서야 집으로 돌아왔다. 아내의 옷과 몸 전체에 강하게 퍼진 알코올의 흔적. 도선은 못 본 척 돌아누워 있다. 잠이 오지 않았다. 아이는 어디로 갔을까. 무엇이 아이를 자극했던 걸까. 이글거리던 아이의 두 눈 저 깊숙이 설핏 반짝이던 그것은 분명 혼자만의 가슴 속 해빙되지 않는 응어리임이 틀림없었다.

아이를 다시 만난 건 그로부터 며칠 뒤였다. 고용센터에 가기 위해 아파트를 나오던 때였다. 하필이면 도선이 고개를 들어 아파트 건물을 올려다보는 바로 그 순간이었다. 15층 꼭대기 창문에 어른거리는 아이의 모습. 아이는 창문틀에 올라서서 아래를 내려다보고 있었다. 순간 도선의 머리에 스치는 섬뜩한 생각.

"름아. 안 돼."

도선은 가던 발걸음을 돌려 허겁지겁 계단을 뛰어 오른다. 5층도 못 올라가서 숨이 헉헉거린다. 그래도 한 아이의 목숨이 달린 일인데. 제발, 거기서 멈춰라. 숨이 턱에 차올라 다리가 꼬이듯 비틀거릴 즈음에야 겨우 15층에 도달했다. 창가 난간에 붙어선 아이.

"름아, 그러지마. 제발. 내가 올라갈게. 거기 꼼짝 말고 그대로 있어."

"아~참. 아저씨 뭐에요?"

"너……. 그게 아니었어?"

순간, 다리에 힘이 빠지며 도선은 그 자리에 주저 앉아버렸다. 다행히 아이는 담배에 불을 붙이려다 말고 곧바로 담배를 밖으로 던져버렸다. 도선은 아이와 함께 이번에는 최대한 여유 있는 모습으로 천천히 계단을 내려왔다. 지하를 만난 것은 5층 계단 입구에서다. 지하는 2층에서부터 물구나무를 서서 계단을 오르는 중이라고 했다. 그의 상의가 흘러 앙상한 가슴이 도드라지게 드러나 있다. 그 모습을 보던 름이가 또 다시 웃고 만다. 그들은 며칠 만에 그렇게 다시 만날 수 있었다. 얼굴이 익숙해진 탓일까. 노래방에 가자는 제안은 름이가 먼저 해왔다.

"미성년자 아니니?"

름이가 노래방 책을 뒤적이며 대답한다.

"그럼 맥주 세 병에 음료수 하나로 하시죠."

"왜 셋이야?"

"치, 요새 누가 음료수나 마셔요. 초딩도 아니고."

"음료수는 왜 시켜?"

"아저씨들 입장 곤란할까 봐요."

어이가 없다는 듯 입을 벌리고 앉아 있는 도선에 비해 반지하는 그저 무념무상의 모습이다. 담배를 피우고 술을 마시려는 아이. 이건 아니다 싶으면서도 아이의 태도가 봄바람에 흐트러지는 민들레 씨앗 같은 위태로움이 느껴져 그냥 두고 보기로 했다. 일순간이다. 사춘기의 어긋남도 심술도, 투정도 한 때였지 않던가. 교화란 강성보다는 연성에 더 빨리 치유됨을 도선은 알고 있다. 1시간가량을 아이는 정신없이 혼자 마이크를 쥐고 노래를 부르고 또 부른다. 마치 제 세상인양 신난 아이의 얼굴에서 참으로 오랜만에, 처음으로 행복한 모습이 보이는 듯했다.

"근데, 형. 지하세계 말이야. 어디로 어떻게 들어가면 돼? 나도 한 번 가보고 싶다."

아이가 광란의 몸짓을 끝내고 앉아 음료수를 꿀꺽꿀꺽 마신 뒤 지하에게 묻는다.

"너도 이제야 관심을 가지게 되는 구나. 그렇지? 지하세계에 들어가기 위해선 말이다. 먼저 세계 곳곳에 번져가는 싱크홀의 위치를 알아야 해. 흔히 우주의 행성이 지구에 떨어지면서 만든 깊은 구멍을 말하거나 아니면 지하수가 고갈되면서 지하층이 움푹 꺼지면서 생기는 현상을 말하지. 그곳으로 들어가면 반드시 지하세계로 가는 길이 있어."

"형, 싱크홀 안에 폭포도 있을까?"

"그럼."

"난 새처럼 그 안을 훨훨 날아다녔으면 좋겠어. 폭포수도 자유롭게 박차고 들랑날랑."

"그건 제비가 이구아수 폭포 거센 물살 속을 뚫고 들어가는 것만큼 힘들지 않을까?"

"아주 먼 곳, 그러니까 브라질 상파울루에서부터 전력질주로 날아와 물속에 처박히면 가능하지 않을까. 문제는 폭포 안에서 나올 때가 문제일 것 같은데. 비거리가 짧아서."

"그렇게 날아오다 폭포에 닿기도 전에 지쳐 죽어버리겠네."

"전부 답답해. 싱크홀 속이 얼마나 깊은 줄 모르시죠? 높이만 장장 수백 미터에 달하는 곳이라고요. 비거리 또한 오죽 길겠냔 말입니다."

반지하의 얼굴이 흥분으로 벌겋게 고조되어 있다.

"자네, 똥 정말 굵구나."

"팔뚝도 굵거든요. 싱크홀로 내려가기 위해 우선 밧줄이 필요하죠. 그 깊이가 수백 미터에 달하는 곳인데 어떻게 내려가겠어요. 물론 오만의 무스카트 싱크홀처럼 지하로 내려가는 계단이 설치된 곳도 있죠. 하지만 그 정도 깊이로는 지하세계에 도달하려면 어림도 없지만.”

“가 봤어?”

“가 봐야죠.”

“그럼 어떻게 들어가냐고요?”

“너, 내 방에 있는 로프 봤지? 우선 지표면 어딘가에 단단히 묶은 다음 그걸 타고 안으로 내려가는 거야. 거의 다 내려가면 그곳은 곧 암흑의 세계에 갇히게 돼. 그때부터는 암벽을 타듯 오직 손의 촉감만으로 내려가야 하거든.”

“자네 방을 온통 인공 암반 등산 장소로 도배한 것도 그것 때문이란 말이지?”

“반드시 찾을 겁니다, 전 회사를 그만두고 지난 2년 간 오직 그 연구에만 몰두해왔고 또한 그 계획을 실현하기 위해 체력도 준비하는 중이거든요. 내가 물구나무서기를 하는 이유도 바로 그겁니다. 지하세계에서 원심력은 거꾸로 작용을 하니까 내 몸도 물구나무를 선 듯 다녀야 할 거니까요.”

“형, 그럼 언제 가려고 해?”

“며칠 내로. 일단 오만으로 가려고. 그곳에 가서 무스카트 싱크홀을 먼저 탐사를 하고 난 다음에 세계에서 첫 번째로 깊은 싱크홀이 있는 곳으로 갈 거야.”

“나도 갈 수 있을까?”

부질없는 소리인 줄 알면서도 난 몽환적으로 변해 있는 그들의 대화가 산산이 부서지지 않도록 짐짓 물었다.

노래방을 나온 그들은 아파트 뒤 놀이터 등나무 벤치에 자리 잡고 앉았다. 지하세계에 대해 얘기하던 때의 몽환적인 표정이 다소 새침하게 변한 반지하와, 말없이 운동화 끝으로 모래를 뒤적이던 아이의 몰입된 얼굴 위로 석양 한 자락이 빨갛게 물들어왔다.

"왕따를 당해 보셨나요?"

반지하의 얼굴이 곧 울음을 터뜨릴 기세로 젖어 있다. 현실과의 괴리를 그는 몽상으로 지탱해오면서 이젠 지친 기색이 역력했다.

"번듯한 직장이었죠. 하루는 프로젝트에 대한 기획안을 작성해 올리라고 하더군요."

그의 기획서류를 받아든 부장의 얼굴이 처음엔 일그러지더니 얼마 지나지 않아 빙긋이 웃고 있었다. "이게 기획서류란 말인가? 차라리 공상소설을 쓰지 그래." 서류가 허공에 어지럽게 날았다. 회의실에 앉아 있던 동료들이 일제히 웃음을 터뜨렸다. 그 뒤부터 그의 서류는 언제나 공상소설로 치부 되곤 했다. 그들은 공개적으로 비웃고 다니기 시작했다. 몇 달이 지나 돌아보니 그의 곁엔 아무도 없었다.

"죽여 버리지 그랬어요."

한동안 말없이 듣고 있던 름이가 대뜸 일어서며 발로 모래를 걷어차 버린다.

"난, 난 요즘 하루에도 수십 번 왕따시킨 학교 친구들을 죽여요."

그날 밤 도선은 한동안 잠을 이루지 못했다. 함께 노래방에 다녀온 그날 저녁에도 비상 계단을 통해 고스란히 전해지던 3층의 소음. 오늘따라 두 모자의 대화가 시퍼런 칼날을 앞세운 듯 한층 더 매몰차고 악에 찬 아이의 소리가 계속되었다는 점이다. 아내의 귀가는 날이 갈수록 늦어지고 있다. 도대체 뭘 하고 다니느냐고 따져 묻고 싶었지만 아내의 냉담한 태도가 지금 누가누구에게? 하는 비웃음으로 바뀔 때 그는 차라리 그 자리에 주저앉고만 싶어졌다. 이럴 바엔 차라리 도망이라도 치고 싶다. 문득 반지하가 하던 말이 실상이었으면 하는 생각을 해본다. 그러고 보니 처음엔 냉소적이던 3층 름이의 행동도 처음과는 달리 반지하의 지하세계에 다소 호의적으로 바뀌어져 있음을 떠올렸다.

지금쯤 아이는 어떤 생각을 하고 있을까. 희망은 더 이상 아이에게 손을 벌리며 다가 오지 않는 걸까. 반지하에게도, 이젠 내게도 서서히 그 무거운 그림자가 거대한 빨판을 앞세워 촉수를 자신의 몸속에 찔러 넣고 희망이라는 진액을 야금야금 빨아먹고 있는 것 같았다. 마치 마비된 채 요동도 칠 수 없는 자세로 대모벌의 부화된 알의 먹이로 죽어가는 거미처럼.

그날 놀이터에서 돌아오던 길에 반지하는 말했다.

"이젠 정말 떠날 때가 된 것 같아요."

그리고 다음 날 새벽, 그는 거짓말처럼 집을 떠나가 버렸다. 새벽까지 잠을 설치던 도선의 귀에 2층 방에서 들려오던 소음이 이명처럼 낮게 깔려지더니 이내 그 소리는 거실을 거쳐 현관 쪽으로 움직이고 있었다. 도선은 직감적으로 그가 떠나는 것이란 생각이 들었다. 반쯤 연 문틈으로 어깨에 로프와 옷가지를 넣은 배낭을 멘 반지하의 모습이 비쳤지만 그는 굳이 그를 불러 세우지 않았다. 어쩌면 자신 또한 그 길을 임의 동행이라도 하는 것처럼 알 수 없는 범죄 속의 동질감이 도선의 몸 전체로 소름처럼 번져가기 시작했다. 그렇게 반지하는 새벽길을 걸어 어둠 속으로 사라졌다. 새벽녘에야 잠시 잠이 들었나보다. 이미 해는 긴 햇살을 베란다 너머로 흐느적이며 기어들고 있었다. 전화가 울렸다. 뜻밖에도 용훈이었다.

"부장님. 그놈들, 내게 외상으로 물건만 받아먹고 물건값도 안 주고 다 튀어버렸어요. 이제 모든 게 끝나버렸어요."

그는 그렇게 전화기에 대고 울부짖고 있었다.

"잡아서 배를 째버려. 그리고 염장한 뒤 놈을 싱크홀로 던져버려. 아무도 모르게."

"사라지고 싶은 건 나라고요, 젠장."

"그럼 너도 같이 뛰어 내려."

갑자기 밖이 소란해졌다. 도선이 밖으로 나갔을 때는 이미 많은 사람들이 아파트 입구에 몰려 위를 쳐다보고 있었다.

"얘, 위험해. 뒤로 물러서."

누군가의 입에서 비명처럼 튀어나오는 소리. 그 소리가 파편처럼 도선의 가슴에 섬뜩하게 박힐 찰나 악! 안 돼! 사람들의 술렁

거림이 경악으로 변하고 있다. 순간 도선은 다시 한번 옥상을 향해 정신없이 계단을 뛰어 올라갔다. 숨이 턱까지 차오를 때쯤 옥상에 도착했다. 예상대로 름이가 창문에 올라가있다. 붙잡아야 한다. 창문에 매달린 아이가 힐끗 뒤를 돌아보았다. 눈가에 진한 눈물자국이 보인다.

"름아!"

가자! 차라리 그곳에 우리 함께 가자. 우리의 싱크홀을 찾아서.

끝.

인생게임, IF

우리는 누구나 자신이 지나온 삶을
만족하지 못한다
다시 태어난다면,
~ IF ~
하지만 그 끝은 언제나 같은 자리에......

인생게임, IF

– 주인, 주인 문 여소. 나그네 손님 들어가오. –

고향집 사립문 밖에서 상쇠의 걸쭉한 목소리가 들려온다. 지신밟기 풍물패가 악기패를 필두로 대포수 · 창부 · 조리중 · 양반 · 농구 · 각시 · 화동 등의 잡색패들이 뒤따라 집 안으로 들어선다. 그들은 대문 옆 돼지우리를 지나 대추나무가 있는 사랑방을 돌아 안채며 뒷간과 곳간을 두루 돌아다니며 지신을 밟고 있다. 징, 장구, 꽹과리, 북의 요란한 소리가 집 안 곳곳을 휩쓸고 다닌다.

어머니는 마당 한가운데 멍석에 술과 음식이 담긴 주안상을 차려 놓았다. 그는 가슴을 관통하듯 울려오는 풍물소리에 질려 양손으로 귀를 막았다. 풍악이 점점 고조되면서 그 소리는 점점 더 크게 울렸다. 그중 유난히 꽹과리 소리가 질리도록 커진다.

"제 목소리가 들립니까? 들리면 손가락을 움직여 보세요."

꽹과리 소린지, 누가 부르는 소린지 구분이 안 된다. 설사 알아차렸더라도 대꾸조차 할 수 없을 정도로 그는 정신이 혼미한 상태였다.

"전혀 의식이 없는 것 같은데? 환자 분, 이름을 말해보세요."

누군가 그의 눈을 뒤집어 눈동자를 살피고 있었다.

"보호자 연락처나 집 주소, 가족 사항도 알 수가 없단 말이지?"

"예. 1944년 9월 4일생. 이름은 홍성철. 대장암 말기 환자로 며칠 전 혼수상태로 입원한 환자입니다."

그때 그는 입을 열고 자신의 이름을 말하려 했다.

'나, 홍.......기만이오. 홍성철이 아니란 말이오.'

그러나 아무도 그 소리를 들은 사람도, 그의 입술 움직임을 읽은 사람도 없었다. 의식은 있으나 그의 몸은 어쩐지 식물인간처럼 굳어만 갔다. 주위 모든 것이 꽹과리 소리에 묻혀 이제 아무 소리도 들리지 않는다. 어젯밤 정상을 눈앞에 두고 산을 오르지 못한 게 못내 아쉽기만 하다.

저 멀리 정상이 보였다. 수미산을 오르면 원하던 새 삶을 살게 될 것이다.

엎드린 암소의 허한 등허리처럼 산등성이를 끼고 굽이쳐 흐른 산길을 따라 오르자 마지막 코스인 거대한 암벽이 앞을 가로 막고 있었다. 철제 사다리도 없이 마치 암벽 등반 코스라도 되는 양

깎아지른 바위벽엔 단지 하늘과 맞닿은 정상에서 내려진 굵은 밧줄만이 군데군데 늘어져 있다. 도대체 어떻게 저 암벽을 통과하란 말인가. 발아래 60도 각도로 경사진 낭떠러지가 거대한 하마의 입처럼 떡하니 버티고 있는 곳. 줄만 잡고 미끄러운 암벽을 돌아가야 했다. 등반 최대의 난관이자 위기이기도 했다. 어차피 한번은 건너야 할 길이라면. 일단 밧줄을 단단히 잡고 온몸을 암벽에 기댄 자세로 살짝 오른발을 뻗어 지탱할 곳을 찾았다. 그리고 왼발은 오른발을 학습하듯 올곧게 뻗어 그 뒤를 뒤따랐다. 수많은 사람들이 지나친 바위는 예상대로 미끄러웠다. 자칫 발이라도 잘못 내디딜 때엔 온몸이 거미줄에 대롱대롱 매달린 벌레처럼 줄 하나를 잡고 바동대야 할 판이다. 진땀이 송골송골 맺혀오고 오금이 저려 왔다. 젠장, 오늘따라 다른 사람들의 모습도 눈에 띄지 않는다. 만약 예상치 못한 일이라도 생긴다면 난 저 낭떠러지 아래 어느 수풀 속에서 소리 소문 없이 사라질 것이 분명했다. 바로 그 순간, 오른발이 미끄러지면서 균형을 잃고 말았다. 앗! 발이 허공에서 허우적거렸다. 젖 먹던 힘을 다해 밧줄을 잡고 매달렸다. 그러나 그의 악력은 나잇살로 굵어진 체중을 이겨내기엔 너무나 허술한 듯, 마음으로 버티던 순간만을 꿈처럼 남겨두고 몸은 사정없이 언덕 아래로 굴러 떨어졌다. 삭정이 낀 나무와 그루터기 사이의 바위와 한 자는 족히 쌓여 있을 낙엽 위를 정신없이 굴러갔다. 정상을 코앞에 두고 미끄러지다니. 울화가 치밀어 올랐다. 이번에도 실패란 말인가.

"젠장, 평생 내 마음먹은 대로 되는 일이 없다니."

그는 한참을 언덕 아래로 굴러갔다. 그러다 그는 어느 순간, 정신을 잃고 말았다. 매번 이런 식이었다. 돌아보면 지난 칠십 평생을 그림자처럼 따라다니던 불행과 좌절. 어디서부터, 어떻게 꼬이기 시작했는지 모르지만 돌이켜보면 단 한 번도 그의 뜻대로 삶의 방향이 흘러간 적은 없었던 것 같았다. 그럴 때마다 그는 자신의 운명은 차라리 저주가 뿌린 장난이란 생각이 들곤 했다. 돌려놓을 수 있다면 그 지난 세월의 어느 분기점에서 다시 새로 시작하고 싶은 마음뿐이었다. 그 수많았던 실패와 고난과 역경이 겹칠 때마다 왜 하필 내게만? 하는 생각에 밤새 이를 바득바득 갈며 빈 술병을 채워놓았던 수많은 날들. 원망은 시간이 흐를수록 낙담과 체념이 되어갔다. 단 한 번, 다시 한번 기회가 주어진다면 다시는, 다시는 그렇게 살고 싶지 않았다. 지난 세월 나를 스쳐간 모든 인연들과의 모든 연을 끊어서라도 새로운 운명의 끈을 잡을 수만 있다면. 어디쯤일까. 희뿌연 안개 하나가 눈앞을 그림자처럼 지나친다. 몸을 움직여 보았다. 복부와 명치끝으로 진하게 전해지는 통증 하나. 마치 만화경 속에 파묻혀 있는 느낌이다. 또 다른 자신의 모습이 여기저기 보인다. 마치 수정 후 세포분열이 일어나는 것처럼 데칼코마니로 이분된 빈약한 그의 체형이 여러 곳에서 기웃거리고 있다. 평소엔 잘 볼 수 없었던 뒤통수와 흰 허리까지 생생히 드러나자 그는 한동안 멍하니 그들을 바라보았다. 찰나, 만화경이 돌아가며 수많은 분신들이 함께 빙글빙글 돌고 있다. 현기증에 두 눈을 꼭 감아버린다. 구토가 날 듯해 헛구역질을 할 때쯤에야 모든 순간들이 멈췄다.

"이제 정신이 드시오?"

짙은 승복을 입은 사내가 그를 내려다보고 있었다.

코 속에 느껴지는 이물감 때문에 그는 팽~ 소리가 나도록 코를 풀었다. 파삭거리는 작은 나뭇가지 하나가 튕겨져 나온다. 그 바람에 크게 재채기를 해야만 했다. 정신이 번쩍 들었다.

"누구시오?"

"난 당신이오."

"예? 이 무슨 뚱딴지같은?"

"난 또 다른 당신이란 말이오. 당신 마음속에서 항상 당신과 대치된 생각을 하던 당신이란 말이오."

"무슨 말인지 도통 알 수가 없군. 이보시오. 쓸데없는 농담일랑 말고 저 산 정상으로 오르는 길을 내게 말해주시오. 정상을 코앞에 두고 미끄러지는 바람에....... 다시 올라가야 합니다, 반드시. 그러니 제발 가는 길을 좀 가르쳐 주시오."

사내가 한숨을 쉬며 말했다.

"굳이 그 산을 오르려는 이유가 뭔가요?"

묻는 말에 대답은 않고 되묻기만 하는 그에게 순간 화가 치밀어 퉁명스레 대답했다.

"아니, 당신이 나라면 내가 왜 거길 오르는지 다 알 것 아니오?"

사내가 입가에 웃음을 흘리더니 잠시 뒤 말을 했다.

"내가 당신인 건 맞소. 하지만 난 당신과 정반대의 생각을 가진 사람이라오. 말하자면 당신이 지금껏 살아오면서 순간순간 내린 선택과는 다른 곳에 서 있던 사람이란 말이오."

"뭐요? 그럼 내가 이럴까 저럴까 망설이던 그때 내가 온 길이 아닌 다른 인생길을 걸어간 또 다른 나란 말이오? 예끼 여보쇼! 운명이란 한 번 정해지면 돌이킬 수 없는 것이거늘, 그런 내가 어떻게 또 다른 나를 만날 수 있단 말이오. 말도 안 되는 소릴……. 그딴 소릴랑 말고 지금 내가 어디에 와 있는지 또 빠져나갈 길은 어딘지 그것부터 말해 주시오."

"당신은 지금 00병원 중환자실에 이틀째 의식이 없이 누워 있는 상태요."

그때 어렴풋이 눈앞에 펼쳐지는 상황. 산소 호흡기를 부착한 그의 모습이 생생하게 보이기 시작했다.

"뭐요? 그럼 내가 지금 무의식 속에 빠져 있단 말이오?"

젠장. 산 정상 암벽에서 미끄러져 산 아래로 처 박힌 생각이 떠올랐다. 도대체 이 사내는 누구란 말인가. 또 다른 나라고 하는 그는 나의 도플갱어란 말인가.

"그럼 당신 이름은 도대체 뭐요?"

사내는 그 동안 비치던 얼굴의 웃음기를 걷으며 말했다.

"내가 바로 홍기만이오. 조금 전 당신이 말한. 분명한 건 당신 이름은 홍기만이 아니라 홍성철이요."

내가 홍성철이라고? 홍성철과 홍기만. 그의 말이 확실하다면 왜 나는 두 이름을 가지고 있단 말인가? 순간, 그는 겁이 덜컥 났다. 손을 움직이고 소리를 질러보았다. 그러나 아무리 소리치고 몸을 움직여 봐도 그건 오직 마음뿐이었다. 난 이렇게 정신이 말짱한데 내 몸은 식물인간이 되어 버렸다니. 그럼 그의 말이 사실이란 말인가?

"이보시오. 나는 이제 어떻게 되는 거요? 당신이 나라면 내가 지금 이 순간, 어떻게 해야 되냔 말이오? 당신은 알 것 아니오?"

"당신이 저 산을 다시 오르려 하는 이상 혼수상태는 계속될 것이오. 도대체 저 산을 오르려는 이유가 뭐요?"

이유? 그렇다. 그 산을 올라야 하는 절박한 이유가 있었지.

"젠장! 당신이 또 다른 나라면 그것도 모른단 말이오? 이유는 저 산 정상에서 다른 길로 돌아가야 할 길을 찾아야 하기 때문이오. 지금껏 내가 걸어온 길이 아닌 다른 곳으로 가는 길을."

"길은 가리켜드릴 수 있지만, 똑같은 결과가 나온다고 해도 다시 오를 생각이십니까?"

사내의 말에 그는 자신도 모르게 발끈했다.

"같은 결과라뇨? 그럼 내가 저 산을 영원히 오를 수 없기를 바란다는 뜻인가요?"

잠시 마음 저 깊은 곳에 멈추어 있던 울화가 소용돌이처럼 다시 거세게 들끓어 올랐다.

"저 산은 생명을 가진 존재라면 누구나 올라가야 할 산임에 틀림없습니다."

"그렇다면 힘들이지 않고도 쉽게 오를 수 있는 사람도, 방법도 있다는 뜻인가요?"

"글쎄요. 그건 사람의 운명에 따라 다를 수 있겠죠."

"운명? 누가 그딴 것을 믿는단 말이오? 그리고 나를 어떻게 보고 하는 소린지는 모르지만 난 당신이 또 다른 나란 말, 그 자체를 믿을 수 없소. 갈 길이 바쁘니 길이나 알려달란 말이오."

사내는 한동안 그를 쳐다본 뒤 이윽고 말을 건넸다.

"분명한 것은 당신이 고집대로 길을 떠난다면 당신은 영원히 저 병원 중환자실의 혼수상태에서 벗어날 수 없을 거요. 그러나 정 다시 산을 오르고 싶다면 여기서부터 동쪽으로 곧장 가십시오. 마을을 지나 산 입구에 가면 두 갈래 길이 나올 것입니다. 둘 다 정상으로 가는 길이지만 그 둘 중 어느 길로 갈 것인지는 본인의 선택에 달려 있습니다."

"도대체 무슨 꿈같은 얘길 하는지 모르겠구려. 좋소. 어쨌든 그 산에만 갈 수 있다면 당신 말씀대로 해 보겠소. 산을 다시 올라간 뒤 혼수상태에서 깨어나겠소. 반드시."

산소 호흡기를 꽂고 죽은 듯 누워있는 자신의 모습이 마치 거울 속을 보는 듯해 그는 한동안 뚫어져라 그곳을 쳐다보다 이내 발걸음을 돌렸다. 정신과 육체의 분리된 묘한 기분. 이 길이 아니면 정말 그 산으로 갈 수 있는 방법이 없는 걸까? 조그만 의구심이 그의 마음을 어지럽히고 있어 그는 잠시 갈등에 쌓였지만 그의 발길은 의지와는 달리 이미 길을 떠나고 있었다. 이미 그의 몸 상태는 만신창이가 되어 있었다. 지치고 기력도 떨어졌지만 그는 지나온 삶을 용서할 수 없었다. 할 수만 있다면 내 인생을 처음부터 다시 시작해보고 싶었다. 너무나 힘들었던 지난 일생. 그러기 위해서는 산 정상을 올라 다른 길로 가는 수밖에 다른 방법이 없었기에 그의 마음은 더욱 다급해지고 만다. 산길을 걸어내려 가자 안개는 언제 그랬냐는 듯 순식간에 사라져 버렸다. 그는 마치 몽유병 환자처럼 꿈속을 걷듯 길이 보이는 곳으로 천천히 걸음을 옮겼다. 산길을 벗어나자 새벽의 여명이 확 끌어당기듯 밀려들기 시작한다. 햇살을 정면으로 바라보며 걷는다. 멀지 않은 곳에 시골 마을이 보였다. 아침 햇살이 돌담벼락을 내려 비추니 돌의 음양이 길게 늘어져 있다. 돌배기 아이를 업은 단발머리 소녀가 울 밑에서 해바라기를 하고 있다가 한 손으로 햇살을 가리며 그를 올려다본다. 솟을대문 옆엔 나무로 만든 문패가 보인다. 이름 석 자는 지워져 있지만 작은 글씨로 새겨진 주소는 또렷하다.

– 북면 침산리 73번지 –

"너희 집이 여기니?"

소녀가 고개를 끄덕인다. 양손으로 아기의 다리를 하나씩 앞으로 당겨 업고 있는 모습이 무척이나 힘겨워 보인다.

"미안하지만 물 한 모금만 얻어 마시면 안 될까? 내가 산에서 길을 잃고 한참을 헤맸더니 목이 마르구나."

아이를 따라 집 안으로 들어섰다. 대청마루가 있는 한옥. 마당엔 감나무와 작은 정원이 있고 그 옆으로 닭장이 보인다. 그 뒤로 낮은 언덕이 담처럼 둘러진 아담한 집. 뒤란에는 작은 텃밭에 이제 막 햇살을 머금고 농익어가는 오이, 상추, 가지, 포도 등이 탐스럽게 자라고 있다. 아이는 부엌으로 들어가 한가득 물사발을 들고 나왔다. 등 뒤에 업힌 아이는 무엇이 좋은지 그와 눈만 마주치면 싱글벙글 웃었다. 아랫니 2개가 나란히 돋아난 입. 아이의 볼이 유난히 축 처져 있다. 낯익은 아이들의 모습. 아이들을 뒤로 한 채 골목길을 따라 오른다. 돌담이 움직이는 건지 그가 걷는 건지도 모를 속도로 오르막을 오르자 둑방 아래 큰 시내가 흐르고 있다. 강 건너까지는 콘크리트로 된 다리가 연결되어 있고 건너편 다리 초입엔 깎아지른 언덕. 바위틈에 수양버드나무가 머리를 잔뜩 아래로 드리운 채 자라고 있는 강을 따라 둑길을 걸었다. 마치 시공을 아우르는 듯 시간은 어딘가에서 제자리걸음을 하고 있어 그는 마술사의 손에 든 가는 바늘이 고무풍선 속을 뚫고 교묘하게 건너가듯 텅 빈 무중력 속을 유영하는 기분이 들었다. 현실을 꿈인 양, 꿈을 현실처럼 느끼면서도 그는 끝내 혼자 걸어야 했다. 마을 사이를 흐르는 시냇물은 밑이 환히 보이도록 맑고 깨끗했다. 얕은 자갈길이 끝나고 물길이 굽이 돌아가는 여울목에 바위가 보인다. 직사각형으로 비스듬히 누운 바위는 몸체의 반을 물속에 드리웠다. 그 바위 위에 발가벗은 사내아이의 모습이 보인다. 바위 아래는 물이 제법 깊은 듯 푸른빛이 감돌았다. 다섯 살쯤 되어 보이는 아이가 바위 위에서 풍덩 물속으로 자맥질을 한다. 소년의 두 뺨도 역시 유난히 축 처져 있다.

"집이 이 근처니?"

"저 건너 시장 근처에 살아요."

길을 돌아서 다시 둑으로 오를 때쯤 뒤돌아보았을 때 아이는 옷을 입을 생각도 않고 멍하니 그를 쳐다보고만 있었다. 다시 한참을 걸어가니 아이가 말한 시장이 눈에 띄었다. 그 건너편으로 2층 높이의 초등학교 건물이 보인다. 역시나 시공을 느낄 수 없는 곳. 그렇다고 꿈이라고 하기엔 너무도 또렷하고 생생한. 그러나 그는 그 느낌을 그대로 받아들이기로 한다. 미로처럼 연결된 시장 골목엔 고만고만한 상가가 하모니카 치열처럼 늘어서 있다. 방앗간, 과일가게, 참기름 짜는 집, 신발가게, 철망 속에 갇힌 닭과 병아리. 한약방, 정육점……. 작은 만화방에서 아이들이 우르르 쏟아져 나온다. 아이들은 잠시 뒤 저 멀리서 달랑달랑 워낭 소리를 내며 덜거덕거리며 시장 통으로 다가오는 빈 소 달구지 뒤에 배를 깔고 매달려 있었다. 달구지를 끌던 수염이 듬성듬성 돋아난 노인이 갑자기 뒤를 돌아보며 채찍을 휘두르는 시늉을 하자 아이들이 또 다시 쪼르르 흩어져 버린다.

"털보 영감~"

한 아이를 시작으로 아이들이 합창을 하듯 노인을 놀려대자 노인이 달구지에서 털썩 뛰어내려왔다. 이놈들! 마른 채찍이 허공을 가르고 아이들은 웃음소리가 더 커진다.

골목길로 접어들었다. 시장을 막 벗어난 곳에 목조 건물의 이층 양조장이 보인다. 지에밥을 찌는지 구수한 냄새와 함께 김이 사각

유리창 밖으로 쏟아져 나온다. 양조장을 지나 사람이 겨우 마주 지나칠 정도로 좁은 골목길로 들어선 것은 골목 어느 집에선가 풍겨오던 짙은 꽃향기 때문이었다. 그도 모르게 향을 따라 가니 골목 안 기와집 대문 위로 넓게 줄기를 뻗은 줄장미가 화려한 계절의 화신을 자청하고 나선 듯 만개해 있다. 살짝 집 안 풍경을 들여다보았다. 자갈이 깔린 마당엔 잣나무, 목련, 무화과, 석류, 감나무 등이 띠를 두른 듯 나지막한 정원석에 둘러싸여 있다. ㄱ자형 한옥 마당 한쪽으로 우물이 있었고 사내아이가 두레박으로 물을 퍼 올리고 있다. 바로 조금 전 강에서 만난 그 아이였다. 아이의 어머니가 얼른 두레박을 받고는 아이의 등을 두드려 준다. 그 옆에는 장작불 위 솥에서 메밀묵을 쑤는 할머니가 주걱으로 솥을 부지런히 긁고 있다. 끓는 솥 안에서 풀무 소리가 나는 걸 보니 묵이 익어가는 모양이다. 두루마기에 긴 턱수염을 기른 할아버지는 연신 에헴! 소리를 하며 부채질을 하고 있다. 그들의 행복한 일상이 너무나 부럽게 느껴졌다. 뒤로 돌아서다 말고 그는 파란 대문 옆에 붙은 문패를 쳐다보았다. - 남면 대봉리 7번지. - 순간, 그는 얼어붙은 듯 그 자리에 서고 말았다.

한참을 걸은 뒤에야 저 멀리 산 아래에 드디어 사내가 말하던 두 갈래 길이 눈앞에 보였다. 그가 걸어온 길 끝자락에서 Y자 형태로 길은 갈라지고 있었다. 오른쪽 길엔 길 입구부터 잡초가 무성했고 거의 사람의 발길이 닿지 않은 듯 길 안쪽은 검푸른 기운이 감도는 녹음에 휩싸여 있었고 반면 왼쪽으로는 사람들의 왕래가 잦은 듯 흙길은 입구부터 반질반질하였다.

"어디로 가야하나?"

그는 여기까지 오면서 본 마을과 아이들의 모습이 모두 자신의 과거 어린 시절이었다는 사실에 적잖이 충격을 받은 듯 했다. 어린 시절, 곧잘 누나 등에 업혀 지낸 것과 고향집 앞 풍경, 장미 만발한 고향집에서 만난 어머니, 할아버지, 할머니의 모습에 그는 잠시 옛 생각에 젖고 말았다.

"그래. 적어도 그때까지만 해도 난 행복했어. 그 이후 나의 삶은?"

두 갈래길 앞에서 그는 망설이다 말고 왼쪽 길을 택했다. 만약 선택이 잘못되었다면? 그는 빨리 산 정상에 도착할 수 있기를 기원하면서 드디어 그는 왼쪽 길 위로 첫발을 디뎠다. 산자락을 끼고 돌아가는 계곡은 푸르다 못해 서늘한 기운이 도는 초록빛 소를 이루고 있다. 산길 초입엔 곳곳에 부스러진 자갈과 그보다 조금 더 큰 바위 조각이 울퉁불퉁 솟아 있다. 뱀 허물이 걸린 풀을 걷어내며 아직은 평탄한 산길을 걸어간다. 불길한 예감의 전초전과도 같은 산길은 걸어갈수록 점점 깊어만 가더니 마치 주카이 숲에 들어선 것처럼 대낮인데도 짙은 녹음으로 뒤덮인 길에 묻히고 말았다. 엇비스듬히 잘려나간 대나무의 잔해가 날카롭게 바짓가랑이에 감겨든다. 지금껏 걸어온 길과는 너무나 다른 험한 길이 이어진다. 젠장, 왜 하필이면 이 길을 택했던가. 이미 몸은 진이 다 빠져 백지장처럼 가볍게 그의 손놀림에 휘말린다. 마을을 지날 때마다 나타나는 사람들의 모습이 눈길을 끈다. 그들은 끊임없이 소리치며 내 곁을 스쳐갔다. 영화관에 앉아 오래된 흑백 영화를 관람하듯 모든 장면들이 빠르게 그의 눈앞을 스쳐간다. 어디선가 본 듯한 장면 같기도 하였지만 여전히 기억은 나지 않는다.

사람들의 고조된 함성이 온 시내를 아우른다.

"전쟁이다. 괴뢰군이 쳐들어온다. 인민군이 떼거지로 넘어오고 있어."

피난민들이 한강을 건너고 기차에 매달려 남으로 내려오고 있었다. 우리 집은 안전하단다. 엄마의 목소리에도 여섯 살 코흘리개의 몸은 절로 떨려온다. 집 안 살림은 너무나 구차했다. 아버지는 사변 소식을 듣고 집으로 돌아오던 중이었어. 바로 그때 북한군 비행기의 무차별 공격으로 수많은 사람들이 희생되었지. 아버지도 그들 중 한 사람이었어. 3남 3녀의 운명은 고스란히 어머니의 손에 달리게 되었지. 어린 시절의 가난은 끔찍했어. 누나와 형들은 일찌감치 학교를 포기하고 생활전선으로 나서야 했다. 셋째 아들만이 유일하게 형제들의 희생으로 대학을 가게 되었지. 졸업을 하면 그때부터는 그가 집안의 대들보 역할을 해야 했음에도 불구하고 인생은 그에게조차 가혹한 시련을 비켜서지 않았다.

'젠장, 연좌제라니. 대학에 간 셋째 아들은 ROTC 훈련을 받고도 장교 임관도 못하고 하사로 군 생활을 해야 했어.'

아버지의 사망신고가 늦어진 게 화근이었다. 연좌제란 멍에 앞에 한 사람의 인생이 꼬이기 시작한 건 시작에 불과했지. 그는 길을 걸으며 끝없이 다가오는 사람들을 남의 일처럼 바라만 보았다. 정녕 꿈인가 생시인가. 그는 자신도 모르게 숲속으로 빨려들 듯 걸어갔고 그럴 때마다 주위의 배경들이 낡은 흑백 영화가 되어 스치고 지나간다.

사우디아라비아에 해외 근무를 나갔어. 3년간 악착같이 돈을 모았다. 국내 근무 조건과는 비교도 되지 않을 많은 급여를 받았지. 그리고 그 돈은 고스란히 집으로 송금을 했어. 그리고 힘든 3년간의 해외 근무를 마치고 다시 고국으로 돌아왔지. 그러나 운명이란 모래 속에 숨어 지나가는 곤충을 낚아채는 사막의 거미처럼 또 다른 악마가 끼기 시작했다. '간경화입니다.' 귀국한 지 일 년도 채 되지 않아 그동안 모아두었던 돈이 바닷물에 씻겨 내려가는 모래성처럼 야금야금 패이기 시작했어. 그렇게 투병 생활은 3년간 계속되었다. 겨우 몸을 추스르고 일어선 것은 5년이 지난 뒤였지. 이미 오십 중반. 가족들에 대한 미안함으로 더 열심히 살아야 했어. 다행히 아는 선배의 도움으로 다시 조그만 사업을 꾸려가게 되었어. 그들과의 동업은 순탄했지. 이제는 모든 불행이 걷히고 햇살이 눈부시게 비춰줄 거라 생각했는데. '00 실업 연쇄 부도.' IMF의 여파는 무서울 정도로 큰 파장을 낳고 말았어. 무엇보다 파국의 중심에 동업자였던 선배가 주모자였다는 사실이 더 충격이었지. 그는 계획적으로 자금을 모두 빼돌려 명의를 바꾼 뒤 고의 부도를 낸 거였어. 돈은 차치하더라도 배신감에 잠을 이룰 수 없더군. 가정은 다시 풍비박산이 났고 가족들은 뿔뿔이 흩어져 지내야 했어. 고등학교에 다니는 아들놈에게, 그 어린놈에게까지 신용불량자란 멍에를 지우기 싫어 결국 이혼을 택해야 했지. 개인 파산 신청을 했어. 가족들과도 자연히 멀어져 갔지.

'대장암 3기.' 나이 칠십에 맞이한 또 다른 시련. 한 번 시작된 불행은 연속으로 끝없는 나락 속으로 빠져 들었지. 평생을 그렇게 시련 속에서 사는가 하는 후회와 밀려드는 회한. 이젠 아무도 곁에 없다. 그나마 내겐 쪽방이라는 작은 공간만이 유일한 안식처였어. 병원을 찾는 일이란 꿈처럼 요원한 사치였으며 설사 그런 여유 돈이 생긴다 하더라도 이미 모든 걸 포기할 준비를 마친 상태였거든. 가족을 건사하지도 못한 놈이 무슨 그런……. 완치도 안 될 병이란 걸 알고부터는 자포자기로 생활 했지. 술을 마시고 화병에 아무나 붙들고 싸움을 하다 경찰서를 내 집 드나들 듯 했어.

"도대체 이건 뭐지?"

그 길의 행적은 너무나 초라했고 불행이 연속적으로 이어진다는 게 께름칙했다. 이 길에서의 결말은 그야말로 눈에 보이듯 선하다. 말년을 외롭고 고통스럽게 죽어가는 한 사람을 만나기 위해 이 길을 택한다면 그건 자신이 원했던 길의 꿈도 희망도 아니었음이 분명했다. 아무리 게임이라지만 그는 이 길에서 좀 더 희망적이고 멋진 삶을 꿈꾸고 싶었다. 그건 현실에서 그에게 주는 희망의 메시지와도 같은 것. 실제의 현실에서도 그는 70평생을 후회 속에 이어왔지 않았던가. 그의 지난 삶이 지금 그가 이 길을 걸으면서 보았던 영상과 너무나 흡사했기에 더더욱 이 길을 나아가고 싶지 않았다. 이런저런 생각에도 발길은 자꾸만 앞으로 나아갔다. 그리고 어느 순간, 숲에서 벗어나니 푸른 초원이 넓게 펼쳐진 산등성이가 보였다. 그가 가려는 산이 바로 지척에 버티고 서 있었다. 암벽 앞길을 막고 선 서낭당 하나. 비밀의 문이었다.

이대로 이곳을 통과해 앞으로 나아가야 하는 걸까? 마지막 남은 비밀의 문 앞에서 그는 잠시 망설였다. 그러나 도저히 이 절망적인 길을 걸어 나가면 안될 것 같은 생각이 들었다. 그래, 이왕이면 좀 더 밝고 희망적인 길을 찾아갈 수도 있지 않을까? 지난 내 삶의 보상 내지는 다시 내 인생을 시작한다는 기분도 그러할 것이다. 희망과 기대와 기회의 길이 될 수도 있지 않을까? 그는 과감히 뒤돌아 왔던 길을 되돌아갔다. 정상의 암벽이 다시 멀어지는 게 아쉬웠지만 이 길에서 보았던 모든 사건들이 마치 자신이 살아온 삶의 거울처럼 보였기 때문이었다. 다른 길을 택해야 한다.

"그래. 내가 산을 오르려는 이유가 무엇인가. 다시는 지난 행적을 답습하지 않고, 벗어나기 위한 것이 아니었는가. 새 길. 거기엔 어떤 희망의 메시지가 있을 거야."

길은 처음부터 다시 시작되고 있었다. 처음 걸어간 그 길에서처럼 불행의 연속인 삶의 모습을 이젠 더 이상 보고 싶지가 않았다. 그래, 이젠 비록 꿈속일지라도 멋진 인생을 꿈꾸는 게 나의 소망이 아니었던가. 다시 시작하자. 이 길엔 분명 내가 실제 삶에서도 찾지 못했던 어떤 이상향과도 같은 삶이 숨어 있을 거야. 제발!

숲 입구로 되돌아간 나는 다시 오른쪽 길로 천천히 들어섰다.

흥분한 마음 탓인지 왼쪽 길과는 다른 또 다른 희망의 메시지가 나를 기다리고 있을 것만 같아 그의 마음은 자못 부풀어 오른다. 오른쪽 길로 들어서 주저 없이 앞으로 나간다. 길을 따라 얼마나 걸었을까? 숲이 끝나는 곳에 한적한 건물 한 채가 보인다. 마치 누군가를 기념하기 위해 지어놓은 기념관 내지는 박물관과 같은 느낌이 드는 집. 통유리로 지어진 단층의 현대식 건물 입구엔 예상대로 추모관이란 화려한 대리석 간판이 서 있었다. 그는 망설이다 잠시 쉬었다 가도 좋을 듯해 그 안으로 발을 들여놓았다. 그러나 이상한 점은 추모관이란 글씨만 보일 뿐 정작 누구의 것인지는 알 수가 없다는 점이다. 그레이 톤의 낮은 벽을 따라 20미터 정도의 길이로 누군가의 어린 시절부터 전시가 시작되고 있었다. 빛바랜 흑백사진이 액자 속에 갇혀 벽을 따라 진열되어 있다.

– 1944년 그가 태어난 생가.

지금은 00백화점으로 바뀐 시내 중심가에 위치하고 있다. 그는 당시 T시에서도 이름난 갑부인 부친 000의 3남으로 태어났다. –

그 당시엔 상상도 못할 2층 양옥 건물로 지어진 그의 생가의 모습이 흐릿한 흑백사진 속에 보였고 그 옆으로는 지금의 00백화점 사진이 대비되듯 15층 빌딩의 위용을 뽐내고 있다. 누굴까. 기념관이라면서 왜 이름을 밝히지 않고 있는 걸까.

– 그는 유년 시절부터 머리가 비상했다. 00초등학교를 수석으로 졸업한 그는 서울의 유수 중학교로 진학하면서 유학을 시작했다. 그의 명석한 두뇌는 그곳에서도 빛을 발해 중 · 고등학교를 거

치기까지 전교 1등을 한 번도 놓치지 않던 수재였다. 또한 그는 국내 0.1%의 내놓으라하는 국내 최고 수재들만 모인다던 00대학 법학과에 입학을 하였고 대학 2학년 때인 1964년 사법고시를 패스하였다. -

전시관엔 교복과 교모를 쓴 그의 고등학교 졸업 사진이 동그란 테두리 안에 모습을 보여주고 있었다. 그리고 그가 당시 사용했던 너덜해진 영한사전 1권과 고교 시절 그가 그렸다던 정물화가 역시 빛이 바랜 채 사각의 액자 속에 갇혀 있다.

- 그의 미국 유학 시절 -

성년이 된 그가 대학 캠퍼스를 배경으로 찍은 사진이 보인다. 그의 곁엔 서너 명의 외국인 친구들이 그를 중심으로 나란히 서 있다. 그 옆으로는 야구복을 입고 타석에 들어서 타격 자세를 취하고 있는 모습과 승마, 풋볼, 골프 등을 즐기는 사진이 차례로 진열되었다.

- 1970년 귀국한 그는 부친의 사업을 물려받아 00물산의 실질적인 2세로서 사업가의 길로 들어선다. -

- 1990년 그는 국회의원에 당선되며 정치가로의 길을 걷기 시작했으며 이후 2000년대 초반, 3선에 실패한 뒤 다시 사업가로 되돌아와 00물산을 세계 100대 기업으로 성장시켰다. -

전시물은 거의 막바지에 이르고 있었다. 거기엔 그가 사용했던 골프채와 세계 유명 경영인들과 찍은 사진과 이코노미스트지 표지 모델이 된 그의 사진, 그리고 정치가로서의 그의 업적이 담긴 기사와 사진, 칼럼 등이 끊임없이 이어져 있었다. 그는 어떤 인물일까? 문득 그의 존재가 궁금해졌다. 왜 그의 정확한 이름은 기재되어 있지 않는 걸까. 전시장 가득 채운 그의 업적과 발자취엔 도저히 상상도 못할 부와 명예의 표식이 각인되어 있다는 사실 앞에 그는 잠시 허망한 마음을 감출 수가 없었다. 그의 삶은 그렇게 표면적으로는 나의 그것과는 극명한 차이를 보이고 있다는데 잠시 화가 치밀었다. 빈과 부. 세상은 왜 이다지도 공평하지 못하단 말인가. 그렇다면 그의 마지막 여생이란 어떤 모습일까? 그러나 전시물은 거기까지였다. 한 인물을 기리기 위한 기념관치고는 말미가 없다는 게 이상하다는 생각이 든 건 그때였다. 그렇다면 그는 아직도 재계의 거대한 흡인력을 가진 인물로 살아가고 있다는 뜻일까? 그는 천천히 전시관 후미를 향해 걸어 나갔다. 희미한 조명등이 천장에서 유령처럼 뜬 채 그를 무심하게 내려다보고 있다. 출구는 활짝 개방이 되어 있었다. 출구 입구에 마지막 남은 액자는 밀봉이 되어 있어 그 안은 쉽게 보이지 않았다. 무엇이 저 안에 들어 있단 말인가. 성공가도를 달려온 그의 마지막 장도 어쩌면 그의 전력처럼 화려하고 우아한 것은 아니었을까? 그건 인간이 꿈꾸는 지상 최대의 인생이 아닐 수 없다. 적어도 내가 살아온 그것과는 비교도 할 수 없는 것이었으니까. 그런 생각이 미치자 문득 자신이 초라해졌고, 다음 순간 화가 치밀기 시작했다. 모든 삶은 왜 이리 공평하지 않단 말인가. 과연 이건 운명의 조화란 말인가? 운명! 운명! 마지막 문 앞에 섰다. 바로 그 순간,

"여기까지 온 소감이 어떠신가요?"

출구 바로 앞에서 갑자기 사내의 모습이 나타났다.

"도무지 뭐가 뭔지 모르겠습니다. 내가 걸었던 두 개의 길은 분명 확연한 차이가 있었소. 극과 극의 인생, 화려한 인생과 너무나 초라한 두 삶의 대비. 그건 무슨 의미인거요?"

"아직도 그 길에서 답을 찾지 못 했군요."

"그 길에서 답을?"

"잘 생각해 보세요. 그 길에서 만난 사람들이 과연 누구였는지. 아직도 그 답을 찾지 못했다면 이제부터 저 출구를 나서는 순간 알게 될 것입니다."

그 말에 그가 다시 발끈하고 나섰다.

"그런 소릴 듣기엔 제 삶은 너무 지쳤거든요. 젠장. 진리나 섭리나 그런 개떡 같은 소리가 무슨 소용입니까. 지금 내겐 병을 치료하기 위해서 저 산 정상을 올라야 한다는 생각뿐인데. 그런 시답잖은 불경이 내게 밥을 줍니까, 명예를 줍니까? 다 싫습니다. 다 귀찮다고요."

그러나 불만이 가득 찬 그의 모습을 말없이 바라보던 그가 한참 동안 고개를 끄덕이며 서 있더니 두 손을 모아 합장을 한다.

"부디 소원 성취하십시오. 그럼 저는 이만."

소리와 함께 그의 모습이 순식간에 사라져 버리고 만다.

"아니, 이봐요, 이봐!"

다급하게 그가 출구를 향해 달려 나갔다. 그러나 그의 모습은 어디에도 보이지 않았다. 바로 그때 그의 앞에 하얀 장막이 벗겨지고 전시관 마지막 방의 문이 스르르 열렸다. 그는 빨려들 듯 그 안으로 들어섰다. 그 속에는 환자복을 입은 노인이 말기 암 호스피스 병실에 누워 있었다. 여위고 퀭한 눈빛이 마치 허공을 향해 애원하는 모습으로 다가와 그는 한동안 그곳에 오래 멈춰 서 있어야만 했다. 그의 곁에는 아무도 없었다. 화려했던 기념관 속의 모습은 다 어디로 갔단 말인가. 항상 그를 따라 다니던 성공과 행운, 그리고 그가 누릴 수 없었던 부와 명예. 그건 다 어디로 사라진 것일까. 그의 병실 앞에 이름표가 붙어 있었다.

– 홍기만. 1944년 9월 4일생. 병명 : 대장암 –

홍성철이 아닌 또 다른 나 – 홍기만. 그의 삶도 결국엔? 순간 헛웃음이 터져 나왔다.

갑자기 잊고 있던 지신밟기 풍물패의 소리가 아련히 들려왔다.

> ‘어허 이루 지신아 성주분이 어데며/ 경상도 안동땅 제비원에 솔씨 받아/ 소평대평에 던졌더니 그 솔이 점점 자라나/ 소부동이 되어서 소부동이 자라나/ 청장목이 되었네. 청장목이 자라나/ 황장목이 되었소 황장목이 자라나/ 솔이야기동이 되었소.’

마당 한 가운데 멍석을 깔고 어머니가 술상을 마련하는 동안 그는 누나 등에 업혀 가슴을 찌르듯 울려 퍼지는 풍물소리에 귀를 꼭 막고 있다. 여차하면 그의 눈에서 그렁거리는 눈물 한 방울이 뚝 하고 떨어져 내릴 기세였다.

얼핏 들려오는 간호사의 목소리.

"암이 전신으로 퍼져 이젠 근본 치료는 어려운 상태입니다. 3일 전부터 황달과 구강 건조증이 악화되고 있습니다. 또한 수축기 혈압 감소와 때론 호흡곤란, 청색증, 이상호흡, 가래 끓는 소리와 같은 호흡기계 증상과 진정, 혼수 등의 의식저하, 눈을 뒤로 젖히는 신경학적 증상 등이 잦게 나타나고 있습니다."

그는 다시 혼수상태에 빠져든다. 살을 토막 내듯 저려내는 고통에도 잠이 오다니.

간호사와 의사들 몇몇이 그의 침대 뒤에서 얘기를 나누고 있었다.

"이 상태에서 연명치료를 한다는 건 무의미한 게 아닐까요?"

"그래도 함부로 중단할 수도 없는 노릇이지."

"존엄사에 대한 논의가 지금도 끊임없이 찬반을 이루는 상태에서 아직은 섣불리 결정을 내려선 안 될 거야."

"하지만 의료적 치료에도 불구하고 죽음이 임박했다는 건 연명치료의 무의미함을 말하는 게 아닌가 해서요. 만약 저라면 이런 때 존엄사를 택할 것 같아요. 주변 사람이나 특히 자신을 위해서라도."

"가축이라면 약물을 이용한 적극적 안락사를 시킬 수 있지만 우린 인간이잖아. 본인이 미리 그런 결정을 내려 유언장이나 의료진들에게 의사 표현을 했다면 몰라도."

"치료를 중단하는 소극적 안락사 정도라면 저는 미리 유언장을 쓸 수 있을 것 같아요. 생명이 꺼져간다는 건 마치 파라핀에 담긴 심지와 같아서 기름이 한 방울도 없이 마르고 다 닳아질 때까지 꺼질 듯 말 듯 그렇게 수많은 시간을 거쳐야 한다는 것을 우린 너무나 많이 보고 있잖아요. 그 순간들의 고통. 눈을 감으면 내일은 죽겠지 하지만 눈을 뜨면 아직도 살아있음에 한숨 쉬던 어느 호스피스 병동의 말기 암 환자의 고백이 떠올라요."

눈앞이 환해지면서 그제야 낯익은 산이 보인다. 지난번 오르기를 실패한 수미산 정상이 보인다. 마지막 기회인만큼 이번엔 기어코 암벽을 오르고야 말리라. 숨이 턱까지 차오른다. 그러나 생각과 달리 그의 몸은 이미 암벽 앞에서 다시 힘없이 팩 꼬꾸라진다. 아직 암벽 근처도 못 간 상황인데. 이대로 끝이란 말인가. 숨이 점점 더 차오른다. 그때 무지개 빛깔의 아우라가 몸 전체로 퍼져 왔다. 그러자 끊일 듯 이어지던 육체적 고통도 잠시, 마음은 너무나 평온해진다. 그리고 감겨진 필름이 처음부터 다시 펼쳐지듯 미처 보지 못했던 마지막 기억들이 순식간에 뇌리 속을 관통했다. 어린 시절, 누나의 등에 업혀 있던 아이. 한 평생 힘겨웠던 삶 속에서, 그는 자신의 돌이킬 수 없는 과거에 대한 원망으로만 살아 왔다. 그가 겪었던 8.15 해방과 6.25 전쟁, 연좌제, 그에게 닥친 수많은 병마와 시련과 고통의 시간들. 할 수만 있다면 시간을 되돌려 다른 길에서 처음부터 다시 시작해 보고팠던, 선택된 행복한 삶을 그는 내심 부러워하고 있었다. 그러나 그는 이제 혼수상태 속, 죽음의 순간에 이르러서야 그것이 얼마나 부질없는 생각이었는가를 깨닫는다. 전시관 속 누군가의 삶이 아무리 화려하고 멋진 인생이었든들 누구에게나 죽음은 공평한 것이라는 것을. 우리 모두는 모든 운명을 움켜진 아트로포스에 의해 수동적으로 움직여야 하는 마리오네트 인형처럼 살아야 한다는 사실과 그 삶의 질을 평가하는 건 한낱 일장춘몽에 불과하다는 것, 마지막으로 어떤 삶이든 그 최후의 모습은 병들고 초라한 모습으로 떠나야 한다는 사실 또한.

다시 돌아갈 수 있다면, 했던 그 동경의 길. 그러나 그 두 길은 차이만 있었을 뿐 마지막 길은 단 하나였다는 사실을.

"당신은 현실 속에서 자신의 운명을 저주하고만 살아왔지요. 그 모든 걸 남의 탓으로만 여기고 말이오. 때론 인생의 전환점이 될 시점에서 다시 시작되기를 꿈꾸기만 했지 노력은 없었지요. 당신이 보았던 그 기념관의 허상처럼. 이젠 앞을 똑바로 바라보시오. 세상살이를 원망으로 가득하게 살아온 삶도, 당신이 부러워했던 또 다른 삶의 주인공도 죽음 앞에선 누구나 혼자일 뿐, 공수래공수거인 것을."

어디선가 사내의 말이 희미하게 들려오자 그는 혼미한 상태에서도 슬며시 미소를 지었다. 차츰 그의 마음이 고요해져온다.

운명엔 시始와 종終이 존재한다. 시는 본인의 의지와 상관없는 일이다. 그렇다고 종도 자신의 의지는 아니다. 종이 자신의 의지가 아니란 건 그 시점을 가늠할 수 없다는 것 때문이다. 그러나 가늠할 수 없다고 해서 멈추어서도 안 되는 것. 알 수 없다는 이유로 멈추어버린다는 그 자체가 종이기 때문이다.

멈출 수 없기에 나아가야 하는 것이다. 거기엔 방향이 있다. 자신만의 방향은 길이 된다, 그 길을 따라가는 건 자신의 지문 속 유전자처럼 유일한 방향이다. 운명이란 자신의 지문과도 같은 방향 제시일 뿐.

끝.

2014. 1. 25.

자 이 언 트

요즘엔
귀농하는 세대들이 늘고 있다
그들의 숨소리와
아이들의 웃음소리가
다시 시골마을에 울려퍼졌으면

2014. 농촌문학상

자이언트

현관 입구에 나란히 놓인 자주색 여행용 가방.

"……. 아냐, 얘. 인천에서 일본 나리타공항을 한 번 거쳐 휴스턴까지 가는데 꼬박 24시간이 걸린대. 열흘 중에 비행기 안에서 보내야 할 시간 이틀 빼고 나면 여행할 시간도 없지, 뭐. 나보다야 노인네가 걱정이지."

비행기 출발 시간까지는 2시간도 채 남아 있지 않았건만 아내의 통화는 점점 길어지고 있다. 현관에서 기다리고 있던 나는 슬며시 화가 치밀어 올랐다.

"안 갈 꺼가?"

방문을 열고 소리를 팩 지른다. 아내가 시계를 보더니 일단은 갔다 와서 보자며 전화를 끊었다.

"미안, 여보. 하필이면 그때 전화가 와서. 어머, 내 정신 좀 봐.

걔한테 뭘 좀 알아봐 달라고 한다는 걸 또 깜빡하고 말았네. 그러게 왜 그리 다그쳐, 다그치긴."

"거, 쓸데없이 아무나 붙잡고 이거저거 물어보지 마라카이. 내가 알아서 할 테니까."

"이왕 보내주는 거 기분 좋게 보내주는 법을 모른다니까. 하여튼 잘 갔다 올게. 미안해요, 여보."

아내의 잔소리는 공항 로비에서 수속을 밟고 심사대를 나서는 순간까지 계속되었다.

"동재 넌 곧 군대 간다고 밤늦게까지 돌아다니지 말고. 여보, 그리고 나 없는 동안 그거나 잘 알아 봐. 이젠 당신도 살 궁리를 해야지."

아내는 계속 무언가를 말하려 했지만 나는 아들과 함께 뒤돌아서서 공항 로비를 빠져나와 버렸다. 그녀는 이제 대구에서 김포까지 비행기로 간 다음 서울의 처남이 모시고 나온 장모님과 함께 인천국제공항으로 갈 것이다. 휴스턴에 사는 처제의 귀국 기간이 얼마 남지 않았기에 그 기간 내에 장모님을 미국 여행 시켜드리러 가려는 것이다. 처남이 있었지만 막상 장모님을 모시고 갈 처지가 못 되자 결국 밀리고 밀린 끝에 그 역할이 아내에게 돌아오고 말았고 드디어 오늘 그 길을 떠나는 것이다.

공항을 빠져나온 나는 서대구에서 중앙고속도로로 차를 올렸다. 올해는 12월 중순의 날씨임에도 벌써 추위가 매서웠다. 예년과 달리 눈도 많이 내렸다. 봉화에서 춘양으로 넘어가는 고갯길이 벌써부터 걱정이 된다. 벌써 두 차례나 눈이 내렸고 겨울이면 강원도 만큼이나 추운 곳이 바로 경북 북부 지방이었다. 동재는 혼자 휴대폰을 만지작거리다 문득 생각이 난 듯 물어왔다.

"아빠. 오늘 할부지 집에서 자고 올 껍니꺼?"

"와? 늦으면 자고 와야지. 집에 아무도 없는데."

그 소리에 녀석은 짜증이 나는지 횅하니 창밖으로 고개를 돌리고 만다.

"시골은 싫은데……."

아이의 푸념이 들릴 듯 말 듯 귀를 스친다.

고속도로엔 통행량이 별로 없었다. 눈이 오려는지 북쪽 하늘에서부터 낮은 구름이 짙게 깔리고 있다. 무료한 김에 라디오를 틀었다.

"……. 추억의 팝송. 매주 토요일 이 시간에는 지나간 추억의 명화 주제곡을 들어보는 시간을 마련하고 있습니다. 오늘 제가 여러분께 소개해 드릴 영화는 바로 1956년 조지 스티븐스 감독의 영화. 자이언트라는 영화 주제곡을 소개해 드리고자 합니다. 그럼 먼저 자이언트의 주제곡인 "디스, 댄 이즈 더 텍사스"부터 들어보시겠습니다."

텍사스! 텍사스라. 그 곡은 나만의 남다른 사연이 있는 곡이기도 했다.

안동 인근 휴게소에서 점심식사를 마치고 나오자 칼바람이 휭하니 몸을 스친다. 동재는 화장실에 갔는지 한참이 지나도록 돌아오지 않았다. 나는 잠시 차 시트를 뒤로 젖히고 눈을 감았다. 명예퇴직을 하느냐 마느냐 하는 기로에 설 때부터 자꾸만 움츠려 들던 자신. 아내는 더 나이 들어 회사에서 노골적인 눈치를 받느니 지금이라도 그만두고 퇴직금으로 뭐든 사업을 해 보자고 했지만 25년간의 직장 생활에서 갑자기 사업으로 뛰어든다는 것은 자칫 기름을 지고 불로 뛰어드는 꼴이나 마찬가지가 아니겠는가.

문득 조금 전 휴게소로 들어설 무렵, 라디오에서 잠시 흘러나왔던 영화주제가가 떠올랐다. 어릴 적, 아버지가 자주 틀어주시던 음악이었다. 대구에서 태어난 나는 초등학교 2학년이 되던 해, 대구에서 장사를 하시다 그만두고 귀향을 한 부모님을 따라 아버지의 고향인 봉화로 들어갔다. 아버지는 할아버지의 뒤를 이어 비탈밭에 이룬 약 1헥타르의 과수원을 맡아 농사를 지으셨다. 내가 초등학교를 졸업하고 중학교를 입학할 때, 아버지는 누나와 나를 다시 대구로 유학을 보냈다. 그때부터 나는 객지에서 사춘기를 맞으며 중학교와 고등학교를 다녀야 했다. 내가 조금씩 삐뚤어지기 시작한 건 그때부터였다. 중학교 때부터 나는 친구들과 어울려 탁구장이나 당구장 아니면 롤러스케이트장 등을 배회하기 시작했다. 누나가 있었지만 누나는 학년이 올라갈수록 나의 제재 대상이 되지 못했다. 학교 성적은 자연히 뒤처지기만 했고 감당을 못하던 누나는 어느 날, 집으로 SOS를 보냈다. 아버지가 농사일을 미루고 잠시 올라오신 날이었다.

"성내로 나와서는 딴 데 한 눈 팔지 말라고 누차 얘기 했거늘.

스스로 판단을 할 나이가 됐단 말이다. 그러니 씰데없이 휩쓸려 다니지 말고…….”

그러나 나는 그때 이미 반항으로 가득 차 있던 때였다. 그건 굳이 아버지가 아니더라도 나를 홀로 이곳에 내버려둔 고향에 대한 반항 때문이었다. 땅, 과수원 그것 외에 고향은 내게 무엇을 주었는가. 텅 빈 가슴이 본능적으로 찾는 것은 누군가의 관심과 함께 나눔이란 것에 대한 갈망이었다.

“그라마 아부지는 처음부터 계속 대구에서 살았으면 될 일이지와 중간에 고향으로 들어가신 겁니꺼. 여기에서 계속 살았어도 지금쯤 엄마 아부지 밑에서 남부럽지 않게 살고 있을 거 아입니꺼. 난 엄마 아부지하고 같이 사는 게 더 좋단 말입니더.”

아버지는 내 말에 잠시 충격을 받으신 것 같았다.

“미안하다. 니가 정 그렇게 생각한다면 어쩔 수 없다만……. 언젠가는 내가 왜 그때 고향으로 다시 들어가야 했는지 니도 이해할 날이 올 거다.”

그날 아버지는 내게 한창 그 당시에 유행하던 작은 사각형의 붉은색 턴테이블을 두고 가셨다. 그것은 아버지가 가장 아끼시던 보물과도 같은 존재였다. 그와 함께 아버지가 가져온 몇 장의 LP판. 그 중에는 외국영화음악이 담긴 팝송판도 있었다. 그날, 아버지는 왜, 무슨 이유로 내게 그것들을 주고 가셨는지 이해를 하지 못했다.

어머니가 몇 년 전 돌아가시자 이제 고향엔 아버지 단 한 분만이 집과 과수원을 지키고 계신다.

"아버지. 굳이 여기 계시려는 이유가 뭡니꺼. 돌도 많고 수령도 오래된 나무들뿐인데. 작년에는 병이 돌아 사과농사를 반타작 밖에 못하셨다 아입니꺼. 그럴 바엔 아예 다른 사람에게 대리 경작을 시키고 함께 대구로 나가시면 안 됩니꺼?"

그러나 아버지는 어떤 말에도 꿈쩍을 하지 않으셨다.

동재는 한참만에야 차로 돌아왔다. 얇은 청바지 하나를 걸친 녀석은 갑작스런 추위에 몸을 벌벌 떨며 차로 뛰어든다. 밖엔 어느새 눈발이 조금씩 날리고 있었다. 걱정이 되었다. 봉화에서 춘양으로 넘어가는 고갯길이 문제였다. 눈이 더 쏟아지기 전에 서둘러야 했다. 시동을 걸었다. 까르륵! 그러나 몇 번의 시도에도 차는 꼼짝도 않는다.

눈발은 점점 더 굵어지고 있었다. 차는 결국 안동에 있는 정비소로 견인이 되어갔다. 이미 땅거미가 기웃거리고 있었다. 자칫하면 오도 가도 못할 신세가 될 뻔한 찰나, 우연히 그곳에서 초등학교 동창인 김재식을 만나지 않았다면 큰 낭패를 볼뻔했던 것이다. 그는 초등학교 때까지 가장 친했던 친구 중 하나였지만 내가 도시로 나간 이후 자연 우리의 관계도 소원해졌다.

"같이 갈 사람이 한 사람이 더 있어. 오문규 알제? 왜 옛날에 너희 집 논머슴 살던 춘식이 아재 아들. 오늘 안동농업기술센터에 가는 길에 함께 나왔다. 그놈이야 이제 과수원 사서 농사 잘 짓고 있지. 지금 화장실에 갔는데 혹시라도 자네한테 어문 말을 하더라도 아무 대꾸를 말게나."

때를 맞춰 어둠 한 자락을 정수리에 걸치고 비틀걸음으로 걸어오는 사람이 보였다. 생각대로 그는 문규였다. 오문규. 그와는 초등학교 때부터 언제나 티격태격하던 사이였기에 별로 달갑지가 않았지만 어쩔 수 없는 일이었다.

"여, 이게 누고. 창식이 아이가. 야, 니 참 오랜만이다. 하긴 가뭄에 콩 나듯이, 번갯불에 콩 볶아 먹듯이 고향에 왔다가도 언제 사라졌는지도 모를 정도로 동에 번쩍 서에 번쩍 바쁘신 양반이 오늘은 여기까지 다 행차 하셨노? 올 여가 있더나?"

술에 취한 그의 눈은 이미 초점을 잃은 듯 몸과 함께 좌우로 흔들리고 있다.

"이 사람, 빨리 타거라. 집에 가야지."

재식은 1톤 더블캡 트럭을 가지고 있었다. 재식이 내 눈치를 보며 얼른 문규를 차 뒷자리에 억지로 밀어 넣었다. 나는 동재와 함께 앞자리에 끼어 앉았다. 문규는 자리에 오르자마자 그대로 의자에 누워버린다. 앞문 옆에 커다란 말통 하나가 놓여 있어 가뜩이나 좁은 자리에 다리가 불편했지만 어쩔 수 없는 노릇이었다.

"많이 불편하제? 문규 저놈아가 집에 가서 마신다고 양조장에 가서 막걸리를 반말이나 받아가는 거 아이가."

눈발이 끊임없이 내리더니 영주에 가까워지자 다행히 눈발이 가늘어진다. 문규는 그대로 잠이 들었는지 곧이어 코 고는 소리가 들린다. 어색한 분위기에 먼저 입을 열었다.

"자네는 농업기술센터에 다닌다더니 아직도 잘 다니고 있제?"

"그래. 부모한테 시골 흙냄새 물려받고 오십이 년간 한곳에서만 살고 안 있나."

차는 영주를 지나 봉화 쪽으로 달려가고 있다. 멀리 어둠 속 읍내 고층 아파트도 생소하고 산과 강의 모습이 옛날과는 많이 변해 있는 것 같아 나는 한동안 밖을 내다보았다. 산길로 접어들자 갑자기 날이 추워진다. 재식이 히터를 한 단 더 올린다.

"인자 시골도 옛날하고는 많이 달라졌다 아이가. 젊은 사람은 다 떠나고 동네마다 애 우는 소리 들은 지는 언젠지도 모르겠다. 늙은 어르신들이 혼자 사는 집이 많다보이 사고도 많이 나고. 작년 겨울엔 버스 정류장 맞은편 산길 끝에 사는 아지매가 행방불명됐다 아이가. 나중에 찾고 보이 맞은편 산기슭에 누워 숨져 있었던 거라. 평소 약간 치매끼가 있었는데, 눈 오는 날 혼자 동네 노인정 간다고 나섰다가……. 그래도 아들이 사준 털 잠바를 이불처럼 꼭 덮고 주무시듯이 가셨드라. 낙상 사고는 다반사고……."

그때, 자고 있는 줄 알았던 문규가 뒤쪽에서 말을 받는다.

"기름값 아낀다고 추운 날 보이라도 안 때고 주무시다 저온증에 걸려 세상 버리기 직전까지 간 어르신도 있었제."

문규의 말이 왠지 가시가 돋친 듯 까칠하다.

"그기 다 자식들이 자주 안 찾아봐서 그런 탈이 나는 기라. 지 부모가 죽을 먹는지 밥을 먹는지, 방구들이 뜨신지 찬지, 몸에 병이 있는지 없는지 아무 관심도 없다가 죽고 나면 그때서야 지가 무신 큰 효자나 된 것처럼 울고불고…….”

문규는 이젠 자리에서 일어나 노골적으로 내 어깨를 툭툭 치면서 시비를 걸고 있다.

“술 많이 했나본데 그만 해라. 운전하는 사람한테 신경 쓰이게 하지 말고.”

불편한 심기를 억지로 누르며 점잖게 말을 했다. 그러나 그 한마디가 오히려 그에겐 도화선 같은 역할이 될 줄이야.

“뭣이 술 많이 했나본데? 술을? 와 니가 나한테 언제 술 한잔 산 일 있나? 내 돈 내고 내가 술 마시고 가는데 니가 와 잔소리가 그리 많노.”

기어이 그의 주사가 터지자, 순간 참고 있던 화가 불쑥 치밀어 올랐다.

“이놈이 술을 마셨으면 고이 잠이나 잘 것이지 와 이놈 저놈 붙들고 시비고 시비가.”

놈의 멱살이라도 잡으려고 뒤돌아보았다. 그때였다. 갑자기 펑! 하는 소리와 함께 바닥에서 천장으로 힘차게 치솟아 오르는 물기둥. 순식간에 터져 나온 막걸리에 나는 온몸을 술로 뒤집어쓰고 말았다. 히터 앞에 놓여 있던 막걸리 통에 열이 가해지면서 이리저리 흔들리다 내부압력을 못 이겨 그대로 폭발을 한 것이었다. 천장까지 솟구친 술은 고스란히 내 머리 위로만 떨어져 내렸다.

밤 아홉시가 거의 다 되어서야 집에 도착할 수 있었다. 재식은 여기서도 집까지는 이십분 정도를 더 가야 하지만 문규는 바로 길 건너편 산 아래에 살고 있었다.

"오랜만에 만나서 이게 무슨 추태고. 하여튼 둘이 화해하고 집에 잘 들어가라."

재식이 차를 몰고 떠나자 문규가 뒤돌아선다.

그때였다. 갑자기 뒤에서 들려오는 아버지의 음성.

"그만들 해라. 문규 니는 빨리 집에 가고. 우째된 놈이 맨날 술만 마시면……."

문규는 말없이 고개를 구십 도로 꾸벅 절을 하고는 뒤돌아서 길을 건너갔다.

"무신 일 있었더나. 밤늦게 집에 다 오고."

"아입니더. 일은 무슨 일. 하도 오랫동안 못 찾아뵈서……. 참, 동재 애미는 장모님이 입원하셨다고 해서 그리 보냈심더."

"어쨌든 오느라 욕봤다. 막걸리 냄새 안 나게 단디 씻고 일찍 자거라. 동재 니도."

술에 젖은 옷을 벗고 목욕탕에서 샤워를 했다. 목욕탕이라고는 하지만 외풍이 세어서 그런지 온몸이 덜덜 떨려왔다. 아버지가 입으시던 옷을 하나 꺼내 입고 작은방으로 들어갔다. 동재는 그런 내 모습을 보더니 갑자기 배꼽을 잡고 웃기 시작한다. 아마도 막걸리를 뒤집어쓴 내 모습을 다시 생각하는 것 같았다.

아내는 지금쯤 태평양 상공 어딘가를 아직도 날고 있으리라. 아버지한테는 아내가 여행을 떠났다는 소리를 차마 못하고 거짓말을 하고야 말았다. 나는 그날 밤 한참을 뒤척인 뒤에야 잠이 들었던 것 같다.

다음 날 아침 눈을 뜨니 밤새 눈이 산야에 소복이 쌓여 있다. 과수원 입구에서 뒤편 언덕길로 이어진 산길을 따라 늘어선 나뭇가지 위에도 눈이 하얗다. 아버지가 마당 앞 눈을 치우며 혼잣소리를 하신다.

"차가 없어 우짜노. 버스도 안 다닐 낀데. 안 되면 재식이한테 버스 터미널까지 만이라도 태워달라고 하든가."

"됐심더, 어차피 차 수리가 끝나면 끌고 가야 되는데 그때까지는 여기 있어야지예."

아침밥을 먹고 나자 아버지는 또 다시 과수원으로 나가신다. 그 사이에 잠시 잠이 들었던 걸까. 문득 밖에서 트럭의 엔진음이 과수원 안으로 들려오더니 건너편 사과 냉장창고가 있는 근처로 이동하는 소리가 들렸다. 창문을 열고 내다보니 비료를 가득 실은 대형 트럭 한 대가 서 있고 아버지가 그 아래에서 비료 포대를 받아 내리고 있었다. 이왕 보았으니 모른체할 수가 없어 나는 어쭙잖은 몸짓으로 차 앞으로 다가갔다.

"다친다. 그냥 방에 들어가 있어라."

비료 한 포대를 손으로 잡으니 팔이 휘청거린다. 비닐 포장지에 묻은 눈 때문에 미끄러워 금방 손에서 미끄러져 내린다. 다시 손을 집으려는 순간

"손가락 힘으로 내리다간 금새 손에 물집 생겨. 팔 전체를 이용

해서 잡아야지."

언제 왔는지 문규가 차에서 비료를 받아 내려서는 어깨에 달랑 얹고 있다. 어제 일이 떠올라 괘씸하기도 했지만 일단 그가 하는 대로 따라했다. 어설프지만 동재까지 나서서 삼백 포의 비료를 다 내렸다. 아버지는 그런 모습을 아무 표정 없이 지켜보시더니 잠시 후 집으로 내려가 버렸다.

그날 오후, 재식이 집으로 찾아왔다.

"잠시 자네하고 얘기하고 싶은 게 있는데……."

재식이 나를 끌고 향한 곳은 뜻밖에도 길 건너에 있는 문규의 집이었다. 과수원은 산비탈이 아닌 비교적 평지에 가까운 땅으로 얼핏 보아도 땅이 비옥해 보였고 심어놓은 사과나무의 수령도 아버지의 수목보다는 제법 어려 보여, 한창 왕성하게 실과를 맺을 것 같은 싱싱한 모습이었다. 그러고 보니 나는 과수 농사에 대해서는 문외한이라 생각하고 있었는데 그래도 어릴 적부터 가끔씩 듣고 자란 탓인지 한눈에도 그런 생각이 드는 게 신기하다. 선뜻 집 안으로 들어서기가 뭣해 머뭇거리며 서 있자 재식이 팔을 잡아채더니 집 안으로 끌고 들어간다. 집에는 대여섯 살 정도의 아이 하나와 그보다 좀 더 어린 남자아이 둘이서 장난을 치고 있다가 낯선 사람의 방문에 빤히 쳐다보고 있다.

"인사해야지. 아빠 어릴 적 친구분인 기라. 당신도 얼른 이리 안 나오고 뭐 하노."

부엌에서 젊은 여인이 나오더니 꾸벅 인사를 한다.

"안녕하시니껴.— 신 짜오."

"아, 예……. 안녕하십니꺼."

놀라웠다. 그가 베트남 부인을 얻었으리라고는 상상도 못하고 있었기 때문이다. 재식이 먼저 말을 꺼냈다.

"내가 여기로 오자고 한 건 다른 게 아니고 바로 자네 아버지 때문이라네. 물론 누구보다 아들인 자네가 제일 잘 알겠지만 이제 어르신 연세도 곧 여든이 되잖은가. 어지간하면 이런 소리 안 할라 켔는데 요즘 들어 부쩍 어르신 심기가 안 좋으신 것 같아 걱정이 돼서 하는 소리 아이가."

나는 말없이 그들이 하는 말을 듣고 있었다. 사실 나보다는 매일 얼굴을 대하는 그들이야말로 현재로선 아버지의 신상에 대해 가장 잘 알고 있을 거란 생각이 드는 것도 사실이었다. 그러나 그들이 하는 소리가 백번 지당한 소리긴 했지만 막상 나보다 친구들이 먼저 아버지에 대한 얘기를 꺼내자 부끄럽기도 하고 한편으로 화가 나기도 했다.

"내 일은 내가 알아서 할께."

나는 불편한 심기를 그대로 드러내고야 말았다.

"그러다가 또 전번처럼 큰일 나고 말제. 단디 생각해라. 허튼 소리 할라고 니 부른 기 아인기라. 이런 말까지는 안 할라 켔는데……. 어제 차 안에서 문규가 하던 말 생각날 끼다. 얼마 전에 보이라도 안 틀고 주무시다가 하마터면 큰일 날 뻔 했다는 말. 그기 바로 느그 아부지 일이다. 알겠나?"

충격이었다. 아버지가 그 지경에까지 이르셨다니. 그러나 나는 아무 소리도 않고 벌떡 일어나 집으로 돌아와 버렸다.

"아부지. 지발 동네 사람들한테 아들 체면 깎을 일 좀 하지 마이소. 매달 보내드린 돈. 그 돈이면 겨우내 얼마든지 뜨뜻하게 기름보일러 때며 지낼 수 있을 건데 와 보이라도 안 켜고 그런 일을 당하십니꺼."

집으로 들어서자마자 나는 창고에서 일을 찾고 있는 아버지에게 다가가 소리부터 질렀다. 무엇보다 그날 아버지를 처음 발견한 사람이 다름 아닌 바로 문규라는 사실에 더 화가 났다. 녀석은 그래서 어제부터 내게 기고만장해 있었던 것일까.

"그래. 그날은 내도 적적한 김에 술 한잔 마시고 잔다는 기 그만……. 날이 갑자기 추어질 줄 누가 알았겠노. 니한테는 걱정할까봐 절대 이바구 하지 말라고 신신당부를 했는데 기어이 그놈이 말하고 말았네. 인자부터는 내 걱정은 마라."

아버지의 말을 듣고 있으면서 나는 아래 입술을 지그시 깨물고 말았다.

눈은 그쳤지만 여전히 산골의 추위는 매섭다. 나는 일부러 보일러 온도를 최대한 높여두었다. 아버지의 방에서 기침 소리가 가끔 들려왔다. 시골의 밤은 깊고 무료하기만 했다. 나는 잠시 낮에 재식이와 문규가 했던 말을 다시 되짚어보았다. 그러나 그들의 말처럼 이곳으로 들어와 농사를 짓는다는 생각은 여전히 머리가 흔들려진다. 대신 아버지를 대구로 모시고 나갈 수만 있다면.

"아직 안 자나?"

그때 문이 열리고 아버지가 손에 소반을 들고 들어오셨다. 그릇에는 아궁이 잿불에 구운 고구마가 몇 개 얹혀 있다. 여전히 부자간에 어색한 기운이 흐르는 가운데 세 사람은 마주 앉았다. 아버지는 말없이 고구마 껍질을 벗기고 계시더니 한참 만에야 입을 여신다.

"내가 왜 굳이 이 촌구석에 들어와 사서 고생을 하냐고 물었제?"

아버지는 여전히 시선을 아래로 돌린 채 말을 이어가셨다.

"지금 이 과수원은 본래 네 할아버지가 힘들게 일구어 놓은 땅이었다. 일제 강점기 때 일본 놈들의 눈을 피해 이곳에 산을 사서 개간하여 나무를 심고. 그렇게 몇 년을 공을 들여 과수원을 겨우 일구어 놓았는데. 그때 아마 문규 할아버지가 우리 집 머슴으로 있을 때였지."

그러나 할아버지는 그렇게 애써 몇 년을 가꾸어 겨우 정비한 과수원을 어느 날 갑자기 들이닥친 일본 놈들에게 송두리째 빼앗겨 버렸다고 한다. 그때 아버지의 나이 일곱 살. 할아버지는 지인을 통해 백방으로 노력을 해 봤지만 결국 돌려받는 데 실패하고 말았다. 그 일로 결국 할아버지는 화병으로 돌아가시고, 아버지는 할머니와 두 여동생들과 화전민과 다름없는 어려운 생활을 꾸려나갔어야 했다. 꿈에 할아버지가 보이기 시작한 것은 바로 내가 태어나던 해인 1962년, 할머니를 고향의 아버지 산소에 합장을 하고 돌아온 뒤부터였다.

"꿈속에서 아버지는 뒤돌아 앉아서 자꾸만 두 주먹으로 가슴을 내리치고 계셨다. 치고 또 치고. 쿵! 쿵! 하고 울릴 정도로 그 소리는 컸었다. 그러던 어느 순간 갑자기 아버지가 뒤로 돌아 앉으셨어. 순식간에 아버지의 얼굴이 내 눈 앞으로 확 다가왔지. 난 순간 깜짝 놀라 뒤로 몸을 젖혔지만……. 난 그때 보았어. 아버지의 눈에 맺힌 눈물자국을……. 말을 할듯 말듯 한 입술의 움직임까지도. 난 그때야 알았다. 아버지의 뜻을."

"그럼 그 뒤로도 할아버지가 계속 꿈에 보이셨나요?"

동재가 대신 할아버지의 말을 받는다.

"아니다. 힘들게 모은 돈으로 다시 이 땅을 사서 이곳에 이사를 온 이후로는 단 한 번도 그런 일이 없었다. 그러니 어떻게 이곳을 떠날 수 있었겠느냐. 너희들을 생각하면 함께 도시에 나가 살았어야 했지만……."

잠시 아버지는 말을 고르시고는 자리에서 일어나 작은방에 있는 고리 궤짝으로 가더니 문고리를 열고 뚜껑을 젖혔다. 그리고 그 안에서 무언가를 꺼내셨다. 눈에 익은 턴테이블. 언젠가 아버지가 내게 주고 가셨던 것이었다.

"내가 여기에 들어와서 가진 원대한 꿈이 뭔지 아니? 바로 이 영화에서처럼 나도 이 넓은 땅을 가꾸는 게 꿈이었다. 난 이곳을 그 광활한 텍사스로 비유하며 살았어. 그건 내 꿈이었고 반드시 그 꿈을 이루기 위해 한시라도 노력을 안 한 적이 없었다. 그게 너에게는 마음의 아픔이 되고 상처가 되었겠지만...."

언제 가까이 왔는지 동재가 LP판 표지 그림을 쳐다보고 있다.

"처음 이 곡을 샀을 때는 매일 산이 떠나가도록 이 곡을 틀었어. 아마도 너는 그때 대구에 나가 있을 때였겠지만. 그렇게 경쾌하고 신나는 곡을 들으며 난 꼭 그 꿈을 이룰 수 있으리라 믿었어."

나는 갑자기 가슴이 답답해져 밖으로 나오고야 말았다. 흰 눈이 덮인 산골의 겨울 야경. 어둠도 흰 눈이 눈부신 듯 차마 내리지 못하고 있어 병풍처럼 둘러싼 주위의 산과 집 뒤편 언덕 위의 과수원의 풍경이 수묵화처럼 훤히 눈에 비쳐진다.

일요일 아침이 되었다. 이곳에 온지 벌써 이틀째의 날이었다. 아침 식사 후, 울리는 한 통의 전화. 아내였다.

"그럼 내가 떠나던 날부터 계속 거기 있었다는 거야? 동재도? 어휴, 깜짝 놀랐잖아. 참, 당신 그건 알아보고 있는 거야?"

"글쎄 내가 알아서 할 테니까 당신은 걱정 말고 잘 있다 오라고……. 끊어!"

월요일 아침에야 차 수리가 다 끝났다는 연락이 왔다. 오늘은 무슨 일이 있어도 집으로 가야했다. 어젯밤 늦게 지인으로부터 그동안 부탁해 놓은 커피 전문점에 대한 정보를 받았기 때문이다.

"일단 상권도 좋고 사람 통행량도 많은 곳이야. 인테리어 비용까지 해서 한 이억 오천 정도면 충분할 것 같은데. 일단 내가 내일까지는 다른 사람한테는 절대 계약을 걸지 말라고 해놨으니까 빨리 결정을 짓는 게 좋을 것 같아. 이만한 자리도 없다. 알았지?"

오늘 당장 가보고 가능하면 계약금까지 걸 작정으로 서둘러 길을 나서기로 했다. 떠난다는 소식을 듣고 재식이 잠시 뒤 차를 끌고 집으로 달려왔다. 동재와 함께 그의 차를 타고 달린지 얼마 지나지 않아 재식이 기다렸다는 듯 물었다.

"아무래도 니가 여기 들어오는 건 힘들겠제? 아재는 뭐라 카시더노. 시내로 나갈 의향이 있으시더나 말이다."

"그럴 생각이 있으셨다면 벌써 따라나섰겠지."

차는 고갯길을 뱀처럼 산굽이를 돌고 돌아 달려가고 있다. 눈은 이제 대부분 녹아서인지 맞은편에서 승용차도 한 대 지나친다. 동재는 말없이 앞만 바라보고 있다. 나는 재식의 말에 잠시 생각에 잠겼다. 문규가 아버지를 살렸다? 하필이면 그 꼴도 보기 싫은 놈이……. 자꾸만 자존심이 상해왔다.

"동재야. 운전 조심해서 단디 가야 한데이. 과속하지 말고. 집에 도착하거든 잊지 말고 꼭 전화하고. 알았제?"

나는 결국 정비공장에서 동재 혼자 집으로 보낸 뒤 재식의 차로 되돌아오고 말았다.

아내가 여행을 끝내고 돌아온 지도 한 달이 지나갔다. 아내는 어떻게 열흘 만에 돌아온 사람을 볼 생각도 않고 촌구석에 처박혀 있느냐며 펄쩍 뛰었다. 무엇보다 지인이 말해준 커피숍 자리를 놓친데 대해 더 분해하는 모습이었다.

"당신 어떻게 된 거 아냐? 지금 당신 코앞이 석 자인데 시골에 처박혀서 뭘 어쩌겠다는 거냐고. 당신 정말 이런 식으로 나올 거면 차라리 이혼하고 거기서 살아."

딸깍! 이쪽에서 무슨 말을 하기도 전에 전화가 끊겨버렸다. 내가 정말 잘못하는 걸까?

"그러게 집으로 가라니까 가지도 않고 분란만 일으키느냐 말이다. 지금이라도 얼른 내려가거라."

아버지 역시 내게 역정을 내고 계셨다. 그러나 나는 떠날 수가 없었다. 아버지의 꿈을 키워준 영화가 있었다면 내겐 그 영화보다 더 절실히 해야 할 일 한 가지가 남아 있었다. 그것은 이제 그 누구도 할 수 없고 마냥 시간만 허비할 겨를조차 없는 것. 바로 아버지! 그리고 아버지의 땅 때문이었다.

문규는 틈나는 대로 내게 달려와 과수 농사에 대해 이것저것 설명을 해주곤 했다. 그러나 그의 말이 마냥 즐겁지만은 않았다. 때론 내가 왜 저 자식의 말을 들어야 하나 하는 생각이 들어 자존심이 상하기도 했지만 녀석은 작정을 했는지 이젠 마치 나를 제 머슴 부리듯 이것저것 시키기 시작했다.

"야 인마. 어떻게 하는지 설명만 해주면 되지 이래라 저래라 명령조로 말하지 말라고. 자식이 가만 보고 있자니…… 나 참 더러

워서.”

그럴 때면 아버지도 말없이 못 본 척 외면하며 자리를 피해버리시고 만다.

며칠간 나는 비탈진 과수원을 수도 없이 오르면서 비료를 옮겨 놓았다. 겨울 동안 휴지기에 드는 나무에 얼마 지나지 않아 가지치기와 시비를 해야 할 시기였기 때문이었다. 그러나 내 몸은 단 몇 시간도 못 견디고 이내 파김치가 되고 만다.

아내는 그로부터 며칠 동안 전화조차 없었다. 단단히 화가 난 게 틀림없었다. 과연 이혼을 무릅쓰고 까지 내가 이렇게 해야 하는 걸까? 지금이라도 돌아간다면? 그러나 언제 또 쓰러질 지도 모르는 노인을 혼자 두고 돌아가기엔 차마 발걸음이 떨어질 것 같지가 않다. 어떻게 아내를 설득해야 하나.

“더 이상 기다릴 수 없어. 오늘 이혼서류를 가져갈 테니 그리 알아.”

다음 날 아침 아내의 전화 한 통. 나는 한참 동안 전화기를 들고 있었다. 아버지 앞에서 이런 꼴을 보여드려야만 하는 걸까.

오후가 되자 저 멀리 산길을 돌아 승용차 한 대가 언덕길을 돌아오고 있었다. 예상대로 눈에 익은 차. 드디어 올 것이 오고야 말았다. 나는 아버지가 눈치 채지 못하도록 얼른 산에서 내려왔다. 차는 마을 입구를 들어서 집 앞 마당 입구에서 멈춰 섰다. 먼저 문을 열고 나오는 사람은 동재였다. 그리고 뒤이어 아내가 차에서 내려 마당에 들어선다. 아버지는 과수원 꼭대기 언덕 너머에 가셨는지 보이지가 않았다.

"미안해. 어쩔 수 없는 선택이었어. 당신이 이해해 주라."

손을 잡으려는 나를 뿌리치며 아내는 냉담한 표정으로 말 대신 서류를 내민다.

"이혼서류야. 도장만 찍으면 돼."

그리고는 뒤돌아서 과수원 안으로 들어갔다.

"여보, 자, 잠깐만……."

"이거 왜 이래요. 빨리 읽어보고 결정을 하란 말이에요. 시간 없으니까."

"정말 이럴 꺼가? 이럴 꺼냐고? 그래 맘대로 해. 찍을게. 찍으면 될 거 아이가. 나는 아버지 혼자 두고 여길 못 떠난다. 그리 알아라."

손이 부들부들 떨렸다. 나는 겨우 서류를 들어 내용을 들여다보았다. 아니 이것은?

– 초등학교 영어 전담교사 신청서 –

"당신 고집에 두 손 두 발 다 들었어. 비록 비정규직이지만 나도 이곳에서 할 일이 있을 것 같아 교육청에 신청하려고. 여긴 다문화가정도 서른두 가구 정도 된다고 하니까 그 사람들 도울 일도 찾아보면 얼마든지 있을 거야. 다문화센터에 강사자리도 요청해 두었고……."

어이가 없어 나는 한참동안 서류와 아내의 얼굴을 번갈아 쳐다보았다. 그때 과수원 쪽에서 동재가 할아버지 손을 끌다 시피하며 산을 내려오고 있었다.

"이번 학기는 휴학을 하고 왔심더. 4월 달에 입대하기 전까지 할부지 농사일 좀 도와 드릴라고예. 또 압니꺼. 저도 할부지 따라 농사지을 팔자가 될는지. 하하."

"예끼 놈아. 농담이라도 농사 소리는 하지마라. 느그는 그저 배운대로 살아 야제. 비싼 돈 들여 대학공부하고 농사라니. 가당찮다."

"할부지. 그라고 전번에 고장 난 턴테이블 그거 고쳐 왔심더. 인자 옛날처럼 LP판 올려놓고 마음대로 음악 들으실 수 있을 껍니더."

동재와 아버지가 손을 잡고 비탈길을 내려와 집 안으로 들어선다.

"아버님, 지도 왔심더. 혼자 애 많이 잡수셨지예?"

아내가 아버지 뒤를 따라 방으로 들어갔다. 그리고 잠시 뒤 음악 소리가 크게 퍼져 나오기 시작했다. 경쾌한 휘파람 소리를 시작으로 밋치밀러 합창단의 웅장한 합창소리까지. 그 소리는 베이스음을 최대한 높여둔 듯 쿵! 쿵! 거리며 마루가 울리듯 크게 퍼져 나갔다. ~ This then is the Texas ~

그때였다.

"아이고. 여보, 아버님, 집안 꼴이 이기 뭡니꺼. 하여튼 남정네들이란……."

아내의 비명과도 같은 소리가 음악소리보다 더 크게 들려온다.

끝.

앙 숙

하나둘씩 도시로 떠나고
텅 비어가는 시골마을
단 두 집만 남았지만
그들은......

앙 숙

꽁지부터 느껴오는 초겨울, 산골마을의 저녁은 마치 한 마리 도둑고양이의 걸음처럼 살금살금 뒷산자락을 뒤덮으며 순식간에 마을까지 쫓아 내려왔다. 저녁상을 마주한 대청마루엔 차마 길들이지 못한 썰렁함이 세 사람의 가슴 속을 파고 들어오곤 했지만 그들은 애써 상관하지 않으려 했다.

"형님, 오늘은 내 술 한잔 받으이소. 언제 또 이럴 날이 있겠는교. 말이 쉬워 내가 다시 돌아온다 캤지만 다 헛소린 줄 알고 있니더. 그래도 그동안 미우나 고우나 옹기종기 모이가 재밌게 살았잖은교. 형님, 그카고 보이 우리가 한 동네 산지도 벌써 사십 년이 넘어뿐네예. 아이고 그래도 형님이사 객지 생활이라도 하다가 고향에 돌아왔지만 내캉 용태 형님 하고는 완전 이 동네 토박이 아닌교. 칠십 년을 한 동네 살았으니. 형님 들어올 때만 해도 한

열댓 가구는 됐잖은교. 동윤이 아재, 상만이 아재 또 누고 아, 태길이 형님하고, 하도 오래 돼서 다 잊어뿌심더만. 그땐 한겨울 까치밥 맨키로 드문드문 사는 맛도 괜찮았지예. 그 형님, 아재들 다 봄날에 복사꽃 날리듯이 하나 둘 먼저 세상 져버리고 나서 이래저래 남은 사람들도 농사짓기 힘들다고 다 떠나고 우리 세 집만 남았는데 인자 내까정 떠날라카이 형님보기 제일로 미안심더. 그래도 우짜는교. 이런 소리하면 형님한테 미안한 이바구지만 내도 인자 땅 파 묵고는 영 못 살겠심더. 고마 허리뼈에 진이 다 빠진 거 맨키로 허리 꾸부리는 것도 못 하겠으이. 재일이 그놈이 자꾸 인자 농사 고마짓고 함께 사입시더 사입시더 노랠 불러 샀는 바람에 고만 귀가 동해서 나가긴 나가는데, 가만 보이 글마 그기 지 애비 애미 생각는다고 그카는기 아인기라요. 생각은 딴데 있는가 싶다 아인교. 자갈논이라도 팔면 지가 그 돈 좀 썼으마 하는 눈치더란 말입디더. 우리 꺼정 죽고나마 다 즈그가 갖고 갈 낀데 인자 마 다 치아뿌고 좀 일찍 아들한테 넘기 주고 우리는 가들한테 얹히가 편히 살다가 가입시더 하며 우예 꼬시킨는 동 저 할마시까지 성내로 나가자고 노래를 부른다 아입니꺼."

"아이고, 촌구석에서 천날 만날 땅 냄시 맡는 것도 인자 지겹심더. 식이 아재요. 내 열아홉에 이리 시집와서 오십 년 가까이 저 둥개산 밑에 뿌리내리고 안 살아줬십니꺼. 날 이만큼 고생 시킸으마 됐지 지도 인자 몸이 내 몸이 아인기라예. 마 편안하이 며느리 해주는 밥 얻어 묵으미 문드러진 내 뼈마디도 인자 보링도 좀 해야 겠고예, 호호. 당신은 알지도 못 하민서 재일이 욕만 하는교. 그렇다 캐도 모른 체 하마 되는 기지. 설마하이 지가 땅 팔은 뒤에 우리 버리고 어디로 내뺄까봐 그 카는 교. 하여간 아재요 저 양반이 뭐라 캐도 난 농사 그만두이 참 좋심더. 아재하고 달전댁만 달랑 남겨두고 갈라카이 그기 좀 섭섭키는 해도. 근데 달전댁은 아침부터 저녁이나 같이 하자고 노랠 불렀는데 와 아직도 안 오노. 할마시 또 삐졌나 아이마 식이 아재 땜에 부러 그 카나. 내가 한 번 가봐야겠다. 내일부터는 보고 싶어도 못 볼낀데. 식이 아재요. 우리 가고 없어도 우짜든동 달전댁하고는 잘 지내이소 내사...."

"마 시끄럽다. 식이 형님이 어련히 알아서 할까봐. 형님요, 술 한 잔 비우소. 와 이리 속도가 느린교. 아, 맞다 내가 가기 전에 형님한테 드릴 술이 있는데. 봐라 임숙이 엄마야, 가서 아침에 마당에서 파 논 사주 좀 가져 온나."

"저 양반이 징그럽그러. 당신이 가져 오소. 나는 달전댁한테 가 볼 끼이끄네."

임숙네가 끙 하고 일어서더니 밖으로 나가버리자 달수가 휭 하니 뒷문을 열고 나가더니 금세 이마에 어둠 한 자락 묻혀 방에 들어선다. 달수의 손에 소주 됫병이 들려 있다. 독사는 마지막까지 살려고 용을 쓰다 죽었는지 꼭지 부근까지 코를 디밀고 있다. 촛농과 비닐로 여러 겹 싸놓은 뚜껑을 열자 금세 계란 썩는 냄새가 진동을 한다. 국그릇을 하나 놓고 그 위에 흰 천을 덮은 뒤 달수가 병을 거꾸로 쏟아내자 냄새는 마치 뱀의 혼령처럼 스멀스멀 좁은 방 안에 금세 가득 찬다.

"자, 형님 한잔하이소. 냄시가 좀 나도 허리 아픈 데는 이기 최고 약 아닌교. 뭣하면 소주부터 한잔 마시고 잡수소."

"뭐, 어때서."

노인은 달수가 맥주컵에 따라준 술잔을 들고는 냉큼 마시기 시작했다. 콧구멍으로 퍼지던 역한 냄새가 이번엔 입 안 가득 차오른다. 그러나 노인은 단숨에 꿀꺽꿀꺽 한잔을 다 비운다.

"자네도 한잔해라."

노인이 잔을 내밀자 달수가 손사래를 친다.

"아따 인자 형님 말문이 트있나 보네. 달다 맵다 한 마디 이바구도 안하두마는. 술이 좋긴 좋은 갑네. 하긴 술이 안 들어가마 형님은 한 마디도 안 했지러. 하하 뭐시고 옛날에 용태 형님하고 셋이서 장날에 색시집에 갔는 거 생각 나는교. 하이고 그때 생각만 하마. 하도 형님이 말도 안 하고 꿔다 논 보리자루 맨키로 앉아 있으이 그때 옆에 앉아 있던 색시가 뭐라 캤는지 아는교. 저 사람 혹시 버버린교 아이마 고자 아닌교 카는데 하하."

"치아 뿌라 무신 옛날 이바구는."

노인도 옛날 얘기가 나오자 조금은 머쓱해진다. 그러나 천성이 그런 걸 어쩌랴. 사람들 앞에서 말하기가 소똥 바른 감나무 오르기보다 더 싫었으니. 나중에 술을 한잔하고 나면 그 버릇은 조금 나아져 그때부터는 청산유수로 물꼬를 틔곤 했으니 그 뒤부터 사람들과 만나는 자리에서는 노인이 먼저 술부터 찾곤 했다.

"형님 그나저나 인자 이 산자락에 남은 사람은 오뉴월 땡볕에 늘어진 황소불알 두 쪽 맨키로 형님하고 달전댁 두 사람 뿐인데 지발 우리 없디라도 좀 재밌게 지내소."

"내가 와? 그 할마시하고 재밌을 일이 뭐 있노. 지는 지고 나는 난데."

"아따 와이카는교. 둘이 무슨 원수진 것도 아이면서."

"내가 할 소리다 그기. 내가 달전댁한테 시비를 건 것도 아이고 지 혼자 실쭉샐쭉하는데 근데 내가 와. 그래도 서방 없다고 니캉 내캉 논일 밭일 안 해준 기 있었더나. 해주고도 욕 얻어먹는다카이 참 내."

"본시 여자들은요, 지 좋은 사람 앞에서는 일부러 그카잖은교. 혹시 아는교. 나중에 형님하고 달전댁하고 잘 돼 있을지. 그땐 꼭 연락하소. 히히"

"시끄럽다 마. 대구 나가기도 전에 내한테 한 대 맞고 뻗어야 정신 차릴라 카나. 내 혼자 삼 년 살았고, 십 년을 혼자 살은 달전댁인기라. 실데없는 소리 말고 술이나 한 잔 더 따라라."

밤 귀 밝은 동네 개가 산등성이로 내려오는 바람소리에 개도둑인가 놀라 두어 번 컹컹 짖어댄다. 임숙네가 마당을 질러 텃밭 아래 달전댁 집 안으로 들어선다.

"내일모레 서리 내린다 카는데 이 집엔 아직도 불도 안 지피고 사나 아궁이가 시커먼노. 아이고 요래 내려오는데도 무르팍에 식

초라도 한 사발 뿌리 놓은 거 맹키로 와 이리 새큼 거리노. 형님요 벌써 자는교. 저녁 먹으러 오라 카이 오지도 않고 꼭 귀찮구러 하네."

얇은 스레드 지붕이 바람에 까딱까딱 하다 외양간 겸 담이 된 집 입구를 돌아들어오는 임숙네를 머쓱하게 내려다본다.

"형님 우리 내일은 떠나니더. 진짜로."

산동네를 휘젓던 추위가 덩그러니 내려 앉아 있는 마루 위로 임숙네가 올라와 방문을 연다.

"와 이카는교. 초저녁부터 구들장 하고 동무할 일 있는교. 벌시로 누웠으면 우짜는교. 와요 어데 아픈교. 누웠을라믄 방에 군불이라도 좀 때고 누웠던가 하지. 아이고 차바라, 이불 밑이 이기 뭐꼬. 내 나가 불 좀 지피까요?"

"됐다 마. 얼음도 안 얼었는데 무슨 군불은."

"아이고 과부 할마시 소리 들을라꼬 작정을 한 모양이네. 칠십 노인이 등 따시고 발만 가리도 한겨울 반은 가겠구만."

달전댁이 마지못해 일어나 앉더니 괜히 하얗게 센 머리칼을 매만진다. 지난 추석에 임숙네와 함께 읍내 미장원에서 한 파마머리가 이젠 다 풀리고 풀려 가마솥 누룽지처럼 끝이 들고 일어나 있다.

"우짜든동 형님요. 인자부터라도 형님 몸은 형님이 잘 챙기이소. 내라도 옆에 있었으이 한 번씩 말동무라도 됐지 내 가고나마 인자 진짜 아무도 없니더. 그렇다고 식이 아재가 곁에서 살갑게 굴기를 하겠는교."

"지 팔 지 흔들고 내 팔 내 흔들마 되지 뭐."

"그카지 마소. 그래도 인자 남은 사람이 누가 있는교. 지발 덜 삼긴 명주실 맨키로 풀리다 끊기고 풀리다 끊기고 그카지 말고 성질 좀 죽이소. 우짜다가 식이 아재하고는 그 뭐꼬 '겨논지강' 이 돼 가꼬."

"견원지간이다."

"호호, 내사 마 부뚜막에 솥뚜껑 보고 '히읗' 이라 그라고 아랫방 봉창보고 '미음' 이라는 것만 아는 무식쟁이 아닌교. 내일이면 떠날라카이 섭섭기는 해도 그 뭐시라 카더라. 아 맞다, '해자젓니' 라꼬, 영영 못 보는 기 아일낍니더. 또 만나러 올 낍니더."

문지방 밖에서 기웃대던 초승달이 '난 한 달 걸러 한 번씩 만나고 그게 열두 번 지나면 일 년이 가는 거라'며 만나고 헤어짐의 '회자정리' 네 글자를 하늘에 써주는 밤이다.

동짓달 산골은 낮은 태양의 길목을 싹둑 잘라먹은 앞산 때문에 어둠이 빨리 내렸다. 이틀 전 당장 입을 옷가지만 챙기고 나머지는 그대로 둔 채 아들 재일의 차를 타고 달수 내외가 떠나버리자 산골마을은 더 스산해졌다.

오늘도 새벽같이 일어난 노인이 아궁이 앞에 앉아 불을 지피고 부뚜막에 달아놓은 수도를 틀어 가마솥에 물을 받아 덥힌다. 아궁이 앞마당에 백구 한 마리가 노인의 하는 양을 가만히 쳐다보며 노인이 움직일 때마다 눈만 따라다닌다. 달수가 이사 가기 전 아파트에선 못 키운다며 노인에게 맡기고 간 진돗개다. 성견이 되려면 올 겨울은 지나야 할 것 같지만 그놈 눈빛과 콧잔등이 새까맣게 윤이 나는 게 제법 영리해 보여 노인은 텃밭 끝 철창에 가둔 황구 세 마리와 함께 두지 않고 별도로 마당에 집을 내려 두었다. 김이 나는 물을 양동이에 받아 들고 노인이 닭과 토끼를 키우는 축사 안으로 들어선다. 사료와 금방 끓인 새 물로 바꿔 주고 돌아 나오는 길에 구석에서 계란 몇 개를 주워 나온다. 사료 냄새를 맡고 철창 속 황구 세 마리가 저마다 컹컹 짖으며 철창 속을 왔다 갔다 한다. 그 사이에도 해는 아직도 앞산 언덕을 못 올랐는지 희뿌연 새벽이 그대로 남아 있다.

대강 혼자 아침을 챙겨 먹은 후 노인은 삽 하나를 들고 집을 나선다. 마을에서도 가장 안쪽에 위치한 노인의 집 앞으로 산속 계곡물이 끊임없이 흘러내린다. 걸어서 이백 보 정도 내려간 곳에 달수가 살던 집이 있고 달수네 집 앞 텃밭 바로 밑이 달전댁의 집이다. 달전댁 집을 지나 또 한 오백 미터쯤 걸어 나가야 시내로 나가는 도로가 나왔다. 시외버스가 두 시간 간격으로 다니고 있지만 겨울이면 한티재에 몰아닥친 눈 때문에 버스는 고양이 꼬리잡기 하듯 제자리에서 맴돌다 결국은 오던 길로 되돌아가기 일쑤였다. 도로 건너편으로 아랫마을 이십여 가구가 보인다.

노인은 텅 비어버린 달수의 집 마당을 지나 지난해 심은 오 년생 밤나무가 들어선 뒷산으로 올라섰다. 텃밭 끝에 있는 비닐하

우스 틈으로 찢겨진 비닐 한 조각이 바람에 날리는 소리가 사각사각 들려온다. 아랫마을에 사는 조카가 축사에서 나오는 우분을 한 차 실어다 주기로 한 날이었다. 노인의 밤나무 밭 한쪽에 있는 고추밭엔 대궁도 못 뽑은 고춧대가 그대로 겨울을 맞고 서 있다. 내년에 고추밭에 뿌릴 거름을 미리 준비하기 위해 노인은 아직 남아 있는 거름 자리를 삽으로 고른 뒤 경운기가 오기를 기다렸다. 산에서 내려다보니 달수네 집 아래 달전댁이 사는 집 지붕이 보인다. 달전댁은 달수가 떠나던 날 겨우 집 앞에서 손을 흔들었고, 치마를 걷어 눈인지 코인지도 모를 곳을 한 번 훔치고는 곧장 집으로 들어간 뒤 아직 한 번도 노인과 마주친 적이 없었다.

노인은 달전댁이 자신을 멀리하는 이유를 대충 알고는 있었다. 그 첫 번째 이유는 바로 달전댁 남편인 용태 때문이었다. 십여 년 전까지만 해도 용태와 달수 그리고 노인 세 사람은 장날만 되면 함께 읍내로 나갔다. 핑계는 서로 달랐지만 언제나 함께 다니던 남정네들이었으니 이래저래 아랫마을부터 소문이 나기 시작했다. 결국은 노인이 사는 윗동네에까지 그들이 장날이면 장은 뒷전이고 함께 색시집에 가서 술타령 계집타령을 한다는 소문이 나돌았던 것이다. 노인보다 두 살 많은 용태와 네 살 어린 달수가 매번 앞장을 섰고 노인은 어정쩡 그 뒤를 따랐다. 노인이 그들을 앞세우는 건 무엇보다 자신의 말주변 때문이었다. 맨 정신으로 '허어 참.' 밖에 나오지 않다가도 술만 한잔 걸치면 그때부터는 막혔던 수채 구멍 뚫리듯 말이 거침없이 튀어나오기 때문이었다. 그러다 보니 노인은 때론 자신이 먼저 앞장 서 그들을 술집으로 몰아가곤 했던 것 같았다. 그런 소문을 들은 달전댁이 가만히 있을 리 없었다. 평시에도 용태의 바람끼, 노름끼 때문에 집안 살림 일굴 날 없다고 타령만 해대던 달전댁으로서는 용태와 함께 다니는 달수와 노인이 달가울 리가 없었다. 그나마 용태가 살아 있을 적엔 그래도 농사일을 두루두루 돌아가며 서로 도우고 해 왔으니 달전댁의 성화는 단발적으로 그치고 말았지만 용태가 십 년 전 술병으로 죽고 난 다음부터는 노인과 달수가 남편을 잡아 보냈다며 노골적으로 싫어하기 시작했다. 그래도 농번기 때 일손이 부족할 때면 그나마 궁싯대면서도 노인과 달수가 도와주는 일손만은 못 본 체하며 받아들이던 터였다. 단, 노인의 아내가 삼 년 전 암으로 죽을 때만은 예외였다. 동기간을 떠나보낸 것 보다 더 서럽게 울던 달전댁을 생각하면 괜히 가슴이 짠해 지곤 했다. 그러나 여전히 노인에게는 말끝마다 낚시 고리를 달아 잡아당기면 당길수록 살속으로 더 깊이 파고드는 묘한 말의 여운이 남아 있었기 때문에 노인은 줄곧 일을 도와주면서도 홀대를 받는 게 화가 나기 시작했다.

올 봄 고추 심던 때도 그랬다. 고추밭에 앉아 혼자 멀칭을 한다고 비닐 한쪽 끝에 지주대를 꽂고는 혼자 밀고 가는 달전댁을 보다 못해 노인이 나서 비닐 끝에 나무를 끼워 돌돌 밭이랑을 끌고 가니 금방 비닐이 씌워지고 만다. 그러나 달전댁은 노인이 쳐준 멀칭의 줄이 삐뚤어졌다느니 흙을 제대로 안 덮었다느니 하며 말끝마다 꼬투리를 잡았다. 비닐 위를 호미로 구멍을 내가며 한 주씩 묘목을 심는 걸 보고는 노인이 앞서 나가며 호미로 듬성듬성 구멍을 미리 파놓을라 치면 그것 또한 한 마디 부조라도 하지 않으면 소화가 안 되는지 기어이 한소리를 해댔다.

"아니, 장마에 도랑 건너뛰는 거 맹키로 그렇게 드문드문 치면 우짜는교. 좀 솔게(간격을 좁혀) 하소."

그러다 그녀가 양수 펌프로 물을 올려 고무통에 가득 받은 뒤, 그 통속에 농약만 푸는 게 아니라 어디서 가져왔는지 요소를 한 포대 함께 섞을 때는 노인도 어처구니가 없어 기어이 한마디 하고야 말았다. 참으로 한잔 마신 막걸리가 노인의 말문을 그나마 트게 한 것이다.

"농약하고 비료하고 한데 섞으마 효과 없구마 따로 쳐야제."

했을 때도,

"남이야 소뚜레로 귀고리를 하던 목걸이를 하던 뭔 상관인교. 몇 년을 이래 해 왔는데."

그럴 때면 노인도 더는 못 참고 휭 하니 발길을 돌려버리곤 했다.

"망할 놈의 여편네. 도와 줘도 지랄이네. 다시는 도와주나 봐라."

언젠가 한여름 한참 호두가 익어갈 무렵, 마을 입구에 늘어선 호두나무에 청솔모가 이 나무 저 나무를 타고 다니며 겨우 익기 시작한 호두 속을 파먹고는 껍데기를 땅에 버리곤 해서 골머리를 앓고 있을 때였다. 그놈들을 잡아 꼬리를 잘라 면사무소에 가지고 가면 마리당 삼천 원을 쳐 돈을 준다는 소리에 노인은 아랫마을 조카를 불러 공기총으로 나무를 타고 다니던 청솔모를 몇 마리 잡아대던 날이었다.

“아이고 거기서 총 쏘고 난리 지기면 그놈들이 다 어디로 가는교. 이리로 오지.”

달전댁이 마당의 호두나무 앞에 서서 노인에게 소리를 질렀다.

“저 할망구가 즈그 나무에 청솔모 들까봐 그라는 거 아이가. 좀 잡아달라는 소린기라. 그냥 바로 말하면 되지 빙빙 돌리기는.”

노인은 달전댁 마당에 총을 겨누러 앞서가는 조카를 떠밀어 보내버렸다.

“형님, 용태 형님 세상 버리고 나니 혼자 힘들어서 그 카는 거 아인교. 형님이 참으소, 마.”

달수가 그럴 때마다 옆에서 술 한잔으로 노인을 달랬고, 달전댁은 임숙네가 달려가 달래 주었다.

“와, 지만 서방 없나. 마누라 없이 사는 나는. 이 꼴로도 살고 있는데.”

노인은 때론 혼자 사는 홀아비 신세는 간 곳 없고 과부 할멈으로부터 어문 소리만 듣는 게 짜증나서 눈물이 핑 돌아 얼른 달수가 내민 잔을 받아 눈높이에서 마셔버리곤 했다.

애증이 있는 건지 어쨌든 그때까지만 해도 서로 얼굴만 보면 흥하는 소리부터 먼저 하던 그녀가 어느 순간부터는 아예 얼굴을 마주치려 하지도 않았다. 임숙네와 함께 있다가도 노인이 나타나면 금방 돌아서 집으로 들어가 버리는 것이었다.

지난여름 막바지 태풍이 오던 어느 날, 그 사건이 있은 뒤부터 두 사람은 마치 작정이라도 한 듯, 한겨울 얼음판 위 고양이와 물속 붕어처럼 서로 제각각 다른 데를 쳐다보며 살고 있는 중이다. 사실 그 사건만 생각하면 노인은 얼굴부터 화끈거렸다. 행여 소문이라도 날까 처음엔 전전긍긍도 했지만 나중에는 오히려 잘 했다는 생각도 들었다. 그렇게 한 번 달전댁의 코를 팍! 꺾고 나니 그 날의 부끄러운 기억보다는 오히려 잘했다는 생각이 들어 노인은 속으로 흐뭇하기까지 했다. 그러나 어떻게 자신이 그렇게까지 할 수 있었을까를 생각하면 자다가도 노인은 한 번씩 벌떡 일어나기도 했다.

멀리서 경운기 소리가 탈탈거리며 오르더니 산마루에서 튕겨 나온 소리가 점점 커진다. 조카 용재가 **농약 이라고 써진 모자와 푸른 공장작업복을 입고 소똥을 실은 경운기를 후진하여 밤나무밭 사이를 들어오고 있다. 경운기가 멈추자 노인은 차에 올라 거적을 벗기고 삽으로 거름을 퍼 내리기 시작했다.

경운기에서 소똥을 다 내린 뒤 노인은 두엄 거적을 덮고 한참을 그 자리에 앉아 있다. 달전댁은 밭으로 갔는지 아니면 아랫마을로 마실을 나갔는지 종일 모습이 보이지 않는다. 오늘 일은 이것으로 끝낼 참이다.

아내도 없다. 달수도 없었다. 텅 빈 산마루에 적막이 흐른다. 이러다간 갑자기 우울증에라도 걸릴 것 같아 노인은 끙 하고 힘주어 자리에서 일어선다. 내려오는 길에도 노인은 자꾸 달전댁 집 쪽으로 눈길이 머물렀다. 이젠 정말 입에 바느질이라도 해야 할 것 같았다.

다음 날 노인은 정오가 되어갈 무렵 다시 밤나무밭으로 향했다. 오늘은 아궁이 앞에 매어둔 진도를 앞세웠다. 입에 바느질을 하고 사느니 그래도 말 못하는 진도라도 데리고 다니면 덜 무료할 것 같아서였다. 진도는 달수 집 앞에 이르자 자신이 살았던 곳임을 알아차리고 한참 동안 집 안 곳곳을 맴돌며 냄새를 맡고 있다. 달전댁 집 앞에서는 몇 번 컹컹 짖기도 한다. 달전댁은 오늘도 기척이 없다.

'내가 신경 쓸 일이 뭐 있노.' 하면서도 눈길이 자꾸만 달전네 문지방으로 향한다.

달수가 떠난 뒤 노인은 부쩍 그런 행동을 하고 있었다.

하늘에 해가 갑자기 구름 속으로 숨어드는가 싶더니 금방이라도 눈이 내릴 듯 하늘이 낮아진다. 밤나무밭을 중간쯤 오르자 바람이 살랑대더니 이내 눈발이 날리기 시작했다. 손톱만한 싸락눈이 순식간에 사방을 뒤덮는다. 산자락에도 나뭇가지에도 눈 내리는 모습이 선명해졌다. 노인은 그러거나 말거나 두엄더미 앞에 다시 선다. 아침 일찍 용재가 버섯 폐목을 한 차 실어다 두고 간 곳에 지난 해 쓰다 남은 찢어진 비닐과 거적을 모아 우분을 덮고 폐목과 돌을 주워 고았다. 내년이면 우분과 폐목을 섞어 고추밭에 뿌릴 작정이다.

눈발이 굵어지자 진도는 제 흥에 겨워 밤나무 사이를 정신없이 뛰어다닌다. 그 모습을 보니 꼭 큰 손자 놈이 어릴 적에 놀러왔을 때의 모습이 떠올라 싱긋이 입가에 미소가 번진다. 눈은 제법 쌓이기 시작하더니 어느새 땅 위의 모든 색들을 하얗게 지워버린다. 멀리 산봉우리도 백설기처럼 흰 빛으로 물들어 갔다. 이제 내려가서 집 채비나 할 거나. 노인이 자리에서 일어났다.

그때였다. 제 생일인양 정신없이 밤나무 사이를 뛰어다니던 진도가 갑자기 자리에 멈춰 선다. 놈의 귀가 쫑긋거리더니 이내 노인을 한 번 쳐다본다. 순간 진도가 쏜살같이 산등성이를 향해 달려가기 시작했다.

"저 놈이 와 저카노."

노인이 급하게 진도를 부른다. 그러나 그 소리가 닿기도 전에 이미 진도는 산 끝자락을 돌아 사라지고 없었다. 순식간에 일어난 일이라 한동안 멍하니 진도가 돌아간 쪽을 쳐다보고 있다 노인도 급히 뒤를 따랐다. 무슨 일이 생긴 걸까. 혹시라도 저 놈이 갑자기 산으로 도망쳐버리는 건 아닐까. 숨을 헐떡이며 길 위에 오르자 저 멀리 산허리 끝에 진도가 보인다. 아니 저곳은? 달전댁의 고구마밭이 있는 곳이었다. 갑자기 진도가 사납게 짖어대기 시작했다. 노인이 다다를 무렵 진도는 산마루 아래서 무언가를 보며 격렬히 짖어대며 앞으로 돌진했다 뒤로 물러 섰다를 반복한다. 자세히 보니 진도 앞엔 놀랍게도 백 키로 정도는 나갈 멧돼지 한 마리가 진도를 마주보며 서 있다. 그 몇 발자국 앞에는 달전댁이 뒤로 넘어진 채로 둘을 번갈아 바라보고 있다. 노인은 급히 돌 하나를 주어 멧돼지가 선 방향으로 던졌다.

"이런 마, 망할 놈의 돼, 돼지 같으니."

당황한 마음에 또 말이 더듬거리기 시작했다.

진도가 요란하게 짖으며 달려들고 노인이 밭에서 긴 막대 하나를 주어 멧돼지에게 다가가자 그놈은 그제야 방향을 틀어 산으로 내빼고 만다. 진도가 그 뒤를 맹렬히 쫓아가기 시작한다.

"안 다쳤는교."

노인이 급히 달려가 달전댁을 부축했다.

"멧돼지들이 먹을 게 없으이까 다 캐낸 고구마 줄기라도 뜯어 먹으러 내려온 것 같구만. 갑자기 확 달겨드니 내사 마, 기가 찹디더."

달전댁이 옷을 털면서 일어서다 허리를 감싸고는 다시 그 자리에 폭삭 주저앉는다. 노인이 팔을 부축한다. 그러나 달전댁이 손을 뿌리쳤다.

"가만있으소마. 걷지도 못 하면서. 눈 오는데 여기서 계속 이라고 있을란교. 또 돼지한테 쫓기고 싶어서 그카는교."

달전댁이 할 수 없이 노인의 부축을 받는다. 조심조심 달전댁을 부축한 노인이 산을 내려와 달전댁을 방으로 들여보낸다. 노인은 내친 김에 집에서 파스를 가져다 벌어진 문틈으로 넣어주었다.

"내가 발라 주지는 못할 끼고 알아서 바르소."

노인이 부엌으로 들어가 한 구석에 쌓인 장작을 내려 아궁이에 불을 지핀다. 매캐한 연기가 금세 부엌 안을 맴돌다가 불길이 살아 오르며 밖으로 빠져 나간다.

"시상에 눈 오는 날 밭에는 뭣 하러 갔을꼬. 멧돼지한테 한 번 받히면 약도 없다는데. 늙은이가 겁도 없이, 참 내."

노인은 괜히 화가 치밀어 혼자 중얼거린다.

"눈도 오고해서 그냥 한번 올라가 봤심더. 산 너머 영감 산소 꺼정은 못 가도 배추 뿌리나 하나 뽑아 찬이라도 할라 캤더만."

"우리 집 마당에도 아직 안 뽑은 배추가 천지로 있는데 말라꼬 그까지 가서."

탁, 탁. 송진 타는 냄새가 배어들자 눈에 젖은 노인의 머리와 옷에서 김이 모락모락 올랐다. 어느새 밖엔 어둠이 내리고 눈발은 가늘어져 있다.

태풍이 몰려왔다 지나갔지만 비바람은 여전히 세차게 불던 지난 8월의 어느 날, 해거름녘이었다. 오전에 한 번 논에 다녀온 노인은 허둥대는 바람을 집 안에서 바라보다 갑자기 술 생각이 나서 소주 한 병을 안주도 없이 꺼내놓았다. 비가 많이 와서 논에 물꼬가 제대로 뚫렸는지 신경이 쓰였지만 논두렁 하나 사이로 달전댁과 마주한 논에 나가면 또 다시 달전댁과 마주칠 게 뻔해 그냥 앉아 있는 터였다. 오전에만 해도 그랬다. 노인이 논에 나갔을 땐 이미 달전댁이 먼저 와서 물꼬를 다잡아 놓은 뒤였다. 노인의 논에서 흘러내리는 논물을 비료 포대로 논두렁에 척 걸치고 흙으로 덮어 물이 아래로 향하지 않고 건너편 아랫마을 상길이네로 향하게 한 걸 보고는 노인은 아무 말 없이 그냥 돌아올 참이었다.

"비가 이러키 오는데도 인자 논에 나와 보는교."

달전댁이 빈정대며 혼자 구시렁거리는 소릴 들었을 때 노인은 뭐라고 한 소릴 해주고 싶었지만 꾹꾹 참고 그냥 돌아왔다. 그런데 집에 와서 가만 생각해 보니 자꾸만 화가 치밀었다. 논이 따로 뚝뚝 떨어져 있는 것도 아니고 사방으로 엉켜 있는 마당에 누구라도 물꼬를 터서 조금이라도 빨리 옆 수로로 빠져나가게 하면 될 일이 아니었던가. 노인이 먼저 나갔어도 당연히 그랬을 것이다. 그런데 유독 자신이 그걸 먼저 했다고 생색을 내는 달전댁에게 노인은 영 맘이 상하기만 한 것이었다. 무엇보다 화를 돋우는 것은 그렇게 옆에서 복장을 자꾸 긁어대는 데도 노인은 그저 '허어 참' 만 몇 번 했었다는 사실이다.

이제 술 한잔을 하고 잠시 후 다시 논에 나갈 참으로 노인은 술을 병째로 마셨다. 사르르 주기가 오르자 노인은 점점 용기가 나기 시작했다. 그렇게 한 병을 다 비우고 조금은 어둑해질 무렵 노인은 논으로 향했다. 논두렁에 서니 조금씩 발이 미끄러진다. 비는 여전히 부스럭대며 내리고 있었다. 다행히 논에는 아무도 보이지 않았다. 그러나 겨우 논두렁에 올라서 몇 걸음을 걷는 순간 갑자기 뒤에서 고함 소리가 들려왔다. 어느새 달전댁이 눈앞에 서 있었다.

"이기 뭔교, 이기. 와 물꼬를 이쪽으로 터놓아 남의 논을 홍수를 만들어 놓는교."

아닌 게 아니라 아래 논에 물이 벼잎 끝까지 차 있었다. 아침에 분명 달전댁이 물꼬를 막는 걸 보고 갔는데 이게 무슨 일이람. 비료 포대가 얌전하게 논두렁에 올라가 있고 물이 그 아래로 흐르는 걸 보니 아랫마을 상길이가 헤집어놓고 간 게 분명했다.

"아니 보소. 내가 무슨 억하심정으로 아지매 논에 물을 보냈겠는교. 보냈으면 아래는 틔우는 것도 모를까봐 그라요? 나도 아침에 나왔다가 인자 나왔는데 만지긴 누가 만졌다고 생사람 잡는교. 어이?"

"그라마, 소쩍새 구신이라도 와사 물구녕을 뚫어 놨단 말인교. 식이 아재 아니마 그랄 사람이 누가 있는교."

"아이고 마, 접시 물에 코 박고 죽을 소리 듣고 있네. 복창이 터진다, 터져. 와요. 아지매가 봤는교? 내가 그라는 거 봤는교? 봤으마 증거 한 번 대 보소. 아이고, 답답해라. 까뒤집어 보일 수만 있으마 내 속을 확 뒤집어 놓으마 좋겠네 진짜."

"안 그랬으마 한 번 까뒤집어보소. 와, 와 못 까디비는교. 한 번 뒤집어 보라카이. 그래야 어느 기 암까마귄지 수까마귄지 알 꺼 아닌교."

노인은 순간 눈이 확 뒤집어지듯 화가 치밀었다.

"뭐시? 이 할마시가 보자보자 카이. 그래 내 보여 주꾸마. 똑똑히 보소."

노인이 입고 있던 옷을 하나하나 벗어 논바닥에 집어 던진다. 웃통을 벗고 나자 내친 김에 노인은 바지까지 아래로 내렸다. 술기운에 다리가 휘청거렸지만 그는 바지도 논에 팽개쳤다. 이제 남은 건 속옷뿐이었다. 노인이 두 눈을 딱 감고 마지막 남은 속옷을 차마 아래로 내리지는 못하고 소리만 지르고 있는데 그 모습을 보고 있던 달전댁이 기겁을 하고 뒤돌아섰다. 어느새 사위는 사물의 형체를 알아볼 수 없을 정도로 어두워 있었지만 노인의 벌거벗은 실루엣이 비를 맞으며 서 있었다.

"자, 마자 볼란교. 보고 싶으마 싫컷보소. 이래야 믿겠는교."

"아이고, 아이고 남세 시러버라. 저기 무슨 짓이고. 비오는 날이 목욕하는 날이라 카는 건 들어봐도. 참말로 누가 볼까 무섭네. 벗으라 칸다고 진짜 다 벗다이 이기 무슨 미친 짓이고."

달전댁이 기어이 뒤도 돌아보지 않고 집으로 도망치듯 사라지고 말았다.

달전댁이 노인을 보고도 피하기만 하고 일체 말을 섞으려 하지 않은 건 그 일이 있은 뒤부터였다.

"와 그 카는교. 갑자기 사람을 본체도 않을라카고. 형님 눈에 식이 아재가 허깨비로 보이는교."

임숙네가 달전댁을 붙들고 물어보았지만 달전댁은 한 마디 말도 없었다.

"아따 형님, 무신 사랑싸움 하는 것도 아이고. 사람이라 캐 봐야 겨우 네 사람 사는 동네서 두 사람이 이러쿰 말을 안 하고 있으마 우리는 어느 장단에 춤춰야 되는교. 무신 일인지 속 시원 하이 말 해보소. 좀."

그러나 달수의 채근에도 노인은 말이 없었다. 그것은 달전댁 또한 마찬가지였다. 아니 솔직히 말을 할 수가 없었다. 비록 달전댁의 기를 한 번 꺾어주기 위해서 객기를 부리긴 했지만 노인은 그날 일이 영 마음에 켕긴지 오래다. 남의 여편네 앞에서 비록 다 벗은 건 아니었지만 자신의 알몸을 보여줬던 게 노인은 생각만 해도 얼굴이 붉어지곤 했다. 때론 왜 그랬을꼬. 후회가 되기도 했다. 그놈의 술 때문이었다. 술기운으로 시작했지만 너무 앞서나간 게 탈이었다고 노인은 자꾸만 자신의 입을 쥐어박는다. 그러나 이미 배는 한강 다리를 지나간 뒤였으니.

깜빡 졸다 깨어난 노인은 장작이 다 타버리고 시뻘건 불씨만 남아 있자 다시 장작 하나를 아궁이에 밀어 넣는다.

"아직 안 갔는교. 몇 신데 아직 꺼정. 시장할 긴데 고만 가보소. 내사 인자 괘안니더. 자고나마. 낫겠지러."

안에서 달전댁이 문도 열지 않고 말한다.

"여기서 저녁 묵고 가라고 카고 싶어도 내 묵을 식은 밥뿐이라서. 얼릉 가서 식사 하소."

노인이 어물쩍 자리에서 일어나 부엌을 나서다 말고 뒤돌아본다.

"인자 아지매캉 내캉 둘 밖에 안 남았심더. 사는 날까지는 둘 다 아프지 말고 사입시더."

아무런 대답이 없자 노인은 발길을 돌려 부엌을 나선다.

"오늘 진짜 고마웠심더."

그제야 들릴 듯 말 듯 방에서 새어나오는 소리. 어느새 하늘엔 눈이 그치고 밝은 달이 고개를 내민다. 집으로 돌아오는 길에 눈이 제법 쌓였는지 아무도 밟지 않은 길을 따라 노인의 발자국이 자꾸만 뒤따른다. 언제 나타났는지 진도가 저만치서 달려와 노인 앞길에서 꼬리를 치며 맴돈다.

"어허 걸거 치구만, 이놈아. 춥다. 얼렁 가자."

하얀 눈 위로 진도 발자국까지 뒤엉켜 집까지 이어지는 밤이다.

끝.

바람은 거꾸로 매달려 운다

혼란의 1960년대 초
연좌제에 연루된 조손祖孫의
애잔한 삶

바람은 거꾸로 매달려 운다

오늘은 운이 좋은 모양이다.

대구역에서 방천시장까지 가는 짐을 실을 생각에 김 노인은 소가 먹던 여물통을 급히 우마차 뒤 짐칸에 실었다. 장마가 끝난 후 실로 처음 받는 일이다.

"이랴!"

김 노인은 서둘러 소를 끌고 역 뒤편 화물 적치장으로 향하려 했다. 그러나 소는 웬일인지 꿈쩍도 하지 않으며 그 자리에서 버티고 서 있다.

"어허, 이놈이. 빨리 짐 안 실으면 다른 사람한테 뺏기는데 뭘 이리 꾸물대노?"

노인은 들고 있던 회초리로 소 등을 찰싹 때렸다. 소가 고개를 내저으며 고삐를 쥔 손이 함께 흔들릴 정도로 심하게 저항을 하자 노인은 다시 채찍을 치켜들었다.

"할배! 그라지 마이소."

짐칸에 우두커니 앉아 있던 소년이 뛰어내리더니 노인의 손을 잡고 막아섰다. 소의 입에서 거친 풀무 소리가 들렸다. 아이가 소에게 다가갔다. 그리고 소의 고삐를 잡아챘다. 신기하게도 소는 아이의 행동에 얌전하게 순응했다. 아이가 소를 끌고 방향을 틀자 수레가 빙그르르 한 바퀴 돌더니 덜커덕 소리를 내며 움직였다.

"그놈, 참."

노인은 입맛을 다시며 그 뒤를 따른다.

"할배. 오늘은 운이 좋은 갑네예. 장마 지나고 처음 온 걸 보면."

시장 안 국밥집에 들른 것은 짐을 다 부리고 다시 역으로 돌아가던 길이었다. 어쩌다 시장에 배달할 물건이 있을 때마다 노인이 한 번씩 들르던 곳이었다. 안면이 트인 아낙이 스스럼없이 말을 건넨다.

"걸아. 할배 따라 다니느라 니가 욕본다. 마이 묵어라."

따스한 국밥 한 그릇이 놓이자 소년이 노인을 마주 쳐다본다. 맞은편 구석 자리에 젊은 남자 하나가 아이와 노인을 힐끗 쳐다보았다.

"얼릉 먹어라. 난 괘안타."

"싫어예. 내 혼자 묵기 싫다."

보다 못한 국밥집 아낙이 따로 보시기에 국물 한 대접을 내어놓는다.

"약주도 좋지만 속도 채워야 할 것 아인교."

노인은 못 들은 척 막걸리 한 잔을 꾸역꾸역 들이킨다.

"야는 학교 갈 나이도 지났는데 학교는 언제 보낼라 카는교?"

노인은 여전히 말이 없이 또 한 잔을 따라 마셨다. 그의 얼굴에 이랑처럼 짙은 골이 이마에서부터 뺨에까지 구불구불 이어지고 그 위로 거친 수염이 듬성듬성 솟아 있다.

"촌에 그냥 살지 말라꼬 여기까지 나와서 이 고생인교? 야가 불쌍타. 애가 무슨 잘못이 있다고."

아낙은 노인의 눈치를 살피더니 다시 한 번 캐묻는다.

"야 엄마 소식은 아직도 모릅니꺼?"

"씰데없는 소리는."

노인은 대답 대신 아이가 다 비운 국그릇 앞에 돈을 던졌다. 그 때까지 가게 안 구석 자리에 앉아 처음부터 노인을 보고 있던 남자가 슬그머니 일어나더니 노인에게 다가왔다.

"아재요. 잠깐만 좀 보입시더."

사내는 노인을 이끌고 밖으로 나갔다. 그는 판자로 허름하게 이어진 점포 뒤 골목으로 노인을 데려가 한참 동안 이야기를 주고받았다.

"내일 아침나절에 아까 말한 그 집으로 오시면 됩니더. 노임도 후하게 쳐드릴 거고 일도 이틀 걸러 한 번씩은 있을 겁니더."

노인은 사내의 말에 두어 번 고개를 끄덕이더니 물고 있던 곰방대를 탁탁 땅바닥에 대고 털어내고는 이내 허리께에 차고 있던 주머니에서 잎담배를 꺼내 다시 비벼 넣었다. 남자가 금방 성냥을 꺼내 불을 댕겨주었다. 노인의 입에서 새파란 연기가 하늘하늘 피어오르고 있었다.

터덜터덜 걸어온 게 어느덧 침산교까지 다다랐다. 오후엔 더 이상 짐을 실을 일이 없어 그들은 이제 집으로 돌아가는 중이었다. 침산교를 지나 서당골까지는 금방 갈 수 있었다. 햇살이 강을 건너 남으로 향하고 있었다.

"할배."

"……와?"

빈속에 오른 취기에 한참을 졸았던 탓인지 노인의 눈꺼풀이 바위를 얹은 듯 무겁다.

"잠깐만 쉬었다 가입시더."

아이는 다리 아래로 마차를 끌고 내려와 풀이 무성한 곳에 소를 세웠다. 도심을 가로지르는 신천의 맑은 물이 얕은 곳의 돌멩이를 넘어가느라 구불구불 소용돌이 치고 있었다. 햇살이 물속 사금파리에 박히자 날카롭게 반사 빛을 쏘아대 소년은 눈이 부셨다. 노인은 아이 머리통만 한 돌이 널브러진 개울가에 드러누워 버린다. 아이는 검은 고무신을 벗어 두고 물속으로 발을 내민다. 발가락 사이를 간질이며 지나가는 물줄기를 따라 소년의 눈길이 쫓아가다 문득 저 멀리 다리 아래, 넝마인지 거지인지 알 수 없는 사람들의 꾀죄죄한 모습을 보았다. 소년은 문득 소름이 끼쳤다.

"문둥이들이 어린 아이를 잡아가서 간을 빼먹는다 아이가."

어느 날 방천시장 근처 동네 아이들이 지나가는 거지의 뒤를 한참이나 뒤처져 따르며 하던 말이 떠올랐다. 애뚝이라는 여자거지의 손엔 미군부대에서 나온 깡통에다 철사를 끼워 만든 밥통이 흔들리고 있었다.

"걸아!"

잠이 들은 줄 알았던 노인이 어느새 아이 곁으로 와 있었다.

"종걸이 니도 학교 가고 싶제? 아홉 살이면 초등학교 2학년은 됐을 건데."

소년은 아무 말이 없었다. 손으로 잡은 작은 물고기 몇 마리가 검정 고무신 속에서 갈 길을 몰라 우왕좌왕하고 있다.

"내년에는 무슨 일이 있어도 학교 보내 주꾸마."

"할배! 근데 꼭 여기서 다녀야 합니꺼. 고향에 내려가서 다니면 안 됩니꺼? 할배 일하러 나가고 나면 내 혼자 우째 다니라고예."

"내년에는 촌에 있는 니 누부하고 할매하고 다 대구로 나올 끼다. 걱정 말그라."

"정말이라예?"

아이의 눈이 햇살처럼 반짝인다.

"할배! 근데 문둥이들이 애들 잡아가서 간을 빼먹는단 말이 참말입니꺼?"

"어림없는 소리다."

"그렇지예? 참말로 안 그렇지예?"

소는 한동안 풀을 뜯고 나더니 이젠 자리에 앉아 느긋하게 되새김질을 하고 있었다.

"할배! 우리 소, 새끼는 언제 낳십니꺼?"

"아마도 추석 좀 지나고 나면 새끼 낳을끼다."

내년이면 학교에 다니게 될 것이고 추석이 지나면 소가 새끼를 낳는다는 기대 때문일까? 소년은 잠시 기분이 풀린 것 같아 고무신에 담겨 있던 피라미, 모래무지 몇 마리를 물속으로 풀어 주었다. 방죽 끝에서 서당골로 내려가는 길이 아스라이 보였다.

식전부터 쇠죽 끓이는 구수한 냄새가 문지방을 타고 들었다. 소년은 잠에서 깨어 뚫어진 문풍지 사이로 밖을 내다보았다. 소여물을 통에 퍼 담아 외양간 속으로 들고 가는 노인의 모습이 간당간당하다. 싸리문 입구에 마구를 벗은 수레가 덩그마니 앉아 소를 기다리고 있었다. 아이는 문을 열고 나와 마당 끝 두엄더미로 가서 오줌을 누었다. 초가지붕 위로 채 지지 못한 보름달이 박처럼 올라 앉아 있다. 소는 얌전하게 여물을 먹고 있었다. 어디선가 까치 소리가 들리자 노인이 고개를 들어 뒷산을 바라본다. 울창한 대나무 숲이 바람에 웅성웅성 대며 초가지붕을 쓸 듯 흐느적인다.

아침을 먹은 뒤, 여느 때처럼 소년과 노인은 길을 나섰다. 소는 한껏 배를 불린 탓인지 꾸역꾸역 서당골 골목을 걸어가고 있었다. 그들이 도착한 곳은 어제 들렀던 방천시장 입구에 있는 어느 기와집 앞이었다. 좁은 골목 안에 숨은 듯 솟아 있는 삼각 옥탑방이 있는 집. 푸른빛 처마로 줄장미가 넘실대며 빨간 꽃송이들을 쏟아내고 있었다. 진한 장미향에 소년은 잠시 어찔해진다.

"때맞춰 오셨네요."

어제 국밥집에서 보았던 남자가 푸른 나무 대문을 열고 나오더니 반색을 하며 그들을 반겼다.

"배달하는 곳은 대부분 안지랑이 근처 양곡상이고요. 짐은 대구역에서 직접 물건을 받거나 아니면 오늘처럼 여기서 싣고 가시면 됩니다."

남자는 마당 한쪽에 쌓아 놓은 가마니를 가리켰다. 그리고는 누런 밀가루 포대를 찢은 종이에 그린 약도를 노인에게 주었다.

"쉽게 찾을 수 있을 거예요. 참, 너는 할아버지 따라다닐 필요 없이 나하고 같이 여기 있자꾸나. 너, 학교 갈 나이 지났다고 했지? 내가 공부 가르쳐줄게. 알았지?"

노인은 아이를 맡기고 가는 게 조금은 신경이 쓰이는 눈치였으나 어차피 돌아가는 길목이니 혼자 얼른 갔다 와도 괜찮을 거란 생각을 했다. 노인이 우마차를 끌고 떠나자 사내는 아이를 방으로 데리고 들어갔다.

"여기, 초등학교 1학년 책과 학용품을 먼저 받도록 해."

남자는 벽장 안쪽에서 작은 륙색 가방을 꺼내 아이에게 건넸다.

"실은 내 아들이 쓰던 거란다. 안타깝게도 지금은 없지만. 대신

네가 써."

책은 보기보다 깨끗했다. 네모칸이 그려진 국어 공책도 한 장 쓴 흔적이 없는 새것이었고 필통 속에는 가지런히 깎은 연필이 가득 들어 있었다.

노인이 그 남자의 집으로 오는 날은 일주일에 네 번 정도 되었다. 남자는 매일 가마니나 보따리에 싼 물건 외에도 한 번씩 종이 봉투를 그 속에 넣어주곤 했다.

"아주 중요한 것이니 절대 잃어버리거나 다른 사람에게 보여줘서는 안 됩니다."

대구역에서 쌀가마니를 싣고 안지랑이 쌀집으로 갈 때에도 노인은 일부러 아이를 남자의 집까지 데려다준 뒤 혼자 그곳까지 마차를 끌고 가곤 했다. 노인은 물론 아이도 남자의 깊은 배려에 고마움을 느꼈고 무엇보다 노인의 가슴에 항상 아려오던 아이의 공부 문제가 조금은 해결된 것에 대해서도 조금은 짐을 벗은 듯 했다. 아마 이런 식으로 공부를 배워 나간다면 내년엔 학교를 보내도 충분히 따라갈 수 있을 것이란 생각에 노인은 마음이 흡족했다. 노인이 안지랑이까지 배달을 마치고 오는 시간은 대략 네 시간 정도 소요가 되었다. 오후 서너시면 노인은 빈 수레로 돌아와서는 아이를 태우고 다시 서당골로 돌아가는 생활이 반복되었다. 물론 그 남자의 짐 이외 다른 짐은 실을 생각도 하지 않았고 삯도 그 정도면 충분했다. 그렇게 해서 아이는 남자와 함께 보내는 시간이 점점 많아지게 되었다. 남자는 한글부터 시작해서 산수, 자연, 바른 생활 등을 아이에게 가르치기 시작했다. 처음엔 조금은 낯설고 어리둥절해 하던 아이는 시간이 지날수록 빠르게 남자와 가까워지게 되었다.

"너 아주 머리가 좋구나. 벌써 한글을 다 깨쳤다니."

일주일 정도 지나자 남자가 아이의 머리를 쓰다듬으며 말했다. 공부뿐만 아니라 남자는 점심까지도 챙겨주었다. 아이는 남자가 어떤 사람일지 궁금했다. 매일 집에만 있는 남자는 아이와 함께 있을 때는 특별히 외출을 하는 일이 없었다. 대신 공부가 끝나면 남자는 마당 정원석에 아름답게 둘러싸인 꽃들을 가꾸거나 물을 주며 시간을 보내는 듯 했다. 때론 낯선 남자 몇 명이 집으로 찾아왔지만 그들은 아이 몰래 몇 마디만 나누고는 이내 사라지곤 했다.

"심심하면 밖에 나가 놀아도 돼."

점심을 먹고 난 오후 시간엔 아이는 집 밖 골목길을 나서 방천시장까지 한 바퀴 구경을 다녔다. 그러던 어느 날, 그날도 아이는 오후에 집 밖을 나와 시장을 둘러본 후 다시 남자의 집으로 돌아가던 길이었다. 동네에 사는 아이들이 여름 방학을 맞아 아침부터 쏟아져 나와 놀이를 하고 있었다. 그들은 말타기나 비석치기 같은 놀이에 정신이 없었고 여자 아이들은 공기놀이나 고무줄놀이를 하곤 했다.

"야! 너 이 집에 살아?"

그 중 머리가 제법 굵은 녀석이 골목 입구에서 아이에게 대뜸 물었다. 아이는 주춤하며 고개를 저었다.

"재는 털보 영감 손자 아이가. 짐꾼, 구루마, 소달구지. 하하하. 니 아직 학교도 안 다니제?"

옆머리에 기계충이 듬성한 또 다른 녀석이 아이를 알아보고 말했다.

"너 그럼 거지구나. 애뚝이 남동생?"

와~하고 옆에 있던 아이들이 따라 웃었다.

"앗, 저기 애뚝이 오네. 누나 해봐라. 동생이 맞나 안 맞나 보게."

골목 끝에서 거지 하나가 밥통을 들고 들어오다 아이들을 보고 우뚝 서 있었다. 헝클어진 머리에 다 떨어진 옷. 반쯤 떨어져나가 너덜거리는 고무신.

"야, 빨리 누부야 해보라니까. 빨리."

그때였다.

"이놈들."

대문이 열리고 남자가 뛰어나왔다. 아이들이 쏟아버린 구슬처럼 흩어져 도망을 친다.

"한 번만 더 이 아이를 놀리면 가만 안 둘 거야."

남자는 골목 담 끝에 붙어 빼꼼 고개를 내밀고 골목을 쳐다보는 아이들에게 소리를 지르고는 아이의 손을 잡고 집으로 들어갔다.

"또 다시 놀리는 일이 있으면 얼른 집으로 들어와 버려. 알았지?"

아이는 괜스레 서글픈 생각에 고개를 숙인 채 끄덕이기만 했다. 남자는 무슨 생각에서인지 잠시 뒤, 아이를 데리고 밖으로 나왔다. 시장을 지나 신작로 건너편에 빵집이 있었다. 남자는 그곳에서 달콤한 팥소가 있는 빵을 사주었다. 그리고 집으로 돌아오는 길에 방천둑을 걸어가며 시장을 구경시켜주었다. 아이는 방죽에서 바라본 신천이 낯이 익은 게 신기했다. 나중에야 알았지만 그 강줄기가 서당골 입구를 흐르는 강과 연결이 된다는 사실도 처음 알았다. 방죽을 내려오는 길목에서 닭을 도축하는 장면이 보였다. 아이는 닭의 목에서 뿜어져 나오는 붉은 피를 차마 보지 못하고 고개를 돌리고 말았다.

"종걸이 너는 무슨 색을 가장 좋아하니?"

닭털이 뽑혀 나가는 광경을 끝까지 보고 있던 남자가 아이에게 물었다. 아이는 생각 끝에 대답 대신 검정 고무신을 가리켰다.

"오라. 검은색을 좋아하는구나. 난 말이야. 세상에서 붉은색이 가장 좋아. 정열적이고 정의롭고 투쟁과 정의의 불꽃같은 느낌이 들거든. 너도 아마 조금 지나면 붉은색을 좋아하게 될 거야."

그러나 아이는 남자의 말을 선뜻 받아들일 수 없었다. 핏자국이 시장 바닥을 타고 물과 함께 흘러와 땅에 배어들기 시작하였기 때문이었다. 아이는 발을 들어 그것을 건너뛰었다. 시장 입구 나무 전신주에 반공방첩이란 벽보가 눈에 띄었다. 아이는 이제 그 글씨를 읽을 수 있음에 스스로 놀라웠다. 그러나 여전히 그 뜻은 알 수가 없었다.

그날따라 노인은 늦게까지 돌아오지 않았다.

"오늘은 할아버지가 몇 군데 더 들러야 하기 때문이야. 알겠지?"

남자가 아이에게 얼른 이유를 설명해 주었다.

해가 뉘엿뉘엿 넘어가는 오후, 아이는 대청마루에 누워 잠이 들었다가 두런두런거리는 소리에 잠을 깼다. 이미 땅거미가 내리고 있었다.

"확실해? 믿을만하냐고?"

"걱정 마시라요. 다 그만한 이유가 있어서 그러는 거니까."

"그나저나 요즘 저쪽 감시가 심해지고 있으니 주의해서 접촉을 하란 말이오. 그리고 저 아이와 노인에게는 절대 우리 신분을 노출해선 안 된다는 것도 명심하시오."

"알았쉬다."

그때까지 아이는 누워 눈을 감은 채 두 남자의 얘기를 듣고 있었다.

"확실하게 우리 사람이 되기 전까진 누구도 믿지 말란 말이오."

낯선 사내의 목소리가 칼날처럼 섬뜩하게 밤공기를 타고 아이의 귀를 파고들었다.

그날, 노인은 밤 여덟시가 훨씬 지나서야 아이를 데리러 왔다. 노인의 입에서 시큼한 막걸리 냄새가 진동을 했다. 걱정이 되어 안절부절못하던 아이는 그날 처음으로 노인과 함께 다니지 않은 걸 후회하였다. 공부도 좋지만 노인이 이렇게 늦는 날에는 걱정이 태산처럼 밀려와 차라리 노인을 따라다니는 편이 훨씬 낫겠다는 생각이 들었기 때문이다. 그러나 노인은 아이의 그런 생각과는 달리 남자가 심부름 시키는 대로 시내 이곳저곳을 쉬지 않고 배달을 다니곤 했다. 남자는 그런 노인에게 매일 또 다른 일감을 주었다. 하루 일과를 마치고 집으로 돌아가는 노인의 얼굴엔 피곤함 보다는 전에 볼 수 없었던 희미한 홍조가 자리 잡기 시작했다. 그것은 어떤 희망을 품은 소년의 얼굴처럼 기대와 설렘이 교차하는 모습으로도 보였다. 그때마다 아이는 속으로 아쉬운 한숨만 내쉬었다. 노인이 점점 자신에게서 멀어지고 있다는 느낌. 차츰 아이는 우울한 표정이 되어갔다. 남자에게 글을 배우는 것도 이젠 시들해지기 시작했다. 마치 남자가 아이에게서 노인을 떼어놓으려는 속셈같이 보였다.

어느덧 8월이 가고 선선한 가을바람이 불어왔다. 며칠 뒤면 추석이어서인지 시장엔 햇과일과 채소가 쏟아져 들어왔다.

"할배!"

"와."

그날도 아이는 밤이 다 되어서야 돌아온 노인과 함께 집으로 돌아오는 길에 노인에게 물어보았다. 다리 위에서 나무 바퀴의 덜컹대는 소리가 유난히 컸다.

"우리는 추석 쐬러 고향에 안 갈 겁니꺼?"

"가고 싶나?"

"예. 할배는 안 가고 싶습니꺼. 난 할매도, 누나도 다 보고 싶다. 큰집에 가서 제사도 지내고 또…… 엄마도 보고 싶고."

"엄마 이바구는 끄집어내지도 말라 캤제?"

아이는 노인의 말에 처음으로 화를 내었다.

"할배요. 아부지는 정말 돌아가신 기 맞십니꺼? 그라고 엄마는 왜 집을 나간 깁니꺼. 속 시원히 얘기 좀 해주이소."

"이 녀석아. 그만큼 이바구 했으면 알아 묵어야제 와 자꾸 딴소리고?"

"그라마 그 집 아저씨가 거짓말 한단 말입니꺼?"

"뭐라꼬? 그 사람이 뭐라 카던대?"

"저보고 엄마도 만나게 해주고 아부지도 찾게 해준다 그랬심더. 근데 할배는 와 찾을 생각도 안 하고 말도 못 하게 하는 겁니꺼. 지는 엄마고 아부지고 찾을 수 있다면 무슨 일이든지 다 할낍니더."

"이놈의 자슥이 무신 소릴 듣고 이카노? 죽은 니 아부지, 고향 뒷산에 묻는 거, 니 눈으로 똑똑히 안 봤더나? 그라고 니 엄마도 지 혼자 집을 나간기라 말이다. 그런 애미 같잖은 것이 그렇게 보고 싶더나, 어이?"

엄마 얘기만 나오면 노인은 유난히 날카로워지곤 했다. 지난겨울, 고향을 떠나온 지 벌써 아홉 달째였다. 아이에겐 고향에 남은 누이와 할매의 모습이 매일 밤 꿈에 아른거렸다. 때론 아버지와 엄마의 모습도 자주 아른거렸다. 엄마는 왜 집을 나간 걸까. 그리고 아버지는 정말 죽은 게 사실일까? 오래전 일이지만 아직도 아이는 믿겨지지가 않으며 낮에 남자가 한 말이 자꾸만 귀에 맴돌았다. 휘영청 차오르는 달그림자가 자꾸만 아이의 뒤를 따라다녔다. 아이는 더 이상 말을 않고 마차 뒤에 타고 있다가 다리를 다 건너는 순간 마차에서 뛰어내려 쏜살같이 어디론가 달려갔다. 아이의 눈에서 흐른 눈물에 얼굴이 온통 번들거리고 있었다.

다음 날 아침, 아이는 단단히 병이 났다. 노인은 모든 게 자신의 탓인 양 아이의 모습이 측은해 보인다. 아직 어린 것이 얼마나 부모가 그리웠으면 저럴까 하는 생각에 밤새 잠을 설친 뒤라 아이의 펄펄 끓는 머리를 짚어보고는 가슴이 쿵 내려앉는 느낌이었다. 미음을 쑤어 아이에게 먹이고 머리에 물수건을 갈아주었다.

그리고 한참을 망설이다 결국 노인은 아이를 혼자 집에 두고 남자의 집으로 향했다. 어떤 일이 있어도 남자와의 약속을 지켜야 한다는 것 때문이었다. 추석을 나흘 정도 앞둔 날이었다.

"이건 아주 중요한 물건이니 잊어버려선 안 돼요. 꼭 그 사람에게 직접 전해줘야 하니 잘 간직하세요. 또, 절대로 안을 열어보아서도 안 돼요."

남자의 거듭된 부탁을 받고 노인은 그날도 봉투 하나를 쌀가마니 속에 숨겼다. 몸에 지니고 다니다 잃어버리는 걸 방지하기 위해서였다. 일자무식인 노인에겐 그 서류가 어떤 내용인지 알 수도, 알 필요도 없었다. 단지 노인은 처음 노인과 만나던 날부터 둘만의 비밀스런 약속을 철석같이 믿고 있었다.

"다른 건 다 필요 없소. 제발 그 약속만은 꼭 지켜주시오."

그때부터 사정하는 쪽은 오히려 노인이었다. 남자는 그런 노인을 바라보며 알 수 없는 미소를 입가에 흘리곤 했다. 그러기에 노인은 남자가 매번 쌀가마니 속에 넣어 숨겨주던 서류를 잃어버리지 않으려고 애를 써온 것인데, 오늘 기어이 사달이 나고 만 것이다. 가마니 속 서류는 감쪽같이 사라지고 없었다. 도무지 어디서 잊어버렸는지 기억이 나지 않았다. 노인의 행동반경은 항상 일정하였다. 만삭이 된 암소가 끌고 가는 동선은 한 치의 오차도 없었다. 일이 단단히 꼬인 모양이었다.

"이봐요, 영감. 아니 가마니 안에 아무것도 없잖아? 어디다 빠뜨린 거요?"

쌀집 사내가 가마니 속 쌀을 죄다 비워내고 가마니를 거꾸로 들고 탈탈 털고 있었다. 노인이 급히 쌀가마니 안을 열어보았다. 그러나 그가 찾는 것은 어디에도 보이지 않았다. 한 시간쯤 뒤 소식을 들은 남자가 잰걸음에 쌀집으로 달려왔고 그들은 난감한 표정으로 무언가를 의논하는 듯 했다. 노인은 문득 아이 때문에 자신은 아침을 굶고 나왔다가 시장기가 들어 잠시 방천시장 입구 국밥집으로 들어갔던 게 생각났다. 그리고 막걸리 두 잔을 걸치고 나왔을 때 마차 위에 차곡차곡 올려둔 쌀가마니가 마차 위 곳곳에 흩어져 있음을 발견했지만 그날따라 유난히 노인의 손길을 거부하며 몸부림치던 소 때문에 마차가 흔들린 탓이겠지 하고 넘겼던 게 떠올랐다. 소가 자신보다 아이를 더 따르는 게 괘씸하기도 했지만 만삭인 소에게 차마 채찍을 가할 순 없어 그냥 급히 안지랑이 쌀집으로 갔던 것뿐이었다. 맨 아래 쌀가마니에 넣어둔 서류가

도대체 어디로 어떻게 빠져나갔단 말인가. 분명 사람의 소행이 아니고서는 절대로 그런 일이 있을 수 없던 일이었다. 그러나 노인은 차마 그 말을 남자나 쌀집 주인에겐 할 수 없었다.

다음 날, 아이는 열은 많이 내렸으나 몸살 기운에 여전히 힘이 없어 보였다. 노인은 미음을 데워 아이에게 먹인 뒤 여느 때처럼 마차를 끌고 다시 집을 나섰다. 이젠 불과 며칠 남지 않았다. 남자는 노인에게 한 그 약속만은 꼭 지켜줄 것만 같았다.

그러나 그날, 노인이 남자의 집에 도착했을 땐 집엔 아무도 보이지 않았다. 노인의 표정이 굳어졌다. 큰일이었다. 남자와의 약속 날짜가 며칠 후로 잡혀 있었기에 노인은 지금껏 철석같이 남자의 말을 믿고 그의 심복 노릇을 해준 것이다. 굳게 닫힌 대문 너머에선 아무런 인기척도 들리지 않았다. 대신 골목 입구에서 검은 양복 차림의 낯선 사람들이 노인을 유심히 관찰하고 있었다.

다음 날도 그 다음 날도 허탕만 쳤다. 내일이면 추석이었다. 남자는 어디로 사라진 것일까. 노인은 마음이 심란하여 그냥 집으로 돌아와 버렸다. 아이는 조금 기운을 차렸는지 마당 한가운데 가끔씩 노인이 석탄과 황토 흙을 개어 찍던 구공탄을 가지고 놀고 있었다. 그러나 아이는 그날 이후, 노인과는 눈도 마주치지 않으려 했다.

"니 맘 다 안다. 걸아. 니 말처럼 나도 와 느그 엄마 아부지가 안 보고 싶겠노? 내가 이 이바구만은 안 할라 캤는데 니가 하도 성화를 부리니 내가 안 할 수가 없데이. 느그 아부지 죽은 거, 사실 나도 확실히 모른다. 고향에서 시신을 확인했다며 빈 묘를 쓴 건 그렇게 하지 않으면, 그래서 사망신고라도 하지 않으면 그 빨갱이 놈들이 계속해서 우리 집을 감시하고 못 살게 굴까봐 일부러 그런 거였다."

아이는 손으로는 구공탄의 막힌 구멍으로 가는 나뭇가지를 집어넣으면서도 등 뒤에서 독백하듯 말하는 노인의 소리를 듣고 있었다.

"그라마 그 아저씨 말이 맞단 말입니꺼? 아부지가 살아 있다는 말이 참말입니꺼?"

"그래. 추석 지내고 나면 니 아부지를 만나게 해준다고 했다. 참말이다. 며칠 전엔 최근에 찍은 사진까지 보여 주드라. 편지도 받았다."

아이는 꿈만 같았다.

"그라마 우리 이번 추석엔 아부지하고 같이 고향에 갈낍니꺼?"

"가야제. 아부지 오거든 같이 가서 할매하고 니 누부야 하고 대구로 나올 준비도 하라 카고. 큰집에 제사도 지내러 가자."

"알겠심더."

"그런데 아침부터 날이 와 이카노? 태풍이 올라 카는 갑다."

흐린 하늘에 구름장이 바쁘게 북쪽으로 달려가고 있었다. 대나무 숲이 술렁술렁 거리고 있었다. 노인은 이제 아이에게 모든 걸 털어놓아도 괜찮겠다는 생각이 들었다. 아이가 세 돌이 되기 직전, 집을 나가버린 아이의 엄마에 대해선 그동안 그 이유에 대해 한 번도 아이에게 말하지 않았기 때문이다. 벌써 6년이란 세월이 흘렀다. 어린 것이 얼마나 보고 싶었을까 하는 짠한 마음이 들지 않은 것도 아니지만 그 진실만은 차마 말해주고 싶지 않았다. 아니 말할 수가 없었다. 아이가 학교에 가지 못하는 것도 바로 그 이유 때문이었다.

전쟁이 터지던 해 아들 경호는 스물여덟 살이었다. 해방 후 일부 젊은이들이 그랬던 것처럼 경호는 공산주의 사상에 물이 들었다. 그의 그런 배경엔 이웃마을에 살던 찬수의 영향이 컸다. 찬수는 당시 좌익 단체인 농민회에 가입하여 마을 젊은이들에게 그 사상을 전파하고 있었다. 경호가 찬수의 여동생인 기연과 혼사를 맺기 전까지만 해도 노인은 그 사실을 전혀 몰랐다. 전쟁이 발발한 이후에야 찬수의 행동이 수면 위로 부상했기 때문이었다. 경호와 기연 사이엔 이미 세 살 된 딸까지 두고 있던 터여서 노인의 걱정은 더 커져만 갔다. 그러나 마을엔 이미 한 차례 인민군이 남하한 뒤부터는 좌익과 우익이 팽팽히 맞선 상태로 대치 중이었다. 마을에 농민회와 부녀회가 조직이 되었고 기연이 그 무리에 끼이기 시작했다. 저녁마다 모임이 있으면 기연은 꼭 거기에 참석했다. 노인은 그런 아들과 며느리를 말리기 위해 노력해봤지만 헛수고였다.

"아버지. 앞으로 잘 사는 시대를 열기 위해 지금 우리가 투쟁을 해야 합니다. 농민들도 정당한 권리를 찾아야 한다고요."

아들은 노인에게 그런 말로 회유를 했다. 그러나 노인의 눈에는 그런 아들과 며느리의 행동이 물가에 내놓은 어린아이의 모습처럼 위태롭기만 했다.

"제발 정신 차려 이놈아. 쓸데없이 빨갱이 사상에 휘둘리지 말고."

그러나 노인의 만류에도 아들은 더 그 사상에 심취되어 가기만 했다. 아내 기연도 당시 둘째 아이를 임신하였음에도 아랑곳하지 않았다.

아들이 마음을 바꾼 건 바로 그 사건이 터지고부터였다. 노인 집안에서 좌익 활동에 빠진 이는 오직 경호와 그의 아내 기연 뿐이었다. 좌익 세력이 판을 칠 때 노인의 남동생이 그들에게 이유 없이 총살을 당했다. 그리고 그들은 집에 불을 지르고 제수씨는 물론 그 아이들까지 무차별로 학살을 했다. 단지 우익이란 이유하나로.

"네가 이러고도 저들의 사상을 믿어야겠냐? 집안이 이 꼴이 되어 가는데."

노인은 경호에게 눈물로 호소했다.

"전쟁은 반드시 국군의 승리로 끝나게 될 거야. 그 다음엔 넌 어떡할래? 남은 인민군을 따라 월북을 할 생각이냐? 그럴 거라면 아예 이 자리에서 너와 나, 인연을 끊자."

노인의 말에 아들은 한동안 집에 틀어박혀 있었다. 그는 무언가 깊이 생각하는 눈치였다.

"당신 아버님 말에 흔들리면 안 돼요. 반드시 인민군이 승리를 할 거니 두고 봐요."

기연이 경호를 설득했다. 그러나 경호는 결국 아버지의 말을 따르기로 결심했다.

"잘 산다는 게 고작 이런 거라면, 사람을 죽이고 피를 부르는 이런 거라면 난 동조할 수 없어. 그러니 당신도 더 이상 그들 꾐에 빠지지 말라고."

"정말 이럴 거예요?"

기연의 눈에서 불꽃이 튀었다.

경호가 붙들려간 것은 다음 날 밤이었다. 찬수가 보낸 사람 세 명이 집으로 쳐들어와 경호를 납치하듯 끌고 가버렸다.

"네가 무슨 짓을 하는 거냐. 아무리 좌익에 빠졌다 해도 네 지아비를 저런 식으로 잡아가도록 해야겠냐?"

기연은 노인의 말에도 기를 꺾지 않았다. 오히려 당당히 말했다.

"아버님, 걱정 마세요. 잠시 머리를 정리하고 돌아올 겁니다. 반드시."

그러나 아들은 두 달이 지나고 세 달이 지나도 돌아오지 않았다. 그 사이 국군이 다시 이북까지 밀고 올라가자 마을에 설치던 좌익 세력도 자취를 감추기 시작했다. 대신 좌익 세력을 척결하기 위한 경찰의 수색이 집집마다 시작이 되었다. 노인은 기연의 태도가 괘씸했지만 이미 그녀의 몸엔 대를 이을 아이가 만삭이 되어가고 있었다. 할 수 없이 노인은 기연을 경산에 있는 친척의 집으로 피신을 시켰다. 그곳에서 기연은 종걸을 낳았다. 조용한 틈을 타 다시 집으로 돌아왔지만 기연은 그제야 현실에 직면하게 되었다. 그녀의 오빠 손에 이끌려간 남편은 더 이상 소식이 없었다. 월북되었다는 소문이 들려올 즈음 노인은 아들의 사망 신고를 올렸다. 그리고 종걸의 나이 세 살이 되던 날, 기연은 집을 나갔다. 미친 듯 풀어헤친 머리를 하고 친정으로 가는 산길을 걸어가더라는 마을 사람들의 소문만 남긴 채.

빗줄기가 굵어지기 시작했다. 바람이 세차게 불며 금방 사위가 비바람에 휩싸이기 시작했다. 노인은 아이를 데리고 방으로 들어가 문을 닫았다. 아궁이에 빗발친 빗줄기가 덮치자 불씨가 그대로 꺼져버렸다. 아이는 이불을 뒤집어쓰고 노인을 바라보았다.

"할배. 어디 가지 마이소. 무서워예."

"가긴 내가 어딜 가노. 걱정 말거래이."

그때였다. 빗소리에 섞여 얼핏 들려오는 사람의 목소리. 그 소리는 점점 가까워지고 있었다. 이윽고 방문 앞에서 그 소리가 멈추자 노인이 급히 방문을 열었다.

"경호냐?"

그러나 문밖에는 검은 양복 차림의 낯선 남자 두 명이 서 있었다.

"조달현 씨 아시죠?"

노인은 황당한 표정으로 그들을 쳐다보았다. 노인의 얼굴에 실망의 빛이 감돌았다.

"영감님이 매일 배달하러 가던 그 집 남자 말입니다. 방천시장 옆집."

노인은 그 남자의 이름이 조달현이란 사실을 처음 알았다. 이들은 왜 여기서 그 남자를 찾는 걸까?

"예, 근데 무슨 일로?"

"조사할 게 있으니 함께 좀 가십시다."

"예? 조사라뇨. 내가 그 사람과 무슨? 그자가 무슨 나쁜 일이라도 한 거요? 난 아무것도 모르오, 그 사람 이름도 지금껏 몰랐는데. 그 사람한테 가서 물어보시오."

노인은 손사래를 치며 문을 당겼다.

"이봐요. 영감님. 당신이 지금 어떤 죄를 지었는지 아직도 모르겠단 말이오? 이봐. 연행해."

뒤에 있던 사내 둘이 방 안으로 들어왔다. 그들의 구둣발에서 빗물이 떨어져 바닥을 구른다.

"영감님. 왜 그리 어리석게 그놈 말을 믿은 거요? 그자가 어떤 사람인 줄 정말 몰랐단 말이요? 사상범이요. 간첩이란 말이외다. 간첩의 심부름을 매일 해준 건 인정하시겠죠? 갑시다. 조사하면 다 나오니까."

노인은 갑자기 태도를 바꿨다.

"좋소. 조사해보시오. 설사 그자가 간첩이라 해도 난 아무 죄 없소."

노인이 자리에서 일어나 방문을 나서려다 말고 뒤를 돌아보았다. 아이의 얼굴이 겁에 질려 하얗게 변해 있었다.

"걱정 말거라. 금방 돌아올 테니. 방 안에서 꼼짝 말고 기다리고 있어. 할부지 금방 갔다 와서 고향으로 내려가자."

비바람은 점점 더 거세지고 있었다. 사라호 태풍의 위력에 초토화가 된 그 해의 추석 전날이었다. 그러나 그날 노인은 돌아오지 않았다. 저녁이 되어 어둠이 내리자 비는 더 세차게 내리고 있었다. 아이는 밖으로 나와 비를 맞으며 외양간으로 갔다. 외양간 지붕이 바람에 덜컹 거리더니 한쪽이 휙 하고 날아가 버린다. 그 틈으로 비가 사정없이 쏟아져 들어왔다. 소는 구석으로 피해 있었지만 이미 몸은 흠뻑 젖어 있었다.

아이는 마구간을 엉금엉금 기다시피 하여 소에게로 다가갔다. 소의 배가 터질 듯 불러있었다. 아이는 소의 뒤를 파고들었다. 소는 따뜻한 엄마의 품처럼 아이를 품어주었다. 어둠이 깔린 밤하늘로 날카로운 섬광하나가 비치더니 이어 우르를 쾅! 하는 소리가 귀를 찔렀다.

끝.

지금은 밤꽃 필 때

“이게 뭔가, 김 부장?”

그는 자신의 책상 위에 놓인 결재판과 내 얼굴을 번갈아 쳐다보았다.

“처리하십시오.”

의외라는 듯 그의 눈이 휘둥그레졌다. 난 그때 그의 안면 근육에 흐르는 미세한 변화를 분명 보았던 것 같다. 그러나 나는 그의 책상 앞 명판만 노려보다 그마저도 역겨워 이내 고개를 창밖으로 돌리고 말았다.

– 포항공장 공장장 안 효 인 –

공장 앞 야적장엔 슬래그를 밀어 올리는 불도저의 굉음이 실내 벽면에 부딪혀 이명처럼 윙윙대는 소리를 남긴 채 사라지고 있었다.

“곧 본사와 음성회의가 시작되니까 이것은 나중에 보도록 하겠네.”

회의용 탁자 중간에 삼각형의 사운드 스테이션의 통화음이 울리는 걸로 봐서 곧 회의가 시작됨을 알 수 있었지만 난 추호도 참석할 마음이 없었다.

“아뇨. 저는 더 이상 회의에 참석하지 않겠습니다.”

“이봐, 김우현 부장!”

공장장의 다급한 소리가 미처 문을 빠져나오지 못해 허공을 맴돌다 어디론가 사라져 버린다. 나는 기획실 문을 열고 계단을 내려갔다. 그때 맞은편 연구소 건물에서 황급히 걸어오는 장기혁과 마주쳤다.

“선배, 어디가요? 곧 회의란 말이요.”

그러나 나는 연구실로 돌아와 며칠 전 미리 준비해 두었던 사물이 든 가방을 챙겨 정문을 빠져나와 버렸다. 멀리 사무실 2층 계단참에 서서 공장장과 장기혁이 무언가 말을 주고받는 소리가 들렸다. 너희들이 바라는 게 이런 거 아니었나? 속으로 비웃고 있을 그들의 모습을 지우려 나는 서둘러 회사를 벗어났다.

내겐 좀 더 자신만의 시간이 필요한 순간이었기에. 잊자. 잠시 나를 놓아버리고 한 가정의 가장이 아닌, 회사의 부서장이 아닌 나를 찾아가기가 결코 쉽지 않을 거란 생각이 들었지만 모든 결정은 이미 내려진 셈이다. 되돌아가기도 되돌리기도 싫은.

버스가 공주시외버스터미널에 도착했을 때는 벌써 오후 세시가 넘어가고 있었다. 포항에서 대구로, 대구에서 다시 기차를 타고 조치원으로, 조치원에서 공주로 가는 버스를 타고 도착하기까지 장장 다섯 시간이 소요된 셈이다. 약간은 지친 기분이었지만 자신을 되돌아보는 시간을 갖기 위해선 차라리 차를 두고 오길 잘 했다는 생각이 들었다. 나는 버스가 종점에 서기를 기다려 천천히 버스에서 내렸다. 종점 앞 시장 안은 수많은 상인들과 물건을 사러 나온 촌로들이 뒤엉켜 북새통을 이루고 있었다. 오늘이 6월 1일, 바로 공주 5일장이 서는 날인 듯 했다. 나는 시장을 벗어나 대로변으로 나가려다 말고 다시 시장 안으로 발길을 돌렸다. 아직 그와의 약속 시간이 조금 남아 있었기 때문이었다.

얼마만의 여유던가. 계속되는 지친 삶의 현재진행형으로 살아오면서 오늘과 같은 일탈을 얼마나 꿈꾸었던가. 마치 탈피를 한 번데기가 젖은 날개를 말리기 위해 잠시 숨을 고르듯 나는 천천히 그러나 꼼꼼히 시장을 훑어나갔다. 마늘, 양파, 완두콩, 비름나물, 고사리, 동자개, 부사리, 수박, 버찌, 뜰보리수 열매, 매실, 오디, 금초, 누룩 같은 것을 파는 골목을 지나자 이번에는 농기구와 옷을 파는 상인들이 눈에 띄었다. 혼잡했지만 나름 그 속엔 어떤 삶의 질서가 소리 없이 자리 잡고 있는 듯해 잠시나마 그들을 보는 내 마음이 숙연해질 무렵 어언 그와의 약속 시간이 가까워져 있었다. 길 건너 공산성이 눈앞에 들어왔지만 나는 애써 발길을 돌려야 했다. 지금쯤 회사에서는 무슨 일이 있을까. 과연 그들은 나를 찾기라도 할까? 이내 씁쓸하게 혼자 고개를 저으며 부질

없음을 스스로 깨우쳤다.

“이게 얼마 만인가?”

“그러게요. 형님. 일 년 전 혈기왕성하던 전 포항공장 임동수 공장장님은 어디다 모셔다 놓고 이런 촌로로 계실 수 있단 말입니까?”

터미널 앞에서 그를 만날 수 있었다. 마곡사행 버스를 타고 온 그는 버스가 종점에 멈추자 맨 먼저 차에서 내렸다. 그는 나를 보자 악수도 하는 둥 마는 둥 일단 시장 안 음식점으로 끌고 들어갔다.

“여전히 술집마다 눈도장을 찍으시는 덴 일가견이 있으시군요. 하하.”

몇 차례 쉬지 않고 술잔을 주고받은 후에야 우리는 서로를 마주 보았다. 회색 작업복에 노란 안전모를 쓰고 공장 곳곳을 누비던 그의 모습은 어디에도 보이지 않아 나는 외려 안도했다. 올해 환갑을 맞는 그의 눈빛은 여덟 살 아래인 내가 보기에도 여유로움을 넘어 산호초가 훤히 비치는 태평양 어느 무인도의 티 없이 맑은 바다 속과 같다는 생각이 들 정도였다. 이젠 지금의 그 모습과 마음이 곧 내게도 적용되기를 바라면서.

“왜 그런 눈으로 보는가. 자네는 여전하구먼, 뭘.”

“형님 모습이 전설 속 한 마리 황금닭처럼 편안하고 우아해 보여서요.”

그는 입으로 가져가던 술잔을 입술 근처에서 멈추고 나를 한동안 바라보았다. 희미하게 휴대폰 벨 소리가 들려왔다. 벌써 여러 차례나. 그러나 난 한 번도 전화를 받지 않았다.

짧은 시간에 너무나 많은 술을 마신 탓인지 눈앞이 휘청거리며 한 바퀴 공중제비를 도는 듯 했다. 마곡사로 가는 버스는 이미 끊겨버린 시간이었다. 광정에서 택시를 타고 월가리 마을 회관 앞에 내릴 즈음엔 이미 별들이 하늘 정중앙에서 쏟아질 듯 아래를 내려다보고 있었다. 어디선가 개 짖는 소리가 들려왔다.

"마누라는 서울 딸네 집에 갔어. 부부 동반 여행을 간다고 해서 손자들 봐주러 갔거든."

"잠시 해방된 민족이십니까? 덕분에 제가 끼일 수 있어서 다행이네요. 하하."

개울물 흐르는 소리가 들리는 길을 따라 오르자 몇 채의 인가가 보였다. 길가로 보이는 담 안에서 소의 되새김질하는 소리가 서걱거리며 들려왔다.

"생각나는가? 저기 산 밑에 있는 집이 바로 그때 그 집일세."

나는 20년 전, 그와 함께 하기 휴가를 왔을 때 하룻밤 묵었던 집을 떠올렸다. 이 고장이 낯설지만은 않은 이유이기도 했다.

"그런가요? 내일 날이 밝을 때 다시 봐야겠지만 당장 떠오르는 건 대문 입구에 있던 담뱃잎 건조장밖엔 생각이 안 나는데요?"

"다 허물고 새로 집을 지었지. 담배 농사에서 밤나무로 바꾼 지도 오래됐어. 저 앞쪽과 집 뒤, 그리고 들어오던 길목에 있는 산까지 전부 밤나무 밭이거든."

고개를 돌아서 조금 오르자 새로 지은 깨끗한 집이 눈에 띄었다.

“처음 집을 지을 동안은 컨테이너에서 생활했지. 고생도 많았어. 그래도 지난 30년간의 회사생활을 생각하면 배시시 웃음이 나곤 했지. 집사람은 이런 시골구석으로 들어온 걸 여전히 못마땅해 했지만 말이야.”

청정바람 한 자락이 산고개 마루에서 아래로 미끄러지듯 스쳐 내려왔다.

“여기는 6월이라 해도 새벽엔 추워.”

그는 안방 아궁이 앞에 앉아 마른 솔잎을 불쏘시개 삼아 불을 댕기고 있었다. 불이 활활 타오르자 그는 창고에서 마른 밤을 꺼내와 아궁이 속으로 밀어 넣었다.

“무슨 일인가, 대체? 그것도 휴일도 아닌 평일날에.”

그제야 그가 처음부터 미루고 미뤘던 말을 꺼냈다.

포항공장 임동수 전 공장장. 그와의 인연은 내가 처음 이 회사에 입사를 하던 1985년부터 시작되었다. 당시 임동수는 생산과장이었고 나는 처음 몇 년 동안 실험실로 발령을 받아 근무를 했다. 그리고 오 년 뒤, 회사 내 대대적인 부서 개편이 있었을 때 나는 생산부로 보직을 변경했다. 당시 공장의 증설로 인해 제2공장이 생겨나자 생산부서 인원을 부득이 충원을 해야 할 시점에 임동수는 품질관리와 생산 업무의 연관성을 내세워 나를 차출한 것이었다. 내게도 그것은 어쩌면 좋은 기회이기도 했다. 매일 실험실에서 화공 약품 냄새를 맡으며 분석만 하기엔 일상이 너무 단조롭고 해서 일탈을 꿈꾸던 시기였다. 그렇게 해서 나와 임동수는 한 부서에서 근무를 하게 되었다. 그 후 1년 전 그가 정년퇴직을 하기까지 우리는 이십여 년 가까이 동고동락을 했었다. 그 시간 동안 우리는 한 사무실 안에서 때론 업무적 애증의 시간도 겪어야 했고 때론 몇 번씩 언성을 높이며 얼굴을 붉힌 적도 많았다. 하지만 그것은 단지 업무적인 일에서만 일어나던 일이었다. 이십여 년이란 세월이 흐르는 동안 우리는 온갖 희로애락을 함께 겪어온 탓에 그의 정년퇴임 때 난 유달리 마음이 아팠다. 밤중에라도 공장의 기계가 고장이 나서 가동이 중지되면 그와 나는 시간을 가리지 않고 회사로 달려와야 했다. 공기에 맞춰 연휴기간에 생산을 해야 할 경우에도 우리는 함께 출근했다. 우리에게 있어 회사란 하나의 삶의 기둥이요 지켜나가야 할 무언의 책임이라고 생각할 정도로 우리는 한 공장을 그렇게 지키며 살아오지 않았던가. 퇴직을 앞두고 나는 진심으로 그의 귀농을 축하해 주었다.

"형님. 잘 생각하셨어요. 이제 퇴직하시면 이 지긋지긋한 회사일은 잊고 그동안 못다 한 여행도 하시며 편히 지내세요. 형님은 충분히 그럴 자격이 있으시니까요."

그때부터 나는 퇴직을 앞둔 그에게 공장장이란 직함 대신 형님이란 말로 그를 대했다.

"귀농을 하신다는 게 좀 어리둥절하긴 하지만 한편으로는 형님

노후엔 잘 어울리겠다는 생각도 드네요. 지금까지 몸에 배인 그 부지런함을 하릴없는 시간으로 보내느니. 근데 왜 하필 충청도까지?"

"월가리가 마누라 고향이야."

그제야 나는 그의 고향도 의당이란 것을 상기했다. 언젠가 가족동반으로 그와 함께 하기 휴가를 갔던 곳이 바로 마곡사 근처 상전 계곡이었다는 사실과 그 다음 날엔 그의 고향집에서 하룻밤 신세를 졌던 기억도 떠올랐다.

그렇게 그의 퇴임시간이 서서히 다가오고 있을 무렵, 회사에서는 그의 후임을 물색하기 시작했다. 그리고 임 공장장이 퇴임을 보름 정도 앞둔 어느 날, 안효인이 새로 부임을 했다. 그는 우리와 동종 업체의 공장장을 지내기도 한 인물이었고 무엇보다 내겐 대학 2년 선배이기도 했다. 그래서 나는 오래전부터 안효인에 대해 조금은 알고 있던 터였다. 그가 근무했던 그 업체는 지난 IMF 때 부도를 맞은 후 회생을 하려 무진 애를 쓰는 것 같았지만 결국 몇 년을 버티지 못하고 파산을 맞았다는 소식을 들은 적이 있었다. 그리고 몇 년간 소식이 없던 안효인이 이곳 포항공장장으로 발령을 받아 부임을 한 것이다. 연로한 사장이 이젠 2세에게 경영권을 서서히 물려주기 위한 준비를 하던 시기이기도 했다. 상무로 취임한 사장의 아들이 안효인을 추천했고 그와 더불어 상무와 안효인이 고교 동창이었다는 소문도 들려왔다. 임 공장장이 퇴임을 하고 새로 안효인 공장장이 부임을 할 무렵 내 직책은 시험실장

겸 생산부장이란 직책 그대로였다.

그러나 안효인이 공장장으로 부임을 한 이후 회사 분위기는 묘하게 바뀌기 시작했다. 기존 실험실을 연구소로 확대하면서 소요 인력을 충원해야 했지만 그는 내게 한 마디 의사도 물어보지 않은 채 독단적으로 면접과 채용을 하기 시작했기 때문이었다. 그러던 어느 날이었다. 공장장이 나를 공장장실로 호출을 했다.

"앞으로 연구소는 공장장 직속 기관으로 하여 내가 그 업무를 모두 통제하기로 할 걸세. 그리고 자네는 품질관리 업무에서 손을 떼게."

"공장장님이 관장하시더라도 당장 품질관리 쪽을 비운다는 건 무리가 아니겠습니까? 적어도 책임자 한 사람은."

그는 귀찮다는 듯 말중동이를 잘랐다.

"그건 내가 알아서 한다고 했잖은가. 자네는 이제부터 연구개발 업무만 관장을 하란 말이야."

안효인은 나와 맞선 자리에선 언제나 인상을 찌푸리고 있었다. 그게 나에 대한 불만인지 아니면 그의 독단적인 성격인지는 몰라 조금은 의아하고 당황스럽기도 했다. 그러나 일단은 그가 학교 선배란 입장을 생각해서 모든 예우를 갖춰주려고 노력을 해온 터였다. 2년 선배라면 어쩌면 우리는 한 학년 동안은 같은 대학생활을 보냈을 수도 있었을 거란 생각이 들었지만 아무리 생각해도 그의 얼굴은 떠올릴 수가 없었다. 어쨌든 그때부터 품질관리 업무는 공장장이 혼자서 처리를 하고 있었다. 장기혁이 찾아온 것은 공장장이 부임하고 꼭 한 달이 되던 날이었다.

"선배님. 저는 대학 4년 후배 장기혁이라고 합니다."

나는 실험 중인 손을 멈추고 그를 자리로 안내했다.

"그렇다면 공장장 추천으로 연구소로 오게 되었단 말인가?"

그렇게 말을 하면서도 나는 무언가 마음이 찜찜했다. 아무리 연구소가 공장장 직속이라고는 하지만 그래도 명색이 아직은 부서장인 내게 한마디 상의도 없이 그를 데려오려는 공장장의 저의에 약간은 거부감이 생겨났다. 그동안 안효인이 내게 안하무인격으로 대했던 태도까지 떠올리자 불쾌함이 앞섰다.

"선배님 이름은 많이 듣고 있었습니다. 저도 한 때는 남부럽잖은 회사에 근무를 했지만 이번에 이 회사 품질관리 업무를 맡아달라는 공장장님의 간곡한 부탁으로 이 회사에 오기로 마음먹었습니다."

그는 마치 당장에라도 근무가 결정된 것처럼 자신만만하게 말을 하고 있어 오히려 당황한 쪽은 나였다. 나와 헤어질 때 그는 내게 이렇게 말했다.

"잠시 비를 피해 가야겠다는 생각이 듭니다. 그러니 선배님이 내 방패막이가 되어주셨으면 합니다. 난 선배가 쓴 우산 아래서 움츠리고 있으면서 비만 피하면 되니까요."

어이가 없었다. 비를 피하기 위해 잠시 이곳에 들렀다?

그리고 며칠 뒤 공장장이 다시 나를 호출했다. 회의실 의자에 앉은 그의 얼굴이 벌겋게 상기가 되어 있었다.

"도대체 자네가 후배 앞길을 막고 있는 이유가 뭔가?"

그는 내가 자리에 앉기도 전에 화부터 내고 있었다.

"무슨 말씀이십니까? 후배의 앞길을 막다니요?"

"그럼 아니란 말인가? 자네 나이 쉰이 넘은 나이에 아직 부장이란 직책이 뭔가. 더 이상 올라갈 능력이 안된다면 일찌감치 그만둘 일이지, 왜 후배들 앞길을 막고 있느냔 말이야."

"공장장님. 도대체 무슨 말씀이십니까?"

"이봐. 자네는 우물 안 개구리처럼 한 회사에서만 근무해서 사정을 잘 모르는 것 같은데 다른 회사 같았으면 자네 나이엔 벌써 이사로 진급을 하고도 남았을 걸세. 그럴 능력이 안될 땐 물론 회사를 그만두었을 테고. 근데 자네는 이것도 저것도 아니잖아. 자네 때문에 후배인 장기혁이 차장으로 직급을 받고 와야 속이 시원하겠나? 이거야 원, 자기 분수도 모르는 주제에."

그제야 나는 그의 말의 진의를 알아 차렸다. 그는 장기혁이 부장인 나 때문에 더 높은 직급도 받지 못하고 차장으로 입사를 하게 된 데 대한 화풀이를 하고 있는 것이었다. 기가 막혔다. 언제 들어올지도 모를 후배를 위해 미리 진급을 해 놓지 않아서? 그래서 후배가 부장인 나보다 낮은 직급을 받아야 하는 게 억울해서?

"공장장님. 그건 제가 마음대로 할 일이 아니잖습니까? 엄연히 회사엔 사규도 있는데……."

"그래서 지금껏 진급도 못하고 있다는 게 자랑스럽단 말인가? 장기혁 그 사람, 전번 회사에서는 자네와 같은 부장이었단 말일

세. 그런데 여기에 오면서 직급까지 깎여서 와야 속이 시원하겠냐고. 능력이 없으면 그만둘 때를 알아야지."

비로소 나는 장기혁이 안효인과 한 회사에서 근무를 했었다는 사실을 알아차렸다. 회사의 부도로 그들이 실업자로 살았던 시간들을 그들은 벌써 잊었단 말인가? 삼 년이란 긴 세월 동안의 공백을 따지더라도, 그리고 아무리 경쟁업체라곤 했지만 일 생산 능력에서 지금 이 공장의 1/10 수준에도 미치지 못하던 그 작은 회사와 비교를 하고 있는 그가 우스웠지만 나는 일단 아무런 말을 하지 않았다.

그렇게 안효인과 장기혁 두 사람의 존재는 서서히 수면 위로 모종의 정체를 드러내고 있었다. 안효인은 나를 오랫동안 함께 근무를 해온 장기혁보다 껄끄러운 상대로 인식하는 것 같은 인상이 짙게 풍겨왔다.

그렇게 해서 장기혁도 출근을 하기 시작했다. 그에게 맡겨진 업무는 제품에 대한 품질관리였다. 처음부터 공장장이 못 박았듯 내게는 단지 연구개발 업무만을 요구했고 품질관리에 대해서는 일체 언급을 못하게 했다. 그러던 어느 날 아침 회의 시간에 장기혁은 지금까지 해온 분석 방법에 대한 꼬투리를 잡기 시작했다.

"부장님. 제가 여기 온지 며칠 되지 않았지만 제일 먼저 느낀 건 지금까지 어떻게 그런 분석법으로 실험을 하셨고 또 아래 사람들에게 전수를 하셨는지 이해가 되지 않습니다. 말하자면 적어도 제가 아는 분석법과는 차이가 나도 너무 큰 차이가 난다는 점입니다. 내가 비교 분석을 해서 오차를 따져보니 자그마치 1% 정도의 편차가 생겼단 말입니다."

어이가 없었다. 무엇보다 자신이 최고인양 거드름을 피우는 모습에 나는 차라리 헛웃음이 앞섰다.

"뭐? 그럼 내가 지금껏 표준공정분석법을 지키지 않았고 또 부하 직원들에게 그른 분석법을 가르쳐 왔다는 건가?"

"그럼, 대체 이 결과는 무엇을 말하는 겁니까?"

그가 자신의 방법으로 한 분석 결과와 또 다른 결과표를 내 앞에 내밀었다. 각 주요 성분별 차이가 적어도 0.5 내지는 1% 가까이 차이가 나는 성적표.

"이건 제가 실험한 결과입니다. 보십시오. 두 분석 결과의 오차가 어느 정도인가를. 결론은 기존의 분석 방법이 잘못됐다는 게 증명이 된 셈 아닙니까?"

그는 계속해서 자신만만하게 자신의 주장을 말했다.

"처음부터 기존 분석원들이 하는 분석법에 의구심을 가지고 있었습니다. 한 마디로 지금까지 김 부장님이 해온 분석 방법은 모두 엉터리라는 겁니다."

"장 차장. 그게 무슨 소린가? 엉터리라니? 도대체 무슨 근거로 그런 소리를 하는가?"

"부장님! 아직도 고전과도 같은 그런 실험 방법을 고집하시면 안 되죠. 습식 방법에서 기계분석법으로 바뀌는 추세를 모르십니까? 제가 오자마자 처음으로 한 게 무엇인지 아십니까? 바로 그

두 분석법의 차이를 찾아내는 것이었습니다. 예상대로 기존 분석법에서 오차가 0.5% 이상 나는 것으로 결과가 나왔습니다. 이 정도의 오차범위면 너무 큰 것 아닙니까? 이런 분석법으로 어떻게 품질검사를 해왔는지 도무지 이해가 되지 않습니다. 부장님, 정말 지금의 분석법이 틀렸다는 걸 모르고 계셨습니까?"

장기혁이 분석 데이터 시트를 공장장과 내게 한 부씩 내밀며 따지듯 물었다. 그의 얼굴은 조소로 가득 차 있는 듯했다. 자신만만한 그의 말에 어안이 벙벙해져 나는 잠시 할 말을 잊고 말았다. 그때 잠자코 장기혁의 말을 듣고 있던 안효인이 나를 쳐다보며 물었다.

"그게 정말인가? 김 부장! 김 부장은 여기에 대해서 어떻게 생각하는가? 아니, 됐어. 그러니 회사 제품 수준이 이 모양 이 꼴이지. 변명 따위는 듣고 싶지도 않네. 그리고 장 차장은 앞으로 분석 방법에 대한 전반적인 표준 매뉴얼을 다시 만들도록 하게."

안효인은 더 이상 내 말을 들으려 하지도 않고 회의를 끝내고 말았다.

"부장님. 도대체 이게 무슨 소립니까? 그럼 저들은 국가기관에서 공시한 표준분석법을 무시하겠다는 겁니까?"

나와 개발 업무를 보고 있는 유민하 대리의 얼굴이 벌겋게 상기되어 있었다. 그날 이후 생산 및 품질검사에 대한 모든 권한은 안효인과 장기혁 둘만의 성역으로 변해 갔다. 새로 채용된 분석 조원 두 명도 모두 그들의 지시에만 충실했을 뿐 나와 유민하의 존재는 서서히 연구소에서 퇴색이 되어가는 참담한 기분이었다. 그때 나는 처음으로 임동수 공장장을 떠올렸다. 그와 함께 공장을 이끌어온 지난 세월이 꿈만 같았다. 그가 보고 싶었다. 아니, 지금 이런 분위기라면 당장에라도 회사를 그만 두고 그에게 달려가 옛날처럼 밤새 술잔을 기울이며 억울한 심정을 토로하고 싶은 심정이었다. 네 명의 품질관리 분석 조원이 있는 품질관리 팀과는 달리 연구개발 팀엔 유민하만이 내 곁에 남아 있었다. 유민하도 지금의 이 상황이 믿겨지지 않는다는 듯 종종 내게 술자리를 함께 하자는 날이 잦았다. 그때마다 그는 나보다 더한 울분을 토하곤 했다.

그러던 어느 날, 유민하가 현장에서 돌아오더니 내게 말했다.

"부장님, 아무래도 현장에 투입 원료가 많이 바뀌어 가는 것 같아요. 저번에 우리에게 원료 샘플을 보내서 사용성을 타진해달라던 그 B업체의 물건이 들어오는 것 같아요. 부적합으로 두 번이나 퇴자를 놓았던 그 업체 물건을 말입니다. 그리고 지금 생산되는 제품의 품질이나 규격도 옛날 같지가 않아요. 내가 한번 모르게 분석을 해봤더니 글쎄 성분이……. 그뿐만이 아닙니다. 자주 장 차장과 공장장이 그 업체에 들르는 걸로 봐서는 원료를 받는 조건으로 어떤 뒷거래가........"

그리고 유민하의 그 다음 말에 나도 할 말을 잃고 말았다.

"그 회사가 왜 망했는지 아십니까? 제가 아는 사람을 통해 듣기로는 안 공장장과 장 차장이 전번 회사에 근무할 때 영업과 원료

구매 쪽에서 많은 뒷거래가 있었고 그게 쌓이고 쌓여 걷잡을 수 없을 만큼 커지는 바람에 부도를 맞았다는 이야기가 공공연히 들려오고 있더라고요. 회사는 어떻게 되든 나 몰라라 하며 자기 실속만 챙겼다는 겁니다. 이미 이 업계에서 아는 사람은 다 알고 있는 사실입니다."

"확실하지 않으면 함부로 말을 하지 말게나."

나는 일단 유민하의 말을 끊어 놓았지만 나 역시 마음이 무거운 시기였다. 그런 우리 마음을 눈치라도 챈 것일까? 어느 날 공장장이 현장에서 나를 호출했다. 그는 새로 들어오기 시작하는 B회사 원료 앞에 서 있었다. 원료별 칸막이가 있었지만 해체된 분말 원료가 흘러 내려 두 원료가 서로 뒤섞여 있었다.

"김 부장. 자네는 연구소 팀장으로서 지금 눈에 보이는 이 상황이 어떻다고 보는가?"

"무슨 말씀이십니까?"

"원료 적재장의 꼴이 무언가 말일세. 투입 원료별로 구분이 되어 있어야 할 하치장에 저렇게 원료가 함께 섞여 있는 게 눈에 보이지 않는단 말이야?"

그는 뒤섞여 있는 원료를 향해 침을 퉤 하고 뱉었다. 순간, 그동안 참아왔던 그 무엇이 입 밖으로 튀어나왔다.

"공장장님. 그럼 제가 저 원료들을 저렇게 섞어 놓으라고 지시라도 했다는 말입니까?"

"뭐야?"

"그렇잖습니까. 제게 연구개발 업무만 하고 품질관리 업무는 손도 못 대게 한 사람이 누구란 말입니까? 당연히 이런 일은 장 차장이 해야 할 일이 아닙니까? 표준공정분석법도 못 믿으시면서 왜 원료가 뒤섞인 것에 대해선 저한테 말하는 겁니까. 이런 사안도 당연히 품질관리 쪽에서 생산부에 지적을 해 줘야하는 것 아닙니까? 그리고 툭하면 제가 장 차장 진급을 막았다고 자꾸 그러시는데 그게 그렇게 억울하시면 공장장님 직권으로 부장이든 이사든 진급을 시키십시오. 그러면 될 것 아닙니까? 난 분명 이 업무와는 상관이 없으니까 더 이상 여기에 있을 이유도 없는 것 같네요."

얼굴이 벌겋게 상기된 채 내 얼굴을 쳐다보는 공장장의 얼굴이 하얗게 질리고 있었다. 나는 두말 않고 뒤돌아서 연구소로 돌아오고 말았다. 무엇보다 내가 아쉬웠던 건 그들이 모두 나와 학교 선후배 관계였다는 사실 때문이었다. 같은 동문끼리 서로 아껴주며 배려해 주지는 못할망정 서로를 헐뜯고 시기를 하고 있다니. 그런 배신감이 나를 참담하게 만들고 있었다.

새벽까지 이어진 온돌의 온기 때문일까. 간만에 개운하게 잠에서 깼다. 임동수는 벌써 일어나 마당에서 분주하게 일하고 있었다. 아궁이에 다시 벌겋게 불이 달아오르고 솥에서는 여물이 구수하게 익어갔다. 소에게 여물을 주고 닭장에서 계란을 주워 담는 그의 모습에서 이젠 노후의 평온함이 한껏 묻어나는 것 같았다.

"귀농인의 애환을 넘어 이젠 품격이 느껴지는데요? 이 년 만에 이룬 쾌거치곤 너무 넘치시는 것 같아요."

그를 따라 마당 한쪽에 있는 비닐하우스를 지나 뒷산으로 발길을 돌렸다.

"저 산을 보게나. 온통 아름드리 뒤덮은 밤나무의 굵은 그루터기를. 그에 비하면 이깟 오 년생 애송이들을 보고 품격이란 말을 쓸 수가 있겠는가? 이제 시작인데."

올해 오 년 차 밤나무 묘목이 집 뒤 야산에 가는 가지를 뻗고 듬성듬성 심어져 있었다. 산 아래 지난번 휴가 때 하룻밤을 보낸 집이 눈에 들어왔다.

"그때 아침에 세수를 하러 대문 밖으로 나왔을 때 집 앞으로 흐르던 맑은 계곡물이 생각납니다. 물속 작은 고기들이 떼 지어 다니는 모습이 아직도 생생한데."

"지금도 여전해, 여긴."

밤나무 묘목을 심어둔 야산을 중간쯤 오르자 오른쪽으로 고추밭이 보였다. 천 평 정도의 밭에 심어둔 싱싱한 나무들이 가을의 수확을 향해 달려가는 듯했다. 일사불란하게. 근데 내 마음은 왜 이리 태풍이 휩쓴 황야처럼 허전하기만 한 걸까?

"형님이 부럽습니다. 저는 언제쯤 이런 여유를 부릴 수 있을까요?"

"그러기엔 너무 이른 것 아냐?"

나는 잠시 할 말을 잃고 말았다. 사회생활의 치열함이 나를 이런 궁지로 몰아넣은 것은 아닌지, 갑자기 약해진 마음을 나는 여전히 추스르지 못하고 있는 것 같았다. 윙윙! 고추밭 옆 공터에서 몇몇 촌로들이 참나무 둥치에 드릴로 구멍을 내어 버섯 종균을 넣느라 분주하게 움직이고 있었다.

아침 식사를 마치고 우리는 버스를 타고 마곡사로 향했다. 유구 쪽으로 갈라지는 길에서 우회전 한 차는 곧장 마곡사 입구 주차장으로 거침없이 달려 나갔다. 입구 장승마을에 높게 서 있는 장승과 솟대의 시선이 계속 나를 보며 따라오고 있었다. 고즈넉한 산길을 걸어 계곡물이 흐르는 마곡사로 향했다. 먼저 대웅전으로 들어가는 다리 앞에 있는 명부전으로 들어가 삼배를 올렸다. 지장보살의 눈길이 나를 계속 지켜보는 것 같았지만 나는 한동안 좌선을 하듯 눈을 감았다. 지금 내게 무슨 일이 일어나고 있는 걸까? 색즉시공 공즉시색이란 말처럼 지금의 모든 순간이 허공으로 흩어지고 마는 연기에 불과한 것이었으면. 잠시 앉아 있는 것만으로도 마음이 안정되는 것 같았다. 대웅전으로 들어가는 다리 아래 깨끗한 계곡물 속에 유유자적 유영하는 잉어떼들의 스스럼없음이 잠시 발길을 잡았다.

"저 속에서도 자연의 질서와 생존의 위협은 언제나 공존하고 있어. 겉으로 보기엔 평화로워 보이지만 말이야."

햇살이 높아지면서 송림의 그늘이 점차 넓이를 줄여가고 있었다.

"생각나세요? 저 아래 계곡에서 마셨던 동동주?"

나는 문득 20년 전, 의당에서 마곡사 상원 계곡까지 지게에 음식을 지고 온 임동수의 아버님을 떠올렸다.

"건강하셨지. 그래도 세월에 장사가 없다고 몇 년 전 그렇게 가시고 말았어."

"덕분에 그땐 형님 고향집에서도 하루를 묵었죠. 우리 세 식구는 덤으로 신세를 졌지만."

"그때 자네 딸이 다섯 살이었던가?"

"예. 벌써 대학 졸업반이니."

계곡물이 손사이로 빠져나가느라 손가락이 간지러웠다. 그가 잠시 침묵을 깨고 먼저 입을 열었다.

"이제 본론으로 들어가서 내가 자네를 좀 채근해야 되겠네. 직장 생활을 하루 이틀 하는 것도 아닌데 그깟 동료들과의 갈등 때문에 사표나 던지고 온 자네를 어찌 반갑게 맞을 수만 있겠는가. 자넨 아직은 아니야. 아직 자식들 뒷바라지도 끝나지 않았는데 이렇게 무책임하게 도망쳐 오다니. 다시 돌아가게나. 잠시 머리를 식혔다고 생각하고."

갑자기 눈물이 핑 돌았다. 안효인과 장기혁의 얼굴이 눈앞에 어른거리더니 빠르게 바위틈으로 흘러나가는 물줄기 속으로 휩쓸려 내려갔다. 또 다시 전화벨 소리가 울렸다.

내가 회사에 사표를 던져야 했던 결정적인 사건이 일어난 것은 지난달 5월 초순, 00학회가 열리던 날이었다. 대학과 국가 연구기관, 그리고 각 기업체에서 참석하는 춘계 학회는 학술발표를 참관하는 것 외에도 기업체 참석자들에겐 오랜만에 경쟁업체의 실무자들과 어울릴 수 있는 주요 매체이기도 했다. 올해 춘계 학회가 열리는 장소는 제주도에 있는 모 대학교 학술관이었다. 나는 그날 아침 첫 비행기로 제주도로 향했다. 오랜만에 만나는 반가운 얼굴들이 눈에 띄었다.

"안효인과 장기혁이 자네 회사로 갔다면서?"

그들은 대뜸 그들에 대한 얘기부터 물어왔다. 그들의 표정엔 어떻게 그럴 수가 있지? 하는 의문으로 가득한 듯 했다. 잠시 그들과 얘기를 나눈 뒤 우리는 다시 학술관으로 들어갔다. 유민하로부터 전화가 걸려온 것은 발표회장에 들어가 자리에 막 앉으려는 순간이었다.

"뭐? 자재검사소에서 시료 발췌검사가 나왔다고?"

예고도 없던 불시 점검이었다. 매년 두 차례 해당업체에서 생산되는 샘플을 현장에서 직접 시료를 채취해 허가 성분에 적합한지 검사하곤 했지만 올해는 이미 지난 4월 정규 검사기간 내에 한 번 다녀간 터였다.

"장 차장은 자리에 없었나? 함께 대동하여 현장에 가지 않았냐고?"

당연히 품질관리 책임자가 그 업무를 해야 했다. 더군다나 나와 유민하에게조차 불가침의 성역처럼 품질관리에 대한 업무를 자신의 바운더리에 묶어놓고 아무도 범접을 못하게 하던 그들이 아니었는가.

"뭐? 출장? 내가 학회에 간 줄 뻔히 알면서 출장을 갔다고? 그것도 공장장하고 둘이서?"

그들이 출장을 간 곳은 어이없게도 부 원료를 공급하고 있는 B 공장이라고 했다. 자신들이 마음대로 원료 공급업체를 바꾼 것도 모자라 직접 방문이라니. 그들의 검은 속셈이 눈에 보이는 듯 했다. 그들만의 뒷거래를 생각하자 또 다시 불쾌함이 밀려왔다.

"알았어. 일단은 샘플링한 제품의 날짜를 확인하고 채취하고 남은 시료는 빨리 분석기관에 넘겨. 그리고 자체 분석도 잊지 말고."

그러나 문제는 거기서 끝나는 게 아니었다. 발췌 검사가 단지 공장에서만 이뤄진 게 아니라 제품이 출하된 현장에서도 현지 발췌가 이뤄졌다는 점이었다. 동일 제품이 생산되는 다른 업체에 어떤 문제가 발생된 게 분명했다. 한 번 문제가 생기면 동종 업체에까지 불똥이 튀는 게 업계의 생리였으니까. 현지 발췌 장소는 예산군의 어느 하치장이라고 했다. 나는 결국 이틀간의 학회 일정을 접고 서둘러 공장으로 복귀하고 말았다. 공교롭게도 사내 발췌는 물론 현지 발췌 제품의 생산일자가 모두 보름 전인 것으로 밝혀졌다.

발췌해 간 시료의 분석 결과를 받아든 것은 그로부터 일주일 뒤였다. 공장 자체검사 결과는 물론 현지에서 발췌한 샘플의 검사 결과가 터무니없이 뒤엉켜 있었다. 그것은 상하한 10% 범위 오차에서도 한참을 벗어난 것이기에 더 당혹스러웠다. 성적서를 쥐고 장기혁이 있는 분석실로 내려갔다.

"장 차장. 도대체 어떻게 된 일이야? 같은 샘플인데 검사기관의 결과와 우리 자체 분석 결과가 이렇게 차이가 나는 이유가 무언가?"

그러나 장기혁의 태도는 오히려 당당했다.

"걱정 마십시오. 우리가 분석한 결과가 정확하다는 게 곧 밝혀질 테니까요."

그의 얼굴에는 내 말 따위는 무시하려는 거만함이 잔뜩 묻어 있었다. 그리고 발췌 검사 보름 만에 정식 공문이 회사로 날아왔다. 예상은 하고 있었지만 결과는 불합격이었다. 더구나 그 정도의 성적이라면 당연히 3개월 영업정지에 해당하는 것이었다. 물론 그 결과는 고스란히 본사에 보고되었으며 영업정지라는 통보서를 받아 든 본사에서는 발칵 뒤집어지고 말았다.

"도대체 어떻게 된 일이야. 여태껏 한 번도 이런 일이 없었는데, 그것도 한창 성수기에 이런 날벼락을 맞다니 앞으로 제품 판매는 물론 회사 이미지가 어떻게 되는가 말이오."

즉시 소집된 본사 회의에서 사장은 노발대발했다.

"당장 해결방안을 모색하고 관련 부서에서는 경위서를 제출하도록 하시오."

그때 장기혁이 나섰다.

"사장님. 걱정 마십시오. 제가 내일 분석기관에 동일 시료를 가지고 가서 의의 신청을 내고 재검을 요청하도록 하겠습니다. 만약 그렇게 해서도 결과가 같다면 그땐 제가 책임을 지겠습니다."

"확신할 수 있는가? 장 차장?"

사장의 목소리에 반신하는 기색이 역력했지만 달리 방법이 없는 탓인지 일단은 장기혁의 안을 받아들이고 있었다.

"부장님, 정말 우리 분석법이 잘못된 것일까요?"

장기혁이 입사하기 전부터 나와 함께 분석 업무를 해온 유민하가 걱정스럽게 물어보았다.

"걱정하지 않아도 돼."

나는 유민하의 말을 잘랐다. 장기혁이 스스로 기름을 지고 불속으로 뛰어드는 격이란 생각이 가득했지만 일단은 결과가 나오기까지 기다려보기로 했다.

다음 날, 장기혁은 자신이 직접 준비한 샘플을 들고 수원에 있는 국립기술연구원으로 출장을 떠났다. 그는 출장 준비를 하는 내내 자신만만한 표정이었지만 난 아무런 말도 하지 않았다. 옳고 그른 것은 분석 결과만이 대답을 해줄 것이다. 내가 그렇게 속으로 벼르고 있는 데에는 나만의 이유가 있었기 때문이다. 지난 이십여 년 동안 나는 정기적으로 새로 입사한 분석원들의 실험 교육을 직접 분석기관에 의뢰를 해온 게 한두 번이 아니었기에. 물론 유민하 역시 분석기관에서 정식으로 교육을 받은 그들 중 한 명이었다.

예상대로 그 결과는 보기 좋게 장기혁의 패배로 끝나고 말았다.

분석기관에서 같은 샘플로 분석한 결과는 정확히 1%의 오차가 있었다. 결과적으로 장기혁의 분석 방법이 틀렸다는 것이 이번 합동 분석으로 인해 확연히 증명된 결과를 낳고 말았던 것이다. 출장에서 돌아온 장기혁의 얼굴이 벌레 씹은 표정으로 일그러져 있었다.

"뭐야? 분석 방법이 잘못되었다니 그게 무슨 말이야? 장 차장."

공장장은 아침 미팅 시간에 앞서 장기혁의 보고를 받으며 얼굴이 붉으락푸르락하고 있었다. 그것은 장기혁을 내세워 나란 존재를 짓밟은 뒤 자신들의 성역을 구축하려던 그들의 음모에 커다란 구멍이 생긴 것이나 마찬가지였다. 자신의 수하인 장기혁으로 인해 자신의 위상이 보기 좋게 구겨진데 대한 분노이기도 했다.

나는 거기에 대해서도 일단 아무 말 하지 않았다. 그것으로 모든 게 밝혀진 셈이었으니까. 본사에서는 연일 간부회의를 소집해 영업정지에 대한 대책과 회사의 이미지 실추에 대한 해결방안을 내놓으라고 몰아세웠다.

"결국 아무런 방안도 없이 그냥 영업정지를 받아들여야 한다는 거요? 사안이 이렇게 크게 벌어졌는데도 누구 하나 책임을 지겠다고 나서는 사람이 없다는 게 말이나 되는 소리냐 말이오."

사장의 노한 목소리가 사운드 스테이션의 스피커를 타고 회의실로 저렁저렁 울려 퍼졌다. 그때 잠자코 말이 없던 공장장이 마이크를 들었다.

"사장님. 일단은 관련 기관 담당자를 찾아가 어떻게든 해결을 하도록 하겠습니다. 그리고 당연히 이런 결과에 대한 책임을 물을 사람도 필요합니다. 지금 상황에서는 꼭 한 사람이 그 일을 짊어져야할 것입니다."

"이 사람아 요즘이 어떤 시대인데 담당자에게 뇌물을 주고 빠져나올 궁리를 한단 말인가. 저번 회사에서는 그렇게 했는지 몰라도 우리 회사는 그런 편법을 받아들일 수 없네. 다시 말하지만 공장장과 장 차장이 오기 전까진 한 번도 이런 일이 없었소. 그래 말해 보게나. 책임을 져야할 사람이 누군가? 공장장 자넨가?"

"사장님. 저도 공장 업무를 총괄하는 입장에서 도의적인 책임을 벗어날 순 없다고 생각되오나, 향후 두 번 다시 이번과 같은 일의 재발을 막기 위해서는 먼저 연구소장에게 책임을 물어야 한다고 생각합니다. 바로 김우현 부장이 책임을 지는 게 당연하다고 봅니다."

공장장의 눈이 나를 빤히 쳐다보고 있었다. 그는 그 시선을 내게 못 박은 채 또박또박 말을 해나갔다. 마치 그 시선 속 밧줄로 나를 옭아매어 전화기 속으로 쑤셔 넣듯. 마지막 말에서 그의 입꼬리가 조소로 비스듬히 찢어지고 있었다. 장기혁은 한마디 말도 없이 맞은편 자리에서 눈을 감고 앉아 있었다.

혼자 갈 수 있다는 말에도 굳이 임동수는 시외버스터미널까지 나를 배웅하러 따라 나왔다. 공주시내버스 종점에서 내려 길을 건너려는 순간 전화벨이 울렸다. 본사 기획실이었다.

"받아보게나."

임 공장장이 채근하는 바람에 나는 할 수 없이 전화를 받고 말았다. 기획실장은 일방적인 통보만 하고 전화를 끊고 만다. 잠시 정신이 산만했다. 그러나 어제 저녁부터 마음속으로 결정한 내 마음엔 변함이 없었다. 다시는 돌아가고 싶지가 않았다. 그런 나를 유심히 쳐다보던 임동수가 내 팔을 잡아끌었다.

"잠시 한 군데 들렀다 가면 안 되겠나?"

그가 나를 이끌고 간 곳은 터미널 앞 공산성이었다. 그러고 보니 두 번째의 방문이었지만 눈앞에 두고도 그냥 지나칠 뻔한 곳이기도 했다. 우리는 쌍수정 앞에 섰다. 그 앞으로 쌍수정의 내력에 대한 안내문이 눈에 띄었다.

"내가 왜 이곳으로 자네를 데려온 줄 아는가?"

나는 임동수의 말에 뜨악하니 바라만 보았다.

"그냥 못 이기는 체 돌아가란 뜻이야. 옛날 인조가 여기에 머물렀다 이괄의 난이 평정된 뒤 다시 서울로 돌아갔듯이 자네도 올바른 길이라 생각되면 그냥 그 자리로 돌아가 앉으란 말일세."

"무슨 말씀이세요?"

"어제 본사 기획실에서 자네 몰래 내게 전화가 왔었네."

"그렇다면 좀 전에 내가 기획실장에게서 받은 전화 내용을 미리 다 아셨다는 뜻인가요?"

"내가 무슨 역할을 했겠냐마는. 이제 모든 게 밝혀진 이상 자네가 여기 있을 이유가 없지. 가서 마지막까지 그 회사에 필요한 사람이 되어 유종의 미를 거두기를 바랄 뿐이네. 우리가 한 평생을 바쳐 회사에 근무한 이유가 무언가. 무언가 좋은 족적을 남기고 떠나간다는 자긍심 아니던가. 나 또한 그랬었고."

무슨 말을 하려다 말고 나는 피식 웃고 말았다. 그런 내게 임동수가 웃으며 종이가방을 내민다. 아직도 따뜻한 온기가 남아 있는 무엇이 손에 잡혔다. 노란 고물이 묻은 인절미의 말랑한 촉감이 손에 그대로 느껴졌다.

"뭡니까, 이게? 그럼 형님이 인조에게 절미를 바쳤다던 그 임서방이라도 되시는 겁니까?"

"하하. 자네가 인조를 하게나."

"아뇨. 전 웅녀에게서 벗어나고자 고미나루에서 도망친 나무꾼을 하겠습니다."

"예끼 이 사람. 도망부터 치고 보는 그런 책임 없는 사람을 하겠다니."

길을 돌아 금강이 내려다보이는 공북루 앞에 섰다. 강 건너 신시가지가 잡힐 듯 눈앞에 다가왔다.

"미리 세월을 앞당기지 말게나, 나처럼. 정년을 채우고 돌아와도 늦지가 않아. 그땐 여기와도 언제든지 쌍수를 들고 환영을 해주지."

문득 조금 전 기획실장이 전화로 한 마지막 말이 떠올랐다.

"사장님의 명령일세. 연구개발실을 본사나 공장 소속도 아닌 별도의 사장 직속부서로 독립시키겠다는 말이네. 당연히 자네가 그

책임을 맡아야 하고. 그리고 공장장은 생산부장으로 직급을 내려 발령을 냈다네. 장기혁 차장은 총무과로. 그것도 삼 개월 시한으로."

무작정 달려온 이곳에서 보낸 이틀간의 여정이 못내 아쉽기만 했다. 버스를 타고 조치원으로 향하면서 나는 멀어져 가는 금강을 바라보았다. 어디선가 비릿한 밤꽃의 스퍼민 향이 코끝을 스치며 지나갔다. 벌써 밤꽃의 계절이던가.

끝.

크레바스를 오르다

사랑이란
가슴에 묻을 줄도 알아야 한다
이별이란
어느 곳에도 존재하니까
사랑의 집착이 되어 머물고 싶은 때
과감하게 떠나라, 보내라

크레바스를 오르다

밤새 비는 맹렬했다.

저 굵은 빗줄기는 어디서 오는 것인가. 20층 빌딩 속에 갇힌 나는 그 높이보다 더 높은 곳에서 떨어져 내리는 비의 낙하를 창밖으로 바라본다. 직선으로 내려와 대리석 바닥에 요란한 입맞춤을 하는 순간 사라지고 마는 포말. 새로 전학 온 아이처럼 아직도 난 이 공간이 어색하다. 자정이 넘은 시간. 텅 빈 건물 안의 고요. 그래서일까. 빗줄기를 맞은 바닥의 포효에 내 몸이 움츠러든다.

그 순간, 울려오는 한 통의 전화벨 소리.

"oo 빌딩 경비실입니다."

수화기 너머의 목소리는 숨을 고르기라도 하듯 한참이 지나서야 말소리가 들려왔다.

"여기 15층인데요. 엘리베이터가 모두 작동을 하지 않아요. 아까부터 기다리고 있는데……"

나지막한 여자의 목소리는 반은 빗소리에 실려 내 귓전에 닿기도 전에 허공으로 흩어져 버린다. 순간, 나는 데스크 옆 CCTV 화면을 쳐다보았다. 그러나 각 층 복도마다 설치된 카메라에 잡혀오는 건 캄캄한 암흑상태일 뿐이다. 모두가 퇴실을 한 지 30분이나 지났는데. 혹시라도 복도의 불이 고장이 나서 내가 지금껏 사무실에 사람이 남아 있음을 몰랐던 것일까? 그러나 나는 이내 고개를 흔든다. 정확히 밤 11시 30분에 난 21층 옥탑에서부터 지하 4층까지 순찰을 돌며 아무도 없음을 확인을 했었고 따라서 그와 동시에 현관 출입문을 잠근 지 오래였기 때문이다.

"여보세요? 15층이라고 하셨나요? 일단 복도에 불을 켜보세요."

"지금 불이 켜져 있어요."

"예? 복도에 불이 켜져 있다고요?"

다시 화면을 주시했다. 여전히 개별화면은 모두 캄캄한 상태 그대로였다. 순간 나는 머리를 둔기로 맞은 듯 잠시 멍하니 있어야 했다. 뭐가 잘못된 것일까. CCTV 고장? 나는 얼른 수화기를 놓고 엘리베이터 앞으로 다가갔다. 밤이면 4대 중 한 대만 비상용으로 살려두고 나머지는 모두 전원을 끈 상태였고 가동되는 한 대는 일층에 멈춘 상태로 있었다.

"잠시 기다리세요. 제가 올라갈 테니까요."

나는 플래시를 챙겨들고 급히 엘리베이터를 타고 15층으로 올라갔다. 윙 하며 하늘로 솟구치는 엘리베이터 앞에서 나는 공연히 가빠지는 심장소리를 느낄 수 있었다. 그리고 드디어 15층에 엘리베이터가 멈추고 문이 스르르 열렸다. 그 시간이 내겐 너무나 길게 느껴졌다. 그러나 문이 열리자 내 눈 앞에 보이는 건 캄캄한 어둠뿐이었다. 15층 **생명 사무실 앞에 덩그러니 서 있는 광고판 속의 사내가 실물 크기로 서서 활짝 웃고 있었다. 그 뿐이었다. 도대체 그럼 그 여자는 어디에 있다는 말인가. 서둘러 다시 로비로 내려왔다고 느끼는 순간, 또 다시 들려오는 벨 소리. 나는 문이 채 다 열리기도 전에 데스크로 뛰어가서 수화기를 들었다.

"저기요. 분명 15층이라 하셨죠?"

"예, 맞아요. 여기 15층 1호기 엘리베이터 앞이라고요."

그녀의 전화를 끊고 다시 15층으로 향했다. 그러나 다시 그곳에 도착했을 때에도 암전된 복도 속 어둠은 여전히 내 몸을 삼킬 듯 시커먼 입을 드러내고 있을 뿐 그 어디에도 여자의 모습은 보이지 않았다. 순간, 소름이 너울처럼 온몸으로 퍼지기 시작했다. 창밖에 비는 여전히 사납게 창문으로 몰아치고 있었다.

벌써 며칠째 계속되는 이상한 징조. 불길한 예감이 들었다. 처음 그 징후를 느낀 것은 나흘 전, 마지막 순찰을 돌 때부터 시작되었다. 20층에서 지하 4층까지 층마다 빈 사무실을 확인하며 계단을 내려올 때 들리던 이상한 소음, 환시와도 같은 희미한 물체의 움직임. 그것은 지금껏 한 번도 느끼지 못했던 경험이었다. 그때마다 나는 머리털이 쭈뼛하는 느낌과 등 뒤를 타고 내리는 써늘

한 기운을 느껴야 했다. 마치 누군가의 혼령이 미행하는 듯해 나는 자주 걸음을 멈추고 뒤를 돌아보아야 했다. 그러나 그곳에는 아무도 없었다. 섬뜩했다.

다음 날 아침 근무 교대를 하고 집으로 돌아왔을 때 아내는 여느 때처럼 조용히 빈방에 혼자 돌아누워 있었다. 나의 기척에도 그녀는 미동도 하지 않는다. 방문 앞에서 잠시 깊은 한숨을 쉬던 나는 거실 소파에 깊게 몸을 묻었다. 24시간 근무를 한 피로감이 한꺼번에 몰려왔다. 이 일을 시작한지 어느새 두 달째. 아직도 난 시차에 적응 못한 여행객처럼 언제나 눈에 모래를 부어놓은 듯 까칠해져 있곤 했다. 겨우 불혹을 넘긴 나이에 정년을 지난 사람들의 전유물로 여겨지는 경비 근무를 설 때의 낯설음. 매일 지나치는 검은 정장 차림의 또래 회사원들을 보고 있기란 쉬운 일이 아니었다. 일종의 자격지심이었다. 그러나 그건 변명일 뿐이다. 처음부터 내겐 직장이 지금껏 없었다. 대학을 졸업하고 취업을 했지만 적성에 맞지 않는다는 이유로 오 년이 채 안 되어 그만둔 이후로 난 더 이상 취업을 선택하지 않았다. 아내와는 대학교 시절부터 동갑내기 커플로 지내기 시작한 사이였다. 그녀는 졸업 후 정공법으로 전공을 살려 시각디자인 계열 회사에 취직을 했다. 그리고 3년 뒤 우리는 결혼식을 올렸다. 작은 아파트에서(지금도 우리가 살고 있는) 우리의 보금자리로 잡아 살아가기 시작했다.

"힘들어? 바보같이. 그것도 못 버틸 거면서."

말은 그렇게 했지만 그녀는 내가 회사에 사표를 냈을 때에도 더 이상 말을 하지 않았다. 그녀는 자신의 일에 충분히 만족해하는 삶을 즐긴 탓이었는지 남편인 내가 자신을 부양할 가장으로서의 역할을 서서히 포기하며 차츰 집안에 외골수로 틀어박힐 때에도 그녀는 닦달하거나 조급증을 내는 일이 조금도 없었다. 그렇게 우리의 결혼 생활은 마치 계약 결혼을 한 것처럼 자신만의 공간을 스스럼없이 가르면서도 서로를 가족이란 이유로 침범하는 일은 별로 없었던 것 같다.

다음 해엔 그토록 기다리던 아이를 가졌다. 그러나 직장 생활로 무리를 한 탓인지 그녀는 8개월에 접어들던 어느 날 유산을 하고 말았다. 여자로서 당연히 가져야 할 본능적인 모성애에 그녀는 한동안 우울증에 빠졌다. 나 역시 달팽이 껍질을 짊어진 듯 외로움을 느껴야 했다. 내 삶의 변화를 위해, 아니 자신을 위해 새로운 직장을 가지려는 시도도 번번이 물거품처럼 무산되어버렸을 때의 허탈감. 아이는 한 줌의 재가 되어 바다에 뿌려졌다.

아이를 잃고 나자 그녀의 신경이 날카롭게 변하기 시작했다. 그녀는 마치 아이를 잃은 그 모든 원흉이 내게 있었던 것처럼 사사건건 나를 간섭하기 시작했다. 그 첫 번째 이유로 그녀는 내가 아직도 취직을 못하고 있다는 것을 문제 삼았다.

"언제까지 내가 가장 노릇을 해야 하는 거야? 내가 부족하니 눈높이를 낮춰야 한다는 것도 알아야지. 나도 힘들어."

그녀의 말은 더 이상 오르지 못할 나무를 오르려는 헛물을 켜지 말라는 암시이기도 했다. 그 나이에 입맛에 맞는 직장이 어디 있겠느냐는 일종의 허튼소리이기도 했다. 처음으로 그녀는 내게 자존심을 긁어내렸다. 그러나 난 아무런 말도 할 수가 없었다. 부모형제도 없는 고아 신세인 내가……. 명절이 되어도 먼 친척과의 왕래마저 이젠 거의 끊어지다시피 한 마당에. 외로웠다. 고독이란 진부한 단어가 생생하게 내 가슴을 칼로 찢고 그 상처 난 살 속으로 파고 들어오기 시작했다.

쌀을 씻고 냉장고를 뒤져 다 시들어 가는 파를 썰어 된장국을 끓였다.

"식사 안 할 거야?"

그러나 아내는 여전히 말이 없다. 그녀의 뒷모습에 감추지 못한 오열이 물결처럼 출렁인다. 아내가 나처럼 집에 틀어박히기 시작한 건 내게도 뜻밖의 사실이었다. 일 년 전 그 일이 있은 뒤부터 아내는 직장을 그만두었다. 그리고 어느 날 내가 그랬듯, 사표를 던졌다. 고의든 자의든 그건 문제가 되지 않았다. 그날, 그 사건만 없었어도 아마도 그녀는 지금도 활기찬 커리어우먼으로 대외활동에 여념이 없을 것이었고 집에 와서는 내게 최소한의 자존심만을 허락한 채 지금껏 나를 벽면 불 내지 투명 인간 취급하지는 않았을 것이다. 어쩌면 그 사건으로 말미암아 나는 비로소 자신을 바깥 세계로 끌어내었는지도 몰랐다. 그만큼 그녀의 갑작스런 칩거는 내겐 충격이었고 그 충격에 튕기듯 나는 어쩔 수 없이 지금의 자리로 스며들어야 했다. 내가 그녀를 위해 돈을 벌어야겠다는 사실은 처음부터 어색했지만 그게 내가, 그리고 아내가 살아가야 할 방법이기도 했다. 그 변화를 예견한 듯 그러나 낯설게 받아들이는 건, 아내도 마찬가지였다. 그런 부조화 때문인지 그녀는 첫날부터 방 안에서 꼼짝을 하지 않았다. 어떻게 저렇게 종이인형처럼 한 자리에 틀어박힐 수 있을까 하는 의문이 계속 차오르기도 했다. 처음 반년을 그렇게 숨 막히는 동거 아닌 한 울타리 속 별거 상태로 지내던 나를 밖으로 내몬 것은 가장 먼저 다가온 생활비 때문이 첫 이유였다. 그리고 하얗게 질릴 정도로 숨 막히던 그 공간을 잠시라도 벗어나기 위한 것이 두 번째 이유였다. 그때 내가 할 수 있었던 가장의 역할은 경비직이란 최소한의 직업군을 찾아야 할 만큼 내겐 재고의 여지가 없는 상태였다. 불혹의 나이에.

다음 날, 근무 일. 그리고 다시 혼자 맞아야 하는 밤. 어둠이 깔리자 왠지 모를 으스스한 기운이 감돌기 시작했다. 그저께처럼 비는 오지 않았지만 가을바람에 낙엽이 스산하게 거리를 굴러다니는 모습이 자신의 모습처럼 처량하게 보였다. 그날도 20층 각 사무실의 입주자들은 밤 11시가 되자 거의 대부분 퇴근을 했다. 나는 현관문에 시건장치를 하고 순찰시간이 되기를 기다렸다. CCTV 화면은 캄캄하다. 가끔 바람이 지나치는지 화면 우측 아래에 빨간 불이 점멸하고 있었다. 순찰을 돌아야 할 시간이었다. 갑자기 숨이 막힐 듯 가빠지기 시작했다.

플래시를 들고 20층에서 엘리베이터를 내려 옥상으로 올라갔다. 찬바람이 휙 하고 온몸을 감싼다. 바람 때문인지 외등이 깜빡대고 있다. 건물 맨 위 옥탑층은 광고탑이 있었다. 옥상에서 옥탑으로 오르는 문을 열고 들어섰다. 계단을 오르자 복도로 퍼지는 발자국 소리. 드디어 옥탑으로 나가는 문 앞에서 나는 열쇠로 문을 열었다. 끼익~ 칼로 옷감을 자르는 듯 긴 소음이 이어진다. 순찰시계를 꺼내어 15톤 용량의 물탱크 옆에 있는 순찰 코스에 확인을 했다. 윙~ 파란 불이 켜지며 순찰 확인이 되었다. 다시 몸을 돌려 옥탑문을 열었다. 똑! 어디선가 물이 떨어지는 소리가 들렸다. 순간, 나는 몸을 뒤로 돌렸다. 가만히 제자리에 서서 다시 한 번 그 소리를 기다렸다. 그러나 그 소리는 더 이상 들리지 않았다. 아마도 급수된 물이 파이프에서 떨어지는 소리인 것 같았다. 바로 그때, 복도에서 들려오는 발자국 소리. 뚜벅뚜벅! 그것은 조금 전 내가 계단을 오를 때 나던 그 소리와 흡사했다. 아무도 없는 이 건물 안엔 나 외에 그 누구도 있을 수 없었다. 소름이 온몸으로 끼쳐온다. 도대체 누구란 말인가. 두려울 겨를도 없이 나는 문을 확 열어젖혔다. 그러자 그 소리는 거짓말처럼 뚝 끊기고 말았다. 온몸으로 기운이 사르르 빠지며 나는 그 자리에 주저앉고 말았다. 벌써 보름째 계속되는 이런 괴이한 현상.

내게만 일어나는 환청일까. 그런 현상이 며칠째 계속되자 나는 오늘 아침 근무 교대시간이 되기를 기다려 조기중에게 그간에 겪었던 괴이한 소리와 괴전화에 대해 얘기를 했다.

"예끼, 사람 참. 아니 그 시간에 누가 있었다고 그래. 혹시 잘못 걸려온 전화 아니었어? 15층엔 요즘 월말 결산이 끝난 뒤라 8시경이면 모두 퇴근을 하잖아. 그리고 그날, 그 더군다나 비 오는 밤에 누가 자정 가까이 회사에 남아 있었을라고. 자네, 요즘 신경이 좀 날카로워져 있다 싶었는데 아마도 헛것을 본 모양이군. 허허."

예상대로 그는 나의 말에 처음부터 콧방귀를 뀌었다. 조기중이 굵은 돋보기를 내려놓으며 빙글빙글 웃고 있었다. 그런 그의 모습에 조금은 기분이 상했으나 난 여전히 진지하게 말했다. 확신하기에.

"조형! 그게 아니라니까요. 분명 그날은 전화를 받았고 확인하러 15층까지 두 번이나 다녀왔단 말입니다. 그리고 순찰 때마다 내 뒤를 따르는 발자국 소리도 분명히 들었다고요."

"그래서, 사람이 있던가? 그 여자 말처럼 복도에 불을 켜놓고 기다리고 서 있던가? 아님 귀신이라도 나타났단 말인가? 사람 참. 혼자 근무하기 힘들어 하는 줄은 알아. 하지만 그런 헛것이 보일 정도라면 상태가 심각한 것 같은데? 우리처럼 철야 근무를 하는 사람들은 말이야, 첫째도 둘째도 잠이 충분해야 해. 수면부족이 온갖 질병을 불러온다고 그러잖아. 조심해 자네도."

결국 나는 조기중에게서 정신병자 취급을 당하고만 기분이었다.

"하긴, 자넨 잘 모르겠지만 몇 년 전인가 그런 일은 한 번 있었지. 그렇군, 바로 15층에 근무하던 남자였어. 업무 스트레스로 한

동안 사무실에서 늦게 퇴근하고 하더니 어느 날, 길 건너 아파트 옥상에서……. 이 건물에서 자살하지 않은 것이라지만 매일 얼굴을 대하던 사람이 하루아침에 그런 변을 당하는 걸 보고 나도 한동안 마음이 께름칙했지. 2인 1조가 되어 근무를 하면 이런 불안증이 사라질 텐데 제길, 인건비 아낀다고 사람을 줄여버렸으니. 밤새 씨름하고 아침에 보니 빗자루 잡고 있더란 말처럼, 마음이 허해지면 헛것이 보이기도 하지. 근무 잘 하게나. 쓸데없는 귀신타령일랑 말고."

조기중은 내 어깨를 치고는 그렇게 퇴근을 해버렸다. 갑자기 후회가 몰려왔다. 차라리 얘기를 하지 않은 것만도 못했다. 그러나 어쩔 수 없었다. 이젠 누구에게도 내 마음을 열어 보일 수가 없었다.

다음 날도 아내는 여전히 거실 소파에 벽을 향해 누워만 있었다. 회사에서의 악몽과도 같은 시간을 집에 돌아와서는 잠시 잊고 싶었다. 조기중의 말처럼 잠이라도 푹 자고나면 환청이나 환시가 보이지 않을지도 몰랐다. 그러나 아내와의 불편한 동거 때문이었을까. 퇴근해서도 난 혼자인 듯 지내야 했다. 아내는 그렇게 내게서 점점 멀어지고 있었다.

그렇게 또 다시 며칠이 흘렀다. 그러나 회사에서의 그 기이한 현상은 여전히 나를 괴롭히고 있었다. 순찰 때마다 복도와 계단을 뒤따르는 발자국 소리는 내가 걸으면 멈추었다가 어느 순간 문을 열기 위해 잠시 걸음을 멈출 때면 어김없이 이어지고 있었다. 계단참이 저절로 다르르 울리고 끼익~ 비상문이 닫히는 소리가 길어질 때면 온몸으로 소름이 돋곤 했다. 지하층을 순찰할 때는 복도 끝에 달린 순찰 확인 위치까지 가는 동안 복도의 불이 불안정하게 깜빡대기도 했다. 어느 순간 복도 중간에 비상계단으로 가는 또 다른 복도 끝에서 희미하게 비쳐오던 물체. 홱 몸을 돌이키면 그 형체는 순간적으로 내 몸 뒤로 바짝 숨어버린 뒤였다. 이젠 환시까지 나를 괴롭히고 있었다.

휴우~ 병원 입구에 이르러서야 긴 한숨이 나온다. 집에서 병원이 있는 네거리까지 오려면 비탈진 언덕길을 두 번이나 넘어야 했다. 숨이 턱까지 차올랐다. 마치 어깨 위에 또 다른 누군가가 올라 앉아 있는 듯 온몸의 기운이 발바닥을 통해 스르르 빠져나가버리는 느낌. 정신과 라니 젠장, 꼭 들어가야만 하는 걸까?

"강시찬 씨. 74년 생 맞으시죠?"

입구에 앉아있던 간호사가 컴퓨터에 입력된 인적 사항을 검색하며 묻는다. 나는 대답 대신 고개만 끄덕이며 소파에 주저앉았다. 다행히 아무도 대기하는 사람이 없었다. 진료실에 들어서자 의사가 권하는 자리에 앉는다. 정신과 전문의 박수진. 책상 앞에서 그의 이름을 되뇐다. 그는 컴퓨터에 저장된 나의 기록을 읽고 있었다.

"오랜만이야. 6개월 만에 다시 만나는군. 그동안 잘 지냈어?"

의자를 마주하고 앉기를 기다린 듯 박수진이 물어왔다. 그는 굵은 안경 너머로 내 표정을 스캔하듯 시선을 고정시키고 있다. 유일한 친구인 그의 모습이 오히려 낯설어진다. 이 순간만큼은 의사 대 환자가 아닌 허물없는 친구로 마음을 터놓고 얘기라도 실컷 나누었으면. 지금 상황에서 내겐 그가 유일한 비상구인 셈이다.

"아내는 여전히 방 안에만 틀어박혀 있어. 오늘도 함께 진료를 받으러 가자고 거듭 말했지만 소용없어. 정말 언제까지 이러고 살아야 하는지. 너무 힘들어."

그는 말없이 나를 바라보고 있다. 차라리 동정이라도 받으면 위안이 될까.

"아무도 없는 빈 건물에서 사람이 불 켜진 복도에 서서 엘리베이터가 작동이 안 된다고 전화를 했단 말이지? 그리고 뒤를 따라다니는 발자국 소리에 복도 으슥한 곳에 누군가가 지키고 서 있기도 하고?"

"믿을 수 없는 일이지만 사실이었어. 두 번이나 전화를 받았고 그때마다 그곳으로 올라가 보면 복도엔 감시카메라 속 화면처럼 깜깜했으니까. 그리고 저절로 계단참 난간이 다르르 떨리기도 하고, 누군가 나를 뒤따르기도 했어. 마치 귀신에 홀린 기분이더군. 혹시 집사람 때문에 신경이 날카로워져 그런 건 아닌지 머릿속이 너무 혼란해."

"분명 아무도 없는 건물 안이었단 말이지?"

그는 나의 말에 잠시 두 눈을 깜빡이며 진지하게 생각에 빠져드는 듯 했다.

"자네는 여전히 아내가 곁에 있다고 느껴지는가?"

그는 근무 때마다 이어지는 그 현상에 대해서는 말을 접어둔 채 아내에 대한 얘기를 꺼냈다.

"곁에 있으면서도 없는 듯 그림자로 사는 게 얼마나 힘든 줄 알아? 차라리 깨끗이 정리를 해버리고도 싶지만."

그는 여전히 나의 말보다는 표정의 변화라도 살피는 듯 했다. 그런 그가 뜻밖의 말을 했다.

"힘들면 그렇게라도 해."

"뭐?"

믿었던 구석이 무너져 내린 게 이런 느낌일까. 그건 하소연일 뿐이었어. 그런 줄 뻔히 알면서 그렇게 냉정하게 내뱉는 그의 말에 순간 배신감 하나가 박혀왔다.

"자네를 위해서야. 반드시 그렇게 해야 마땅하고."

"어떻게 그런 말을. 내가 아무리 힘든 푸념을 늘어놓더라도 넌 그걸 말려야 할 상황 아니니? 그렇게 헤어지고 나면 그녀는 누가 돌보고? 휑한 거리에 맨몸으로 내쫓으라는 건 그냥 죽으라는 거나 마찬가지 아냐? 어떻게 그렇게 비정할 수가 있어? 네가 내 친구 맞아?"

갑자기 가슴 속에 묻어둔 울화가 화살처럼 솟구쳐 올라와 나는 정신없이 그를 향해 퍼부었다. 그런 내 모습을 꾸준히 참고 바라보는 그의 모습에 나는 다시 한번 힘이 빠져 내린다.

"자네 맘 알아. 그러나 힘들다며? 너도 최대한 노력한 거잖아."

"그래, 네 말이 맞아. 그러나 차마 그럴 수는 없어. 아내를 보면 답답해 미칠 것 같지만 그것만은 못하겠다고."

어디에 묻어둔 눈물이었던가. 지금껏 이보다 더한 상황에서도 난 좀처럼 눈물을 흘리지 않았다. 않은 게 아니라 못했을까? 그런데 난 지금 오랜만에 눈물을 흘리고 있다. 지쳐가는 나를 그는 바라만 볼 뿐 더 이상 말이 없었다.

그날 밤, 아내는 오랜만에 자리에서 일어나 불 꺼진 거실에서 아파트 창밖을 보며 서 있었다. 그녀의 실루엣이 어딘가 낯설지 않다.

"여보, 이제 여기서 멈추면 안 될까? 그만 이제 각자 우리의 자리로 돌아가고 싶어. 나도 힘들어. 당신과 나의 이런 무미건조한 삶."

조용히 다가가 그녀의 어깨에 손을 얹고 애원하듯 말했다. 그러나 그녀는 아무런 반응이 없었다. 추위를 타는지 그녀의 어깨가 차갑게 느껴졌다.

다음 날은 공교롭게도 태풍이 몰려오고 있었다. 밤부터 중심권에 진입한다는 날씨 탓에 서서히 바람이 조금씩 불어오자 길 가 가로수들이 예고편처럼 출렁이고 있었다. 그래서일까. 수술을 앞둔 환자처럼 마음이 조금씩 초조해졌다. 하필이면 오늘 밤에. 벌써부터 순찰을 돌 생각을 하니 온몸에 힘이 스르르 빠져 나갔다.

밤이 되자 태풍의 기세가 거세지기 시작했다. 나뭇잎이 머리채를 잡힌 채 마구 흔들리고 비는 사선으로 건물 유리벽을 때리기 시작했다. 현관 앞 대리석 바닥에 굵은 빗방울이 튕기며 사방으로 퍼져나갔다. 어디선가 하늘을 가르는 듯 낙뢰가 하늘을 둘로 갈라놓는다. 이미 건물 안은 텅 빈 지 오래였다. 그리고 그 순간, 갑자기 건물 안이 암흑에 휩싸인다. 정전이었다. 비상 발전기가 가동이 되려는지 천장에 불빛이 순간 깜빡이더니 다시 어둠 속에 빠진다. 그러나 불은 더 이상 켜지지 않았다.

"정전이라고요?"

신호음이 한참을 울린 다음에야 관리실 전기 담당자가 전화를 받는다. 그의 목소리에 덜 깬 잠의 흔적이 고스란히 남아 있었다.

"아저씨. 아니 이렇게 태풍이 몰아치는데 어떻게 회사까지 갈 수 있겠어요. 원인은 단 한 가지예요. 건물이 노후되다 보니 누수되는 곳이 많아서 그런 겁니다. 그걸 잡으려면 건물 각 층 전체를 샅샅이 뒤져 새로 선을 깔아야 하는데……. 그 큰 공사를 당장 할 수도 없잖아요. 그런 줄 아세요."

전화는 그렇게 끊기고 만다.

플래시를 들고 순찰을 나섰다. 엘리베이터가 가동 중단이 되었으니 옥상까지 걸어서 올라야 했다. 요란한 천둥소리까지 가세하여 공포를 더 부채질했다. 비상계단으로 15층까지 겨우 올라갔다. 플래시의 불빛이 점점 희미해지고 있었다. 그러더니 계단에서 복도로 문을 열고 들어서는 순간, 플래시가 꺼져버린다. 다시 스위치를 눌러 보았지만 더 이상 불은 들어오지 않는다. 등 뒤로 식은땀이 흐르기 시작했다. 화장실 앞 유리창으로 불빛이 번뜩였다. 이어 무너지는 듯 요란한 천둥소리가 귓전을 때렸다. 나는 순간 두 손으로 귀를 막고 그 자리에 주저앉고 만다. 그리고 이어 다시 두 번째 불빛이 번쩍거렸다. 그때 복도 안쪽에 비치는 하얀 물체. 형체는 알 수 없었지만 분명 사람의 모습이었다. 불빛은 마치 내게 확인 사살이라도 하듯 연이어 터지며 그 형체를 끊임없이 보여주고 있었다. 악!

"무슨 소릴 하는 거요?"

관리소장의 목소리가 쇠처럼 벌겋게 달아 있었다.

"어젯밤 폭풍이 닥쳐 정전이 된 상황이야 어쩔 수 없는 일이라고 칩시다. 하지만 아무리 정전이 되었다고 쳐도 순찰을 안 돌면 어떻게 한다는 거요? 태풍이 온다고 전쟁을 안 한답디까? 이거야 원. 이건 업무 태만이요, 알아요?"

그가 순찰 일지를 책상 위로 집어 던졌다.

"아니 강형! 정말 정신이 어떻게 된 것 아냐? 그러게 잠을 충분히 자라고 했잖아. 지금껏 아무도 그런 사람이 없었는데 뜬금없이 귀신 얘길 하니 소장인들 좋아하겠어? 참 나, 두 사람이 근무하니 며칠 휴가를 내고 쉬라고 할 수도 없고."

조기중이 팔을 끄는 대로 따라 로비로 올라왔다.

"조형. 차라리 제가 그만 두겠습니다."

"뭐라고? 아니 그런다고 무책임하게 그만둔다니? 자네만 사표를 내면 다 해결될 문제가 아니잖아."

"그럼, 저를 이렇게 정신병자로 몰아가는 게 누군데 이러십니까?"

"자네가 자꾸 이런 식으로 얘길 하니 다른 사람들이 뭐라고 생각하겠어?"

그는 한동안 나를 쳐다보더니 말을 이었다.

"정말, 귀신을 보았다는 자네의 말 확신하는가?"

"더 이상 말을 않겠습니다."

나는 뒤도 돌아보지 않고 가방을 들고 밖으로 나와 버렸다.

"당분간 아무 생각 말고 푹 쉬게나. 그게 자네를 위해 좋을 것 같아."

회사에 사표를 던진 날 오후, 나는 다시 박수진을 찾았다. 박수진은 아무 말 없이 약을 처방해 주었다. 그 약을 먹고 난 뒤 나는 종일 잠만 잤다. 신경안정제 성분 탓인지 온몸은 하염없이 축 처져 나락으로 빠지고 있었다. 다행히 꿈은 꾸지 않았던 것 같다.

그렇게 며칠이 지나갔다. 이젠 또 다시 그녀와 종일 함께 있어야 하는 이 공간. 그녀는 여전히 아무 말이 없었다. 단지 그녀는 한 번씩 내가 잠든 방까지 살며시 다가와 방문을 열어보고는 말없이 뒤돌아서곤 했다. 비몽사몽간에도 난 그 사실을 어렴풋이 알고 있었다. 며칠간 정신없이 잠만 잔 탓인지 온몸이 두드려 맞은 듯 아파오기 시작했다. 그날도 나는 밤이 되어서야 겨우 침대에서 일어나 거실로 나왔다. 아내는 베란다 창가에 서서 밖을 내다보고 있었다. 어둠이 그녀의 몸으로 달려들고 있었다. 그런 그녀의 모습이 애처롭기만 하다. 그러나 한편으론 불편한 그녀와의 동거에 나는 지칠 대로 지쳐만 갔다. 이 상황을 벗어나야만 했다. 그러나 그녀는 지금껏 아무런 답이 없었다. 그녀의 어깨가 잠시 흔들리는 것을 보며 나는 돌아서 방으로 발길을 돌렸다. 그때 뜻밖에도 그녀의 목소리가 들려왔다.

"미안해, 여보."

아내의 목소리가 가볍게 떨렸다.

"그렇지만 당신을 사랑하는 마음엔 지금도 변함없어."

그 소리는 마치 내가 순찰을 돌 때 들려오던 계단참이 다르르 떨리던 것과 흡사했다. 다시 소름이 끼쳐왔다.

내일 아침이면 그녀와 함께 먼 길을 떠날 약속을 하였던 탓일까? 어젯밤, 그녀를 혼자 거실에 남겨두고 방으로 들어간 뒤 얼마 지났을 즈음, 조용히 그녀가 방으로 들어왔었다. 그리고 잠자코 누워 있는 내 등 뒤를 살포시 끌어안으며 말했다.

"그래, 당신이 원한다면 뜻대로 해줄게."

그 모습이 마치 복도에서 돌아보면 내 등 뒤로 숨어버리는 그 환시 속의 주인공 같아 순간, 나는 몸을 움찔해야 했다.

아침이 밝기가 무섭게 나는 아침밥도 거른 채 떠날 준비부터 하기 시작했다. 그녀의 결정에도 막상 떠날 준비를 하자 아내의 눈빛은 불안으로 가득 차 있었다. 가녀린 등을 의자 깊숙이 묻은 채 두 손을 마주 쥐고 살포시 가슴에 대고 있다. 그녀는 자신의 결정에 후회를 하는 걸까? 그러나 이젠 나 자신을 위해서라도 더 지체할 수가 없었다. 내가 시동을 걸자 다급하게 그녀가 말했다.

“잠깐만 여보. 나, 그냥 불안해. 안 가면 안 될까? 꼭 무슨 일이 일어날 것만 같아.”

나는 그녀의 손을 꼭 잡고 한 손으로는 그녀의 등을 쓰다듬어 주었다.

“걱정 마. 아무 일 없을 거야.”

천천히 차를 움직여 아파트를 벗어난다. 그녀가 고개를 뒤로 젖혀 우리가 사는 아파트 베란다 쪽을 올려다보고 있다. 마치 마지막 길을 떠나는 사람처럼. 그녀의 불안한 마음이 한편으로는 이해가 되었다. 일 년 전, 그녀가 사고를 당한 뒤 첫 외출인 셈이었다. 긴 상여줄을 가슴에 꽁꽁 동여맨 듯 야릇한 마음이 심장으로 전해왔다. 아내를 안심시키려 말은 그렇게 했지만 또 한 번 그때의 악몽과 쓰라림이 배가하여 몰려옴은 어쩔 수 없었다. 그러나 어차피 가야할 길이었다. 몇 번을 벼르고 벼른 길이었던가. 그녀는 지금껏 나의 제안에 언제나 반신반의하였다. 최종적으로는 그녀의 선택도 불가피함을 그녀 또한 알고 있었다. 그러나 그녀는 지금처럼 기약 없이 그의 곁에 머물고 싶었는지도 모른다. 그때 전화벨 소리가 울렸다. 박수진이었다.

“명심해. 마음 단단히 먹어야 한다는 사실 잊지 마.”

"꼭 이렇게 해야 하는 걸까?"

박수진이 전화 속에서 깊은 한숨을 내쉬었다.

"힘들면 내가 함께 가줄 수도 있어."

그녀는 두 손을 가슴에 얹은 채 살포시 잠이 들어있었다. 이마로 머리칼이 흘러내려 가늘게 흔들렸다. 차는 어느새 고속도로를 벗어나 동해안 쪽으로 향하고 있었다. 낯익은 어촌 풍경이 눈에 들어오며 비릿한 바다 냄새가 창문을 타고 흘러들어왔다. 일 년 만이었다. 그녀는 기억을 하고 있을까? 그녀가 어느 틈에 잠에서 깨어나 창밖을 보고 있다.

"지숙아!"

나직이 그녀를 불렀다.

"나 두 번 다시 실수하지 않을 거야. 그러니 겁먹지 말고 눈을 떠봐."

그녀는 가볍게 실눈을 뜨고 창밖을 내다보고 있다가 꿈속을 헤매는 목소리로 말했다.

"여보. 우리 지금 바다로 가고 있는 거 맞지?"

그녀의 눈길이 동해바다의 비치빛 푸름 속으로 빠져든 듯 나른해져 있었다.

"웬일일까. 바다를 보니 한결 마음이 고요해져. 마치 엄마가 기다리던 고향집 속으로 빨려가는 느낌이야."

"그래. 우리 옛날엔 여길 자주 왔었잖아. 기억나? 우리 아기, 세상 빛도 못 보고 보내야 했던 그곳. 한 줌의 흰 가루를 뿌린 곳."

"아기는 우리를 기억하고 있겠지? 불쌍한 우리 아가."

그녀의 몸이 오열로 심하게 요동치는 걸 나는 말없이 바라만 보았다. 동해 바닷가 언덕에서 차를 세우고 우리는 한동안 말없이 밀려왔다 다시 돌아가는 파도를 바라보았다. 그녀에게 충분한 시간을 주고 싶었다. 그건 또 다른 인연과의 이별일 수도 있었기에.

"이제 떠날 시간이야. 다시 돌아가기엔 이미 너무 늦었어."

그녀를 태우고 다시 언덕을 오른다. 아내는 여전히 창밖 언덕 아래로 눈길을 멈추고 있었다. 모든 것을 포기해버린 표정. 아니면 나와 한 약속 때문에 어쩔 수 없이 자리보전을 하고 있는 건가. 저 멀리 푸른 수평선 너머로 가물대는 뱃머리가 눈에 띄었다. 구름 사이로 햇살이 부챗살처럼 펴지기 시작할 무렵 드디어 고갯마루에 도착했다. 그곳에서 차를 꺾어 나는 다시 산을 향해 차를 돌렸다. 경사진 산길을 오르자 길 양쪽으로 자작나무 숲이 이어진다. 그 길을 따라 산속 깊은 곳으로 더 들어갔다. 한참을 그렇게 차를 몰아가자 갑자기 시야가 확 트이며 산 아래가 훤히 내려다보이기 시작했다. 저 아래 둥근 건물 한 채가 눈에 보인다. 건물 주위엔 노란 꽃이 만발하여 있다.

"다 왔어."

"잠시 들른다는 곳이 여기였어?"

꿈속을 헤매듯 그녀가 거슴츠레 눈을 떴다.

"여기가 어디지?"

그녀가 창밖으로 고개를 내민다. 그 순간, 그녀가 미간을 찌푸렸다.

"왜? 왜 나를 여기로 데려왔어?"

그녀의 목소리가 날카롭게 변했다.

"지숙아!"

"아냐, 난 싫어. 왜 날 이런 곳에 보내려는 거야. 아무리 내가 싫어도 그렇지 이건 아니잖아."

그녀의 얼굴이 하얗게 질려가고 있었다. 그러나 난 이미 내린 내 결정을 돌이키고 싶지 않았다.

"지숙아, 너도 말했잖아. 이젠 나를 떠나기로."

"안 돼. 그럴 수는 없어."

그녀는 시트 속으로 몸을 웅크렸다. 그러나 나는 세차게 문을 열고 그녀의 팔을 끌었다. 아내는 완강하게 내 손을 뿌리쳤다. 어디선가 박수진의 목소리가 들리는 듯 했다.

"절대 마음 약해지면 안 돼. 이번이 마지막 기회야. 그녀를 보내야 한다고!"

"제발! 지숙아. 이젠 제발 날 좀 놓아줘. 그만 놓아주란 말이야. 네가 있을 곳은 바로 여기야. 여기에 있어야 한다고!"

나는 소리를 지르고는 그 자리에 주저앉고 말았다.

그 순간 1년 전 그날이 떠올랐다. 아이를 바다에 보내고 집으로 돌아가던 길에 겪었던 고속도로변에서의 자동차 사고는 그녀에게는 물론 그에게도 엄청난 충격의 사건이었다. 그날, 함께 집으로 돌아오던 승용차는 한적한 고속도로변에서 마주오던 덤프트럭과 충돌을 하였고 공교롭게도 충돌한 부위는 아내가 타고 있던 조수석 쪽이었던 터라 그녀의 부상은 예상외로 심각했었다. 중환자실에서 아내는 한 달을 의식도 없이 보내야 했다.

납골당 안으로 들어섰다. 긴 복도를 따라 수많은 유해들이 액자 속에서 생전 자신의 모습을 간직하고 있었다. 가장 아름다웠던 이 세상 어딘가에서 보냈을 그들의 모습. 그들은 한결같이 웃고 있었다.

밖으로 나온 나는 트렁크에서 집에서 가져온 박스를 꺼냈다. 소각장은 납골당 건너편 탁 트인 바다가 내려다보이는 곳에 있었다. 가장 먼저 그녀의 일기장이 손에 잡혔다.

"사생활 침해란 거 알지? 부부간에도 지켜야 할 선이 있다는 거."

어느 날이었던가. 잠시 초저녁잠에서 깨어났을 때 그녀는 내 옆에 누워 일기를 쓰고 있었다. 헛웃음이 나왔다. 이젠 정말 그런 그녀의 목소리도 들을 수 없단 말인가.

불씨가 살짝 사그라지는가 싶더니 금방 불길이 확 솟아오른다. 그녀의 일기장이 타오르기 시작했다. 검은 사그랑이가 되며 그렇게 종이는 타오른다. 일순간, 연기 사이로 그녀의 모습이 나타나더니 납골당 안으로 사라져 갔다.

오랜 시간 안나푸르나의 크레바스를 올라온 느낌이었다.

끝.

파로스로 가는 길

등대엔 추억이,
그리움이 남아있다
오랜시간을 돌아서야
가족의 비밀을 찾아 떠나는 길

파로스로 가는 길

아이는 오늘도 바다로 나갔다.

방파제엔 저 멀리 등대 끝까지 낚시를 하는 사람들로 가득했다. 아이는 모래톱을 벗어난 방파제 입구에 앉아 낚시꾼들이 버린 바늘과 줄을 주웠다. 그리고 바늘에 줄을 뱅그르르 돌려 단단하게 묶은 다음 등대 쪽 얕은 물가로 갔다. 바위틈에 바늘을 넣고 줄을 아래위로 흔들자 조금 뒤 놀랍게도 손가락만한 작은 물고기가 바늘을 물고 바동대며 수면 위로 올라왔다. 잡은 고기는 바위 옆에 던져두고 또 다시 바늘을 넣는다. 이번에도 고기가 금방 물 위로 올라온다.

"와! 재 봐. 쪼그만 녀석이 고기를 정말 잘 잡네."

지나던 사람들이 아이를 보고 저마다 한 마디씩 건넸다.

"애, 너 몇 살이니? 이 동네 사니?"

그러나 아이는 사람들이 묻는 말엔 대꾸도 않고 고기만 계속 잡아 올렸다. 금방 아이 주변으로 사람들이 둘러쌌다.

"그렇게 작은 고기로 뭣하게?"

누군가 아이가 잡은 비닐봉지를 들어 올렸다. 순간 아이가 고개를 들었다. 그리고 잠시 상대방을 올려다보던 아이가 금방 환하게 미소 짓는다.

"삼촌!"

저녁상을 물리고 나자 아버지와 삼촌은 엄마와 나를 밖으로 내보내고 둘이 앉아 얘기를 나누고 있었다. 구불구불한 미로 같은 골목길 끝에서 바다 냄새가 훅 하고 몰아쳤다.

"이제 제대도 하고 왔으니 딴 생각일랑 말고 나랑 같이 배나 타러 나가자. 그동안 네 형수가 한 사람 몫을 하지 않았느냐."

삼촌은 얼룩덜룩한 예비군복을 벗지 않고 아버지와 마주 앉아 있었다.

"형님. 아무리 생각해봐도 저는 못 하겠습니다."

순간, 아버지의 날카로운 소리가 방 안을 울렸다.

"뭐? 아직도 그 타령이냐? 대체 그게 밥을 먹여주니 그렇다고 돈이 나오냐? 딱 빌어먹기 좋은."

그러나 삼촌도 지지 않고 대들며 아버지의 말을 잘랐다.

"형님! 제가 언제 형님한테 돈을 대어 달라 했습니까? 제 힘으로 한다고요. 제 힘으로. 그리고 전 이 바닷가 가난한 생활이 지긋지긋합니다. 앞으로 제 앞길은 제가 알아서 할 테니까 형님은 그냥 지켜만 보시라고요."

삼촌의 지지 않는 말투에 아버지는 어안이 벙벙했는지 잠시 말을 잇지 못했다. 그 틈에 삼촌은 문을 열고 마루로 뛰어 나왔다.

"삼촌!"

설거지를 마치고 댓돌 앞에서 두 사람의 얘기를 엿듣던 엄마가 삼촌을 불렀지만 삼촌은 그대로 대문 밖으로 나가 버렸다.

"저 양반도, 참. 그냥 하고 싶다는 것 하도록 놔둘 일이지. 금방 제대해 온 사람에게 숨 돌릴 틈도 안 주고 닦달은."

엄마가 혀를 끌끌 차며 삼촌이 그랬던 것처럼 문을 열고 안으로 들어갔다. 아버지는 어느새 담배를 뻑뻑 피워 물고 있다가 화가 풀리지 않는지 벽에 빼곡히 붙어 있는 것들을 손으로 하나씩 떼어 냈다. 아버지의 손길이 무척 거칠었다. 상장들이 힘없이 떨어져 내렸다.

– 전국학생미술실기 대회 고등부 대상 남 진 호 –

어둠이 내린 바닷가로 파도가 찰랑찰랑 방파제 기슭을 때리고 있었다. 삼촌은 등대 아래 테트라포드 위에 앉아 있었다. 한여름 더위에 지친 만물을 다독이기라도 하듯 시원한 바람이 훽 하고 바다에서 날아들었다.

나는 삼촌 곁에 다가가 앉았다. 삼촌은 군대 가기 전부터 언제나 나의 든든한 마음 붙박이였다. 그런 삼촌이 대학 입학을 포기

하고 바로 군대에 자원입대한 것도 따지고 보면 오늘처럼 아버지와 삼촌간의 의견 대립이 시초였다.

"쓸데없는 소리 마라. 네가 그깟 상장 몇 개 받았다고 아주 거기에 목을 맬 모양인지 몰라도 세상, 그렇게 만만치 않다. 미술? 그게 돈 없는 사람에겐 그림의 떡인 거 몰라? 설사 전공을 한들 졸업 후엔? 성공을 하려면 유학도 갔다 오고 뒷줄도 있어야 하는 냉정한 세상이다. 안 된다. 그냥 포기해라. 내가 네 뒷바라지해 줄 형편도 아니고."

그러자 삼촌은 망설임도 없이 자원해서 입대를 했다. 삼촌이 군대 가던 해, 나는 겨우 세 살에 불과했다. 하기에 모든 상황을 이해할 순 없었다. 단지 아버지와 삼촌이 다투는 걸로 보아 의견 충돌이 있었거니 하는 생각만 했는데 그 상황은 삼촌이 제대한 뒤에도 끝이 나지 않는 것 같았다. 미술에 대한 집념과 그걸 못하게 말리는 아버지와의 평행선.

4대 독자, 집안의 장손인 나. 내겐 왜 형이나 누나 아니면 동생도 하나 없을까. 엄마에게 동생을 하나 보내 달라고 떼를 쓴 기억도 있었다. 특히 삼촌이 군대에 가있는 동안 말이다. 삼촌은 언제나 내 말이면 무엇이든 다 들어주었고 때론 친구처럼 같이 놀기도 했다. 그런 삼촌이 돌아왔는데, 아버지와 냉랭하게 지내고만 있으니 재미도 없다. 그래서 삼촌이 말을 걸어와도 난 퉁명스레 말을 뱉곤 한다. 내 맘은 그게 아닌데, 아닌데 하며 말이다.

~~ If you ever find yourself stuck in the middle of the sea
I'll sail the world to find you ~~

삼촌은 초저녁 바닷바람을 쐬며 등대 아래에 앉아 있었다. 내가 다가가자 삼촌이 노래를 부르다 말고 뒤돌아보았다. 파도에 부서진 달빛 하나가 삼촌의 한쪽 얼굴의 윤곽을 또렷이 드러내 준다.

"우리 송휘 많이 컸네? 내년이면 초등학교 간다며?"

나는 말없이 삼촌의 무릎에 앉았다.

"삼촌"

"왜?"

"삼촌 또 떠날 거지?"

뜬금없이 그 소리가 왜 나왔는지 모른다. 그러나 나는 삼촌이 꼭 그렇게 할 것만 같았다.

"왜 그렇게 생각해?"

그렇게 말하고 나자 다시 침묵이 흘렀다. 삼촌도 내가 한 말의 의미를 이리저리 생각해보는 듯했다.

"휘야. 저 하늘을 봐. 하늘의 별자리는 말이야 세계 어느 곳에서도 또 같이 볼 수가 있지. 내가 가장 좋아하는 별자리가 뭔지 알아?"

"뭔데?"

내가 심드렁하게 대답하자 삼촌은 내 몸을 가슴으로 당겨 꼭 껴안았다.

"고래자리. 4개의 별이 사각형을 이루고 그 옆에 한 개의 별로 이루어져 있어 마치 은하수 위를 뛰어오르는 돌고래 모습 같다고 해서 붙여진 이름이야. 신화에 따르면 유명한 음악가 아리온을 구해준 돌고래 얘기가 있으며 또 다른 한편으로는 바다의 신 포세이돈과 정령 암피트리테를 맺어준 돌고래라는 이야기가 있단다."

"그게 뭐?"

내 반응은 더 심드렁했다.

"네 개의 별은 한 모습이지만 떨어져 있는 다른 한 개의 별, 참 외로울 것 같지 않니?"

"네 개의 별 곁으로 가면 되잖아."

"그렇지. 그러면 되겠구나. 하늘에서는 별자리가 길을 안내해준다면 바다에서는 바로 등대가 그 역할을 하는 거니까 어디서라도 별자리나 등대를 보고 찾아가면 되겠구나, 그치?"

삼촌은 우리가 앉은 등대를 올려다보았다.

"휘야. 만약에 말이야. 내가…….. 네 곁을 떠나더라도 언젠가는 너를 보러 다시 돌아올 거야. 반드시."

"거 봐! 떠날 거면서. 다 안다고."

나는 그 길로 집으로 도망치듯 뛰어오고 말았다. '휘야, 그게 아냐.' 삼촌 목소리가 들리는 듯 했지만 나는 방파제를 건너 해송이 우거진 숲 옆 돌담길을 따라 골목으로 달렸다. 땀이 비 오듯 쏟아졌다. 엄마가 대문 앞을 그림자처럼 지키고 서 있었다. 나는 내달린 걸음을 멈추지 않고 그대로 엄마의 치맛자락 속으로 머리를 파

묻고 말았다.

다음 날, 삼촌은 꿈쩍도 않고 방 안에 틀어박혀 있었다. 그리고 아버지와 엄마가 배를 타고 바다로 나가자 삼촌은 기다렸다는 듯이 전화기를 들고 어디론가 전화를 하기 시작했다. 누군가와의 대화는 꽤나 심각해 보였다.

"알았어. 기다릴게."

엄마와 아버지는 그날 저녁이 되어서야 지친 모습으로 집으로 돌아오셨다.

"여름이라 그런지 고기도 없구나."

마치 아버지의 그 말은 삼촌에게 들으라고 한 것 같았으나 삼촌 역시 방문을 걸어 잠그는 걸로 아버지에게 대꾸하는 것처럼 보였다.

그 여자가 찾아온 것은 그로부터 며칠 뒤였다. 월요일 오후 바닷가는 한산했다. 나는 삼촌과 아버지 때문에 한껏 무거워진 집안 분위기 때문에 아침 일찍 등대로 나왔지만 오늘은 고기 잡는 것엔 별로 관심이 없었다. 그때 하얀 백사장 위를 걸어오는 한 여인의 모습. 누구일까. 검은 원피스에 하얀 망사 스웨터를 걸치고 붉은색 양산을 든 그녀의 모습을 나는 한동안 바라보았다. 그리고 잠시 뒤, 그 여자가 골목길 입구로 들어서는 것을 봤을 때에야 나는 바람처럼 집으로 달려갔다. 분명, 그 사람이리라.

헐떡이며 골목길로 들어서 낮은 돌담을 돌아가는 순간, 난 그 여자와 정면으로 마주치고 말았다. 단발머리에 희고 매끈한 얼굴. 그리고 그 곁에 서 있는 삼촌의 모습.

"휘야!"

분명했다. 며칠 전 삼촌이 전화를 했던 바로 그 사람. 그 생각이 드는 순간 나는 배신감에 그대로 등을 돌려 다시 바다로 도망치기 시작했다.

"저 아줌마가 분명 삼촌을 뺏어갈 거야. 삼촌은 저 여자를 따라갈 게 분명해."

그날 오후 내내 나는 등대에서 바다만 바라보았다. 그러다 다시 낚싯줄과 바늘을 주워 바위틈에 넣어 노래기를 잡곤 하다가 해가 뉘엿뉘엿 넘어간 다음에야 집으로 들어갔다. '도대체 어디서 뭘 하다 이제 오냐'는 엄마의 지청구를 기대했으나 집안은 조용하기만 했다. 그때 큰 방에서 들려오는 아버지의 목소리.

"자고로 혼사란 집안이 서로 엇비슷해야 하거늘. 안 된다. 그런 집안에 네가 데릴사위로 들어가겠다는 거냐? 사내 녀석이 자존심이 있지."

"형님. 우린 곧 유학을 떠난다니까요. 첫 비용만 그쪽에서 보태주기로 했고 일단 그곳에 도착하면 내 힘으로 벌어 학비를 충당할 겁니다. 그러니 그쪽 부모님하고는 부딪힐 일도 없단 말입니다. 형님이 허락하지 않으셔도 할 수 없습니다. 전 결혼도 미술도 포기할 수 없습니다. 이곳에서 고기나 잡으며 평생을 보내고 싶지 않으니까요."

"네 꿈을 위해 원치도 않는 결혼을 한다면 네 장래는 불 보듯 뻔한 일 아니냐. 그래서 행복할 것 같으냐?"

그때 옆에 있던 엄마의 목소리가 들려왔다.

"여보. 삼촌 뜻대로 합시다. 그냥,"

"그걸 말이라고 해? 당신까지 왜 이래? 나쁜 놈."

"형님. 기회주의자라고 욕하셔도 좋습니다. 그러나 지금으로선 이럴 수밖에 없어요."

"에이, 천하에 배은망덕한 놈!"

아버지가 벌떡 일어나 방문을 박차고 뛰쳐나왔다. 평상에 앉아 있던 나는 그 자리에서 발딱 일어서고 말았고 아버지는 그런 나를 한 번 쳐다보고는 그대로 대문 밖으로 나가 버렸다.

그날 밤, 나는 삼촌과 함께 방에 누워 천장에 그려진 벽지 무늬를 눈으로 요리조리 쫓아다녔다. 무거운 집안 분위기 탓에 나도 기분이 우울했다.

"삼촌, 정말 떠날 거야?"

심란하긴 삼촌도 마찬가진 것 같았다. 그러나 아버지와 마찰의 원인을 두고 갑론을박할 때에도 난 그들의 얘기가 무엇인지 알고 싶지 않았다. 단지 내겐 삼촌이 곧 떠날 거란 불안감만 엄습했기 때문이다. 그런 내 마음을 알았는지 삼촌은 나를 꼭 껴안았다.

"휘야. 사람은 언젠가는 헤어지게 되어 있어. 비록 부모 자식 간이라 할지라도 영원히 함께 할 수는 없는 거야. 나도 너와 헤어지는 게 너무 마음이 아프지만…… 아프지만, 그래도 이 삼촌은 삼촌대로 살아가야 할 길이 있는 거야. 나중에 네가 크면 그 모든 걸 알게 될 거야."

"그 아줌마랑 결혼하고 나면 우리나라를 떠나는 거야? 그럼 다신 삼촌 볼 수 없는 거야?"

"휘야! '언젠가'는 있어도 '영원히'는 아니야. 다시 돌아올 거야."

"치, 거짓말."

"약속할게. 그리고 내가 올 수 없는 상황이 되더라도 그땐 너를 내가 있는 곳으로 꼭 한 번 초대하마. 알았지?"

그러나 나는 삼촌의 말이 쉽게 믿겨지지 않았다. 갑자기 커다란 장벽 하나가 둘 사이를 가로막고 있는 생소한 생각이 들었기 때문이다. 눈물이 핑 돌았다.

"섭섭하지만 삼촌도 휘와 헤어지기가 정말 싫지만……. 하지만 어딜 가도 이곳을 잊지 않아. 난 그곳에 가서도 꼭 여기처럼 조용하고 아름다운 등대가 있는 곳으로 갈 계획이다. 그곳에서 내가 해야 할 일을 어느 정도 마치면 다시 돌아올 생각이고."

갑자기 머릿속이 복잡해졌다. 문득 삼촌이 하던 말이 떠올랐다.

'고래는 수만 킬로를 헤엄치고 다니지만 한 번도 길을 잃는 법이 없지. 바로 하늘의 별자리를 보고 있기 때문이야. 마찬가지로 사람들도 바다에서 길을 잃었을 땐 등대를 보고 뭍으로 돌아올 수 있거든. 등대는 내겐 희망이고 영원한 길잡이거든.'

정말 삼촌을 찾으러 갈 기회가 된다면 등대와 별자리가 내 길잡이가 되어줄까? 하늘의 고래자리가 가장 가깝게 보이고 가장 빛나던 곳에서 삼촌을 다시 만날 수 있을까?

"삼촌, 그때 그 노래는 어떤 노래야?"

난 삼촌이 제대하고 오던 날 밤, 등대 아래 앉아 부르고 있던 그 노래에 대해 물었다. 그러자 삼촌은 우리말로 가사를 바꿔 불러주었다.

~~니가 바다 한가운데 묶여 있다면
내가 등대가 되어 널 찾아줄게.
니가 어두운 곳에서 널 볼 수 없고
널 찾을 수 없을 때 내가 빛이 되어 지켜줄게.~~~

…………………

"휘야. 엄마 아버지 말씀 잘 듣고, 알았지?"

삼촌은 다시 한 번 나를 꼭 껴안았다. 눈물인 듯 이마 위로 뜨거운 무엇이 흘러내렸지만 난 노래 가사만 가만히 되새기고 있었다. 다시는, 절대로 잊어버리지 않으려는 듯이. 그날 이후, 난 마지막으로 삼촌과 보낸 그 밤하늘을 언제나 잊을 수 없었다. 그리고 내겐 밤마다 등대에 앉아 별을 쳐다보는 버릇이 생기고 말았다. 1992년 가을, 삼촌은 그렇게 우리를 두고 먼 유럽 어디론가 떠나고 말았다. 내 나이 여섯 살 때였다.

그렇게 몇 년이 흘렀다. 초등학교를 바닷가에서 마친 나는 울산의 한 중학교로 진학했다. 그동안 삼촌은 몇 번의 편지를 집으로 보내왔고 아버지는 그 편지를 받을 때마다 긴 한숨을 내뱉곤 하셨다.

"잘 지내고 있을 거예요. 삼촌이 그토록 원해서 결정한 일인데."

그때마다 엄마는 아버지를 그렇게 위로를 해드렸다. 그러나 그런 말을 하는 엄마도 듣는 아버지도 어떤 수심의 그림자가 얼굴에 드리워진걸 나는 수없이 보았다. 삼촌은 정말 잘 지내고 있는 걸까? 그렇다면 왜 내겐 한 번도 편지를 보내지 않는 걸까?

그러나 그것도 잠시, 나는 나의 장래에 대해 생각을 하느라 차츰 삼촌에 대한 생각을 잊어가고 있었다. 고등학교에 진학을 한 다음부터 고민은 더 깊어만 갔다.

"도대체 누굴 닮아.........?"

나는 아버지가 삼촌이 받은 상장을 사정없이 찢어버리던 그날을 다시 기억하며 전국 대회에서 받은 내 상장을 일부러 부모님이 보지 못하는 곳에 숨겨 두곤 했다. 이대로 포기를 해야 한단 말인가. 그럼 나는 무엇을 해야 하나? 아버지 희망대로 배를 타야 한단 말인가?

"여보, 그러지 말고 송휘는 자기가 원하는 공부를 시키도록 합시다. 삼촌 때 그렇게 반대를 해도 소용없다는 걸 알았잖아요."

"나도 이제 나이도 있고 당신도 언제까지 배를 탈 수도 없잖은가."

이제 아버지의 몸 상태는 내가 생각해도 걱정이 될 정도로 많이 야위어 있었다. 환갑에 가까운 세월의 흔적이 유별나게 아버지에게만 더 도드라지게 짓밟고 지나가는 듯해 마음이 짠할 때도 많았다.

"지방대학이라면 장학생으로라도 얼마든지 갈 수 있다. 단지 내 욕심으론 지방대학에 보내기엔 송휘의 실력이 너무 아깝다는 거다."

선생님과의 진학 상담을 받고 나자 난 혼란에 빠지고 말았다. 내 모든 형편을 봐서는 아버지의 뜻을 따르는 게 옳은 것 같았다. 하지만 그러기엔 내 꿈이 물거품처럼 허무하게 사그라지는 것 같아 마음이 아파왔다.

그때 때마침 나는 삼촌으로부터 한 통의 편지를 받았다.

– 오랜만이구나.

자주 연락을 하려고 마음먹었지만 세상사 뜻대로 안 되는 건 어디서나 마찬가진가 보다. 이제 고3이라지? 네 아버지로부터 몇 번 안부를 전해 들었다. 네가 미술 전국 대회에서 상도 많이 받았다는 얘기. 처음엔 칭찬인 줄 알았는데 알고 보니 이 삼촌을 원망하는 거였더구나. 네가 꼭 이 삼촌을 빼닮았다면서. 지금은 진로에 대해 담담해 보여도 자라보고 놀란 가슴 솥뚜껑보고 놀란단 말처럼 너도 꼭 나처럼 머잖아 자신의 고집을 세울 것 같아 불안하다고........ 그래도 다행인 건 네 아버지는 내심 네게만은 어렵더라도 그 길을 가게 할 수도 있다는 뜻이 보인다는 점이다.

....

내가 지금 머물고 있는 이곳은 파로스 섬 근처이다. 어릴 적 보아왔던 기억 때문인지 추억인지, 외국에 나와서도 난 등대만 보면 고향에 온 듯 마음이 여유로워지곤 한다. 틈이 날 때마다 세계의 유명한 등대가 있는 곳이라면 빠지지 않고 찾아다니기도 했지. 여기는 파로스 등대가 가까운 곳이다. 세계에서 가장 오래되고 불가사의한 등대라고 하는데 아름답기까지 하니. 참! 등대를 볼 때마다 난 항상 그 노래를 부르곤 했지. 기억나니?

언젠가 너를 이곳으로 초대할 날을 기다리며. -

그리고 편지와 함께 봉투에 담겨진 A4용지 크기의 액자는 파도치는 바다에 떠 있는 등대 그림이었다. 멀리 검은 밤하늘엔 고래자리의 다섯 개 별이, 바다엔 그 별을 보고 수면 위로 떠오른 작은 고래 모습이 담긴.

삼촌의 편지를 받고 난 한동안 망설여야 했다. 아버지는 내게 말을 하지 않았어도 내가 미술을 하기를 원한다면 굳이 막지는 않겠다는 의사를 삼촌에게 넌지시 전한 거나 마찬가지였다. 삼촌도 무언이었지만 내 선택에 간접적인 응원을 보내는 것 같았다. 하기에 난 더 망설일 수밖에 없었다.

삼촌이 떠난 후에도 아버지와 엄마는 십삼 년이란 세월을 더 바다에서 보내며 삼촌에 이어 내 뒷바라지를 해왔음을 나도 잘 알고 있었다. 그런 부모님을 두고 나 혼자만의 꿈을 위해 이곳을 떠나기엔 너무 마음이 아팠다.

"잘 생각해본 뒤 말씀드릴게요."

그 뒤로도 내 고민은 몇 달을 두고 설왕설래하고 있었다. 꿈에선 내가 그린 그림을 뚫고 지나가는 어선의 모습을 수없이 꾸었다.

그날은 여름이 거의 다 지나가고 추석이 며칠 앞으로 다가오던 때였다. 담임선생님과 면담 후 막 교무실을 나서려는 순간, 엄마로부터 걸려온 전화 한 통. 수화기를 건네주는 선생님의 표정이 무거워 보였다.

"휘야! 네 아버지가, 네 아버지가......."

엄마의 목소리가 끝나기도 전에 나는 시외버스정류장으로 정신없이 뛰어 갔다. 태풍이 몰려온다는 일기예보 때문인지 이미 하늘에선 한 줄기 굵은 빗방울이, 거기다 바람까지 세차게 몰려오고 있었다. 정자로 넘어가기 위해선 '가분데 고개'를 넘어야 했다. 버스가 병영에 도착했을 땐 이미 태풍은 그 중심에 들어선 듯 비바람이 세차게 몰아치기 시작했다. 버스는 휘청대며 커브길을 돌아 고개 초입으로 막 들어서고 있었다. 정전이 됐는지 사위는 분간을 못할 정도로 캄캄한 어둠 속에서 하늘에서 떨어지는 요란한 빗줄기만이 땅바닥을 내리쳤다.

바로 그때, 버스 앞으로 굵은 가로수 하나가 나뒹그러졌다. 쿵! 바람에 찢겨진 가지의 흰 속살이 비늘처럼 허옇게 드러나고 긴 둥치는 그대로 길을 가로 막고 말았다. 빗속에서 누군가 뛰어왔다.

"더 이상 못 가요. 여러 개 나무가 쓰러져 앞길을 막고 있으니 되돌아가야 해요."

그러나 이미 되돌아갈 수도 없었다. 버스 뒤로도 아름드리나무 하나가 길을 차지하고 드러누워 있었기 때문이었다. 이대로 꼼짝없이 발이 묶여야 하는가. 순간, 나는 버스 문을 열고 밖으로 뛰쳐나왔다. 그리고 고개 정상을 향해 뛰기 시작했다. 캄캄한 어둠 속에서 굵은 비만이 사정없이 얼굴을 때리며 말하는 듯했다.

"정신 차려!"

구불구불한 언덕길은 끝이 없었다. 산 정상까지는 버스로도 반시간 정도의 거리였다. 그러나 나는 멈출 수 없었다. 숨은 턱에까지 찼지만 이대로 포기할 순 없었다. 어둠이, 비바람이 내 앞길을 막았다. 그때 나는 마음속으로 빌고 있었다.

누군가 나의 등대가 되어 주소서.
별자리를 보고 떠나는 고래처럼
내게 힘을 실어 주소서.

사고 난 곳은 정상에서 고개 2/3 정도 내려선 지점이었다. 길이 막히자 구급차가 다른 길로 돌아오는 바람에 구조 시간은 그만큼 더 늦어졌다고 했다. 아버지의 일톤 트럭은 언덕 아래로 몇 번을 굴러 내렸지만 거짓말처럼 반듯하게 앞을 보고 서 있었다. 119 구조대원들이 언덕 아래로 내려가 차 문을 열었다. 차는 굴러 떨어지는 충격으로 앞부분이 심하게 안쪽으로 찌그러졌고 그 힘은 온전히 핸들로 밀렸다. 핸들이 꺾여 아버지의 복부를 강타했고 그 충격으로 아버지의 부러진 갈비뼈가 척추 신경을 찌르고 지나갔다고 했다.

"도대체 왜 이 폭풍이 몰아치는 날에 운전을 하신 거예요?"

"네가 온다는 말을 듣고 이 폭풍우에 행여 오기 힘들까 봐 직접 차를 몰고 가서 태워 와야 한다며 나가더니 기어이 이 참사가 났구나, 어쩌면 좋니?"

어머니는 온몸을 바들바들 떨며 안절부절못하고 계셨다. 구급차를 타고 응급실에 도착한 곳은 울산의 한 병원이었다.

"아무래도 척추 아래로 가는 신경이 손상된 것 같습니다. 자세한 건 검사를 해본 후에야 알 것 같고요."

아버지의 발뒤꿈치와 종아리 쪽을 바늘로 군데군데 찔러보던 의사는 반응이 없자 그렇게 결론을 내렸고, 곧이어 검사실로 향하는 아버지의 힘없이 처진 모습을 우리는 넋 놓고 바라볼 수밖에 없었다.

몇 달 뒤, 나는 졸업을 맞았다. 차라리 모든 결정을 하고 나니 오히려 마음이 후련했다. 이젠 다시는 뒤돌아보지 않으리라. 어쩌면 그 옛날 아버지가 삼촌에게 하시던 말이 맞는 지도 몰랐다.

"알 수 없는 환쟁이의 세계. 거기서 살아남기가 그리 쉬울 것 같으냐. 밥이나 빌어먹고 살면 다행일까. 그저 몇 번 상을 받았다고 해서 그게 전부는 아니다. 실력은 당장에 판가름이 나는 게 아니고 나중에, 아주 나중에 말이다. 나이들은 다음에라야 옳은 판가름이 나오는 거다. 마치 토끼와 거북이 경주처럼 쉽게 앞서 나가는 것을 자기 재능이라 믿을지 몰라도 실력은 경험과 다른 선진 문화를 접목했을 때에만 우러나는 거다. 난 그 뒤의 부분을 너에게 해줄 능력이 안 된다는 말이다. 알아듣겠느냐?"

그리고 그 의미를 나는 조금씩, 그리고 애써 알아가려고 노력을 기울여야 했다. 거기엔 아버지의 하반신 불구로 2톤 급 작은 어선이 이젠 누군가 새 주인을 만나야 한다는 생각도 만만찮게 작용했다. 그렇게 나는 고등학교 졸업과 동시에 아버지를 대신하여 뱃일을 배워야 했다.

"지금이라도 늦지 않았다. 돌아가고 싶으면 돌아가거라."

아버지는 그렇게 말씀하셨지만 난 더 이상 이미 지나가버린 꿈을 되돌아보기가 싫었다. 아니 어쩌면 두려웠다는 게 정확할 것이었고 그래서 잊기로 했다. 무조건. 나는 밤마다 등대를 찾아갔다. 그리고 등대 아래서 삼촌이 부르던 노래를 흥얼흥얼 흉내 내어 부르기도 했다. 때론 저 별 따라 가다보면 삼촌이 계신 곳이 있지 않을까. 막상 결정을 하고 나니 이렇게 혼자 있는 시간이면 삼촌이 너무나 그리웠다. 그러나 난 아버지를 위해 그런 내색을 조금도 할 수 없지 않은가. 삼촌이 그립다는 건 곧 미술에 대한 미련을 다시 불쏘시개처럼 태워 일으키는 고통과 같았으므로.

이웃에 사는 철용 아재의 도움으로 뱃일을 배우기 시작했다. 아버지는 그런 나를 휠체어에 앉아 배웅을 하고 계셨다. 어머니 또한 아버지 시중 때문에 뱃일이란 엄두도 못 낼 형편이었으니까.

그렇게 봄이 지나고 여름이 다가왔다. 이제 제법 뱃멀미에도 익숙해져 가끔 궂은 날 파도에 흔들리는 뱃머리에서도 견딜 만도 했다. 그러나 그것도 잠시 또 다시 찾아온 불행. 어느 날 바다에서 돌아온 저녁, 나는 집 안으로 들어서다 방 안에서 들려오는 엄마의 울음소리에 순간 불길한 기운을 느끼고 얼른 방 안으로 뛰어 들어갔다. 아버지의 호흡이 거칠어져 있었다.

"가만!"

엄마가 서두르는 내 팔을 가로 막았다.

"……저기…….그것……. 이리로……."

아버지의 끊길 듯 이어오는 말을 엄마는 용케도 알아들으신 모양이었다. 그리고 엄마는 장롱을 열고 맨 아래 칸에 두었던 봉투 하나를 꺼내 아버지에게 건네주었다. 아버지의 숨소리가 거칠어졌다. 나는 정신없이 아버지의 손에 든 서류 봉투를 받아들기 무섭게 안을 열어 보았다.

"가거라, 이젠."

"아버지! 그게 무슨 말씀이세요? 그리고 이 사진은 또 무엇인가요?"

그러나 아버지는 대답 대신 숨을 거칠게 몰아쉬고만 있었다.

"휘야. 내 아들 휘야. 넌 언제나, 영원히 내 아들이었다. 미안하다. 일찍 알려주지 못해서."

아버지의 장례가 끝난 뒤 나는 엄마에게 떠밀리다시피 집을 나서야 했다.

"이게 아버지의 소원이었다. 영원히 가슴에 묻어두지 않은 게 후

련하셨는지 눈을 감고 편히 가시더구나. 잘 갔다 와. 아니 돌아오지 말고 거기서……. 네가 하고 싶은 공부해도 좋다. 난 괜찮으니까.”

비행기를 타고 이륙하는 순간 나는 하늘을 보았다, 그리고 저 멀리 바다가 보이는지도 찾아보았다. 문득 나는 가방을 열고 아버지가 건네주신 사진 한 장을 꺼냈다. 그것은 한 젊은 부부가 갓난아기를 안고 찍은 사진이었다.

“핏줄은 못 속이는구나. 네 애비 재능까지 쏙 빼닮았다니. 아기가 없던 우리 부부에게 넌 그동안 참 좋은 아들이었다.”

비행기는 파로스로 향하고 있었다. 나는 마치 별자리를 보며 바다를 건너가던 고래라도 된 기분이었다. 어디선가 삼촌이 불러주던 노랫소리가 들려왔다. 난 그제야 내가 왜 삼촌을 그렇게 좋아했는지 그 이유를 알 것 같았다. 어릴 적 우리 집에 찾아왔을 때 꼭 한번 보았던 그 여인과 삼촌을 찾아서. 그때 그 옆에 서 계시던 어머니의 쓸쓸한 눈빛이 새삼 떠올랐다.

난 다시 돌아올 것이다. 반드시.

누군가 나의 등대가 되어 주소서.
별자리를 보고 떠나는 고래처럼
내게 힘을 실어 주소서.

끝.

외 딴 집

인간이란 특권으로
또는 삶의 도구로
우리는 죄없는 가축을 함부로 다룬다
그 업보는 고스란히
그의 몫이 되고

외 딴 집

조용하던 마을이 갑자기 소란스러워지기 시작했다.

구급차의 요란한 사이렌 소리가 멀리 산길을 넘어가자 동네 사람들이 하나 둘 익문의 집을 향해 발걸음을 재촉했다.

“갑자기 무슨 일이래?”

“아, 익문의 여동생이 오빠를 입원시키기 위해 내려왔다잖여.”

“아니 그 사람이 돌아온 지 얼마나 됐다고……. 근디 익문의 증세가 얼마나 심각하기에 입원까지 시킨다고 그런댜? 그럼 또 익문의 집은 텅텅 비겠구먼.”

익문의 집으로 올라가는 산길 초입에 사람들이 우르르 몰려 산 위쪽에 있는 익문의 집을 쳐다보며 모두들 한마디씩 거들고 있었다. 잠시 뒤 산길 중간에 멈춰서 있던 구급차의 문이 닫히고 천천히 산길을 내려오자 사람들은 이내 길을 비켜주었다. 차는 조용히 그러나 재빠르게 산길을 다시 돌아가 면사무소 쪽을 향해 달려가 버렸다.

그해 섣달 초이튿날엔 엄청난 눈이 내렸던 것 같다. 안날부터 시작된 눈은 밤사이 잠시 소강상태를 보이더니 다음 날 오후부터는 어린 아이 주먹만 한 크기의 소담한 눈송이로 변해 된바람과 함께 금강을 건너오면서 인근 산야와 강이 간직하고 있던 본연의 색채를 하얀 소복 차림으로 바꾸어 놓았다. 점심으로 시래기밥 한 그릇으로 볼가심을 마친 나는 당나무가 서 있는 마을 어귀를 벗어나 저 멀리 성덕리로 돌아가는 산길 앞까지 숫눈길을 걸어 논두렁에 닿았다. 메마른 논바닥은 동네 아이들에게는 더없이 좋은 운동장이었다. 새끼줄을 꽁꽁 엮어 공처럼 동여맨 공 하나만 있으면 우리는 더없이 즐거웠다. 이미 대여섯 명의 아이들이 하얗게 젖어든 마른 논 위에서 정신없이 뛰어다니고 있다. 편을 가르고 자시고 할 겨를도 없이 나는 그들 사이로 끼어들었다. 거센 눈발이 눈과 콧구멍으로 파고들어 앞이 보이지 않았지만 우리는 그런 것에 개의치 않았다. 때론 움푹 파인 논바닥에 넘어지고 낫질이 낮게 되지 않아 덩그렇게 솟아 있는 나락 밑 둥지에 걸려 자빠지기도 했지만 이미 수북이 쌓인 눈더미에 온몸이 파묻힐 때의 짜릿한 쾌감에 익숙한 우리들이었다. 까르르- 웃고 떠들고 소리 지르고, 정신없이 뛰어다녀도 우리의 발자국은 금방 눈에 파묻히고 말았다. 그만큼 그날의 눈은 엄청나게 쏟아지고 있었다.

그러던 한순간, 우리는 갑자기 모든 행동을 멈추고 경고 신호를 받은 미어켓처럼 제자리에 얼어붙은 듯 서서 한 곳을 바라보기 시작했다. 내가 찬 공이 저 멀리 산자락을 돌아가는 논자락의 수멍에 끼이던 바로 그 순간이었다. 멀리 산길을 돌아오던 소리가 점점 더 크게 들려오기 시작했다. 그것은 아랫마을 명식이 아버지가 몰고 오던 늙은 소의 목에 달린 워낭소리였다. 딸랑딸랑– 그 소리는 흩날리는 눈보라 속을 정면으로 뚫고 바람처럼 우리의 귓전으로 날아왔다. 소의 걸음이 점점 느려졌다. 하얀 눈 속을 걸어가는 그들의 모습이 산길을 돌아가 사라질 때쯤 우리는 비로소 서로의 얼굴을 마주보았다. 그리고는 약속이나 한 듯 일제히 그들을 뒤따라 내달리기 시작했다. 우리가 숨을 헐떡이며 산길을 돌아갔을 때 이미 명식이 아버지는 지난여름 원봉리에 살던 노인이 땅보탬을 한 산소를 끼고 오르고 있었다. 우리는 행여나 들킬세라 산속으로 숨어들어 산을 타고 그들 뒤를 따르기 시작했다. 저 멀리 산등성이가 끝나는 곳에 커다란 소나무가 두 팔을 내려 뻗고 있는 아래 보이는 집. 소는 그 집 입구에 서자 갑자기 흥분해서 날뛰기 시작했다. 명식이 아버지가 덩달아 몇 번을 땅에 쓰러지며 혼쭐이 나더니 이내 채찍으로 소잔등을 후려갈긴다. 음매– 충혈된 소의 눈에서 흘러내린 눈물이 콧잔등 아래로 흥건히 젖어 있었다. 코뚜레를 끌고 명식이 아버지가 집 안으로 사라진 틈을 타서 우리들은 잽싸게 사립문 앞에 고개를 디밀고 집 안을 들여다보았다.

이미 소는 땅에 거꾸러진 뒤였다. 명식이 아버지는 대문 저편으로 고개를 돌린 채 한 걸음 물러나 있고 또 다른 남자는 도끼와 날이 시퍼런 칼 등 섬뜩한 도구들을 챙기고 있었다. 뒤란 앞 아궁이엔 큰 솥단지에 물이 펄펄 끓고 있었다. 우웩! 우리 중 누구의 입에서 욕지기가 튀어나왔다. 순간 마당에 서 있던 두 남자의 시선이 사립문을 향해 내리 꽂힌다. 추위 때문만은 아닌 또 다른 한기가 온몸을 덮쳐오기 시작했다. 다음 순간, 누가 먼저랄 것도 없이 우리는 죽을힘을 다해 다시 산길을 되돌아 내달렸다. 숨이 턱에 차올랐다. 마을 앞 당산 나무 아래에 와서야 우리는 거친 숨을 몰아쉬며 그 자리에 드러눕고 말았다. 어느 결에 눈은 그쳤는지 간혹 불어오는 바람에 나뭇가지에 걸려 있던 눈송이가 털썩 우리의 머리 위로 떨어지고 있었다. 잠시 뒤 갑자기 눈발이 다시 세차게 내리기 시작하자 아이들은 하나 둘 집으로 돌아가기 시작했다. 그러나 나는 그날 집으로 돌아가는 내내 가슴속에 또렷이 각인된 또 하나의 시선이 자꾸만 떠올라 쉽게 집으로 발길을 옮기지 못하고 있었다. 그 시선은 마치 명식이 아버지의 손에 끌려가던 소의 슬프고도 우울한 눈망울을 너무나 닮아있었던 것이었기에 더 잊을 수 없었는지도 모른다.

그날, 우리가 소스라쳐 놀란 가슴을 가누지 못해 정신없이 뛰어 마을로 돌아오기 직전, 내가 보았던 또 다른 하나의 시선- 그것은 바로 익문의 것이었다. 그는 우리가 자신의 집 사립문 틈을 들여다보기 시작하던 그 훨씬 이전부터 우리의 뒤 어딘가에서 지켜

보고 있었던 것 같았다. 다만 모두들 도망치기에 정신이 없어 허겁지겁 달려가느라 그의 시선을 놓쳤는지 몰라도 난 그날, 눈이 무릎까지 쌓인 그의 집 앞 산길을 다시 뛰어 내려올 때 산 능선 나무 뒤에 숨어서 매섭게 노려보고 있던 익문의 시선을 분명 보았던 것 같다.

이미 40년여 전의 기억이었다. 명식이 아버지가 설을 쇠기 위해 소를 잡으러 들렀던 산등성이 집은 바로 익문의 집이었던 것이다. 그때 명식이 아버지 곁에서 소를 잡던 그 남자는 바로 익문의 아버지였다. 마을에서 산길을 하나 돌아간 곳, 그곳 야산 깊숙이 있던 외딴집은 가끔 도축이 비밀리에 이뤄지던 곳이기도 했다. 익문의 아버지는 마을의 대소사가 있을 때마다 이 마을 저 마을을 찾아다니며 소나 돼지 등을 대신 잡아주곤 했다. 또한 이웃마을에 가지 않을 때에는 그의 집에서 직접 가축을 잡기도 했다. 말하자면 익문의 아버지는 마을의 백정 노릇을 도맡아 하고 있었던 셈이다.

그의 식구로는 한쪽 다리를 심하게 절뚝이던 그의 어머니와 익문보다 두 살 어린 여동생을 포함한 네 명이었다. 사시였던 그의 여동생 정숙은 언제나 사물을 쳐다보는 게 많이 어눌하게 보이곤 했다. 그녀의 시선은 언제나 다른 곳을 향하여 있었기 때문이었다. 익문의 아버지 또한 왼쪽 손가락 두 개가 없는 불구였다. 동네 사람들 얘기로는 그는 어릴 적부터 고향을 떠나 객지를 떠돌아 다니다 이십 년쯤이 지난 어느 날, 익문의 아버지는 낯선 여인과 함께 다시 고향으로 흘러들어왔다고 했다. 익문의 조부모가 돌아가신지 반년이 되던 해였다. 만삭의 여인은 그곳에서 익문을 낳았고 몇 년 뒤 정숙을 차례로 낳았다. 그러나 마땅히 조상으로부터 물려받은 농사가 변변치 못했던 탓에 그의 아버지는 가족들을 남겨둔 채 다시 며칠씩 객지를 떠돌다 돌아오기를 반복하곤 했다. 말하자면 익문의 아버지는 이 마을 저 마을을 떠돌면서 어릴 때부터 몸에 배인 소나 가축 잡는 일을 대신해주고 돈을 벌고 다녔다고 했다. 그들의 집은 우리가 사는 마을과는 작은 산 구릉 하나를 사이에 두고 있었다. 무엇보다 익문 어머니의 불편한 몸과 정숙의 장애로 인해 그들은 스스로 담을 쌓듯 마을 사람들과 멀어졌던 터였기에 그들의 생활은 더 깊이 숨겨져 있었는지도 모른다. 다만 익문은 나와 같은 학교에 다니고 있어서 매일 그를 만날 수 있었다. 우리가 다니던 초등학교는 산길을 돌아 익문의 집 앞 시골길을 약 삼십분 정도 걸어 원봉리로 가던 중간 오른쪽에 위치한 금강이 훤히 아래로 내려다보이던 산 중턱에 있었다. 그의 학교생활은 생각만치 특별한 구석은 없었던 것으로 기억된다. 그는 식구들 중에 유일하게 장애를 가지지 않고 있었지만 그의 내성적 성격 탓이었을까, 작은 키에 목이 짧고 굵었으며 눈꼬리는 호랑이의 그것처럼 약간 치켜 올라가 있었기에 그의 첫인상은 매우 반항적인 이미지로 꽉 찬듯했다. 그와는 4학년 때부터 언제나 한 반이었고 우리는 3년을 짝으로 지내야 했다. 그의 집안 형편 탓에 익문은 점심시간이면 도시락을 먹는 학급 친구들을 피해 제일 먼저 교실을 빠져나갔다. 나는 그가 교실 뒤 금강이 내려다보이는 곳을 서성이는 것을 자주 보았고 때론 우물물을 퍼 올려 정신없이 물로 배를 채우는 광경을 자주 보곤 했었다. 나는 급식용으로 일주일에 두 번 옥수수빵이 나오던 날이면 내 몫까지 고스란히 그의 손에 쥐어주곤 했다. 그런 날이면 우리는 학교 뒤 금강변의 하얀 백사장을 정신없이 뛰어다니며 놀다 집으로 돌아가곤 했다. 그에겐 내가 유일한 친구였던 셈이다. 강에서 멱을 감고 발가벗은 몸으로 바위에 걸터앉아 해바라기를 하던 때 그는 자주 내게 그런 말을 했던 것 같았다.

"난 우리 집이 싫어. 아버지가 있는 집 안은 숨이 막힐 것 같아. 언제나 아버지의 몸에선 피비린내가 나거든. 난 말이야 초등학교를 졸업하면 집에서 도망칠 거야. 아버지가 없는 곳이라면 어디든지."

그리고 그는 그가 말한 대로 초등학교를 졸업하고 얼마 뒤 대전에 있는 어느 목공소로 일자리를 얻어갔다. 자연히 우리는 그 시점에서 더 이상 만날 수가 없게 되었고 내 기억 속에서 그의 존재는 서서히 사라져 가고 있었다. 초등학교를 졸업하고 나는 대전에 있는 중학교로 입학을 하였고 당시 고2였던 작은형과 함께 자취를 시작하게 된 것이다. 익문을 다시 만난 것은 내가 중학교 3학년이 되던 새 학기 초의 어느 날이었다고 생각된다.

"학상, 누가 찾아왔어."

주인집 할머니가 문을 두드리며 쉰 목소리를 던지고 간 말이 채 사라지기도 전에 나는 부리나케 대문으로 뛰어나갔다. 그날은 시골에 계신 어머니가 한 달에 한 번씩 들러 반찬이나 방세 등을 해결해주고 가는 날이기도 했다. 그러나 문 앞에 선 사람은 어머니도 아버지도 아닌 바로 익문이었다. 초등학교를 졸업하고 3년 만에 만난 얼굴이었다. 뜻밖의 그의 방문에 어리둥절해 있을 무렵 그가 목소리를 낮춰 내게 말했다.

"돈 가진 것 있으면 좀 빌려줘."

그는 누군가에게 쫓기는 듯 몹시 초조한 기색이 역력했다. 그의 눈에 써늘한 한기가 백태처럼 끼어 있어 나는 순간 긴장하고 말았다.

"간다."

그는 내가 쥐어준 동전 몇 개와 천 원짜리 몇 장을 주머니에 쑤셔넣고는 허겁지겁 골목을 빠져나가 어둠 속에 묻히고 말았다. 나는 그가 사라진 골목 끝자락을 한동안 바라보다 집으로 들어왔다. 그리고 대문 옆에 던져진 주인집 석간신문을 펴들었다.

– 갈마동에서 십대 네 명 패싸움. 그중 한 명은 칼에 찔려 중태……. 칼을 휘두른 범인은 도주. 경찰 수배령 –

마을엔 벌써부터 소문이 자자했다. 그가 돌아온다. 그동안 우리 마을에서 익문의 존재는 여전히 삼십여 년 전 코흘리개 초등학생의 모습으로만 기억하는 이들이 많았다. 그래서인지 실로 뜻밖의 그의 귀향을 두고 몇몇 동네 사람들은 저마다 그간의 그의 행적에 대해 추측성 말을 하는 사람들이 많았다.

"익문이 말이여, 그동안 몇 번 감옥에 들랑거렸단 소문이 있던데. 맞아?"

"글씨, 몇 년 전까지 그랬다는 말은 들었는디. 아, 얼마 전엔 대전에 있는 도축장에서 일하고 있다는 걸 본 사람이 있다고 하드랴."

"아, 그 애비에 그 자식이지. 호박에 줄 친다고 수박이 되간디? 백정의 피가 어디 가느냐 말이여. 안 그려?"

"너무 그러지들 말어. 걔도 알고 보면 불쌍한 놈이여. 아, 그거야 부모 잘못 만난 죄지 익문이 그 놈이 무슨 죄가 있다고 그랴."

"근디 몇 년간 비어둔 집에 갑자기 돌아와서 뭘 한다고 다시 들어와 들어오길. 공연히 마을에 평지풍파만 일으키는 건 아닌지 몰라. 아닌 말로 있는 거라곤 뭐시냐 거 다 쓰러져 가는 슬레이트 집 밖에 더 있어? 붙여먹을 자갈논도 없지, 밭떼기 하나 없는데 뭣 하러 다시 들어오는지 참말로 요상하네 그려."

나는 과수원에 뿌릴 비료를 옮기다 말고 멀리 산 넘어 그가 살던 집 쪽을 향해 고개를 돌렸다. 과수원 맞은편 겨우 백 미터 정도의 거리에 위치한 그의 집. 그 집은 3년 전 그의 여동생 부부가 살다 짐을 정리하고 서울로 이사를 간 뒤 줄곧 비어있었다. 그곳으로 익문이 다시 돌아온다고 했다. 무려 사십오 년 만의 일이다.

동짓달에 접어들어서도 며칠째 푹하던 겨울 날씨는 어젯밤부터 갑자기 추워지기 시작했다. 마을 어귀를 돌아가는 곳에 있는 작은 저수지 가장자리에 고사리처럼 휘어진 긴 억새에 상고대가 하얗게 내려앉아 있었다. 그리고 그날 밤 기어이 굵은 눈발이 잘 불려 밀어낸 때처럼 하늘 가득 내려앉기 시작하였다. 나는 군대를 제대한 뒤 잠시 도시 생활을 하였지만 IMF이후 고향으로 내려와 아버지의 농사일을 물려받은 지 오 년이 다 되어가던 때였다.

익문이 고향으로 돌아온다는 소문에 마을 사람들이 동요를 일으킨 데에는 어쩌면 그의 아버지로부터 이어온 백정이란 직업에 대한 거부감과 함께 익문의 폭력 전과 사실 때문이었는지도 모른다. 그러나 걱정과는 달리 익문은 집으로 돌아온 이후 별다른 바깥출입도 없이 줄곧 집 안에서만 시간을 보내는 듯했다. 그에 대한 마을 사람들의 의구심 가득 찬 눈초리를 비웃기라도 하듯 그는 묵묵히 하루하루를 집 안에서만 맴돌고 있는 것 같았다. 나 또한 그의 소식을 들어 알고는 있었지만 이미 사십여 년이 지난 지금 그를 다시 만나는 일이 조금은 낯설고 어색한 터라 쉽게 그를 만나러갈 마음이 아니었다.

그러나 그가 돌아온 지 보름이 지나던 어느 날 나는 뜻하지 않게 그를 만날 수 있었다. 바로 그의 집과는 불과 백여 미터쯤 떨어진 나의 과수원에서였다.

그날 내린 눈은 몇십 년 만의 폭설로 바뀌어 있었다. 나는 눈이 잠시 소강상태에 들어간 틈을 이용해 마을 어귀를 돌아 과수원 쪽으로 발걸음을 옮겼다. 수북하게 쌓인 눈을 헤치며 겨우 산길을 돌아 과수원에 도착했을 때 앙상하게 하늘로 뻗치고 있는 복숭아

잔가지가 힘을 이기지 못해 군데군데 부러진 모습이 보였다. 다행히 내년 봄 전정시기가 되면 대부분 솎아내야 할 것들이라 발걸음을 돌려 과수원을 내려올 즈음이었다. 어디선가 들려오는 한 발의 총성.

"탕!"

과수원 옆 능선 꼭대기에 있는 소나무 가지가 휘청거리면서 소복이 쌓여 있던 눈이 쏟아져 내렸다. 이어 무엇인가 숲 아래 수북이 쌓인 눈 위로 힘없이 떨어지는 게 보였다. 배고픈 겨울 짐승을 쫓는 어느 사냥꾼의 짓임에 틀림없었다. 유해조수 퇴치를 위해 사냥이 허가된 시기라지만 마을 인근에서 총소리가 들리는 게 조금은 의아스러웠다. 조심스레 숲을 바라보고 있는 찰나 누군가가 무릎까지 오는 눈을 헤치고 나오는 게 보였다. 사내의 손에 방금 총에 맞은 듯 선혈이 뚝뚝 떨어지는 새 한 마리가 축 늘어져 있는 게 보였다. 황조롱이였다. 그가 걸어온 눈길 위로 길게 혈흔이 점점이 흩어져 있었다. 헝클어진 긴 머릿결, 덥수룩한 구레나룻과 콧수염. 그의 얼굴은 마치 동물의 그것처럼 온통 검은 수염으로 뒤덮여 있었다. 그리고 그 속에서 유난히 번뜩이는 눈동자. 그는 바로 익문이었다.

"오랜만이군."

녹슨 대문을 열고 들어가는 그를 따라 집 안으로 들어섰다. 예나 지금이나 그의 집은 변함이 없었다. 그러나 내가 그의 집 안에 발을 들여놓은 것은 이번이 처음이었다. 순간 묘한 긴장감이 다시 엄습해오기 시작했다. 마당 한쪽에서 소를 잡던 그의 아버지의 모습이 눈앞에 생생히 나타나기 시작했다. 뚝뚝 떨어져 내리던 소의 피가 여전히 마당 어딘가에 선지처럼 굳어져 있을 것 같았다. 굳이 나를 집으로 데려온 익문은 마당을 지나 헛간 입구에 새를 가만히 놓았다. 새는 이미 명줄이 다한 듯 고개를 뒤로 젖히고 두 다리가 경직된 채로 눈 위에 누워 있었다.

"내가 쏜 게 아니야. 누군가 산 너머에서 쏜 총에 맞은 뒤 자네 과수원 안에 떨어졌던 것 같아."

그는 새의 깃털을 열고 총에 맞은 부위를 살펴보았다. 여전히 선혈이 조금씩 흘러나오고 있었다. 그때 맞은편 산 능선 소나무 가지 위에서 또 다른 새 한 마리가 앉아 이쪽을 향해 안절부절못하며 애꿎은 날갯짓만 하고 있었다. 한 번 짝을 지으면 평생을 같이한다는 황조롱이. 새는 나뭇가지 위를 이리저리 옮겨 다니면서도 시선은 멎은 듯 익문의 헛간 쪽을 향해 고정되어 있다. 바로 그때, 헛간에 죽은 듯 버려져 있던 새가 갑자기 퍼덕거리기 시작했다. 새의 고통스런 몸짓이 날갯짓을 통해 고스란히 전해지는 듯해 나는 잠시 미간을 찌푸려야 했다. 그들의 서로를 향한 애타는 몸짓은 그 후로도 한동안 계속되는 듯 했으나 그것도 잠시, 익문이 총에 맞은 새의 목덜미를 손으로 눌러버리자 이내 새는 잠잠해졌다. 어차피 회생하지 못할 정도로 상처를 입고 저토록 힘겨워하느니 차라리 고통 없이 보내려는 뜻이었겠지만 나는 그 모습에 고개를 돌리고 말았다.

"벌써 사십여 년이나 지났네 그려. 그땐 고마웠다. 언제 내가 저녁 식사라도 대접을 해야 하는데."

그는 오래전 나를 찾아와 돈을 빌려간 사실을 얘기하고 있었다.

"참, 자네한테 부탁이 하나 있는데 들어줄 텐가?"

그는 오랜 생각 끝에 내린 결정인 듯 쉽게 말을 꺼내지 못하고 있었다.

"자네가 우리 집사람을 좀 설득시켜줄 수 있겠는가? 함께 여기 들어와 살면 좋으련만 도무지 내 말엔 눈도 깜짝하지 않으니, 원."

그의 얼굴에 짙은 구름이 드리운 듯 침통한 표정을 쉽게 떨치지 못하고 있었다. 나는 그동안 마을에서 떠도는 소문처럼 그가 어떻게 살아왔는지 왜 혼자 아무도 없는 고향으로 돌아왔는지에 대해선 불문율처럼 물어볼 수가 없었다.

며칠째 내린 눈으로 도로 가장자리엔 차가 지나갈 때마다 튀기고 간 흙탕물을 뒤집어 쓴 쌓인 눈더미가 흉물스럽게 버티고 있지만 이면도로엔 여전히 길 중앙까지 눈이 수북이 쌓여 있었다. 익문은 조치원으로 가는 국도를 벗어난 이면도로로 접어들어 좁은 소로를 곡예 하듯 차를 몰다 작은 개울 앞 어느 집 앞에 차를 세웠다. 머지않은 곳에서 개들이 일제히 짖어대기 시작했다. 차에서 내리자 먼저 비릿한 고기 냄새가 코를 파고든다. 집 입구엔 한약재를 달이는 기구들과 압착기, 그리고 한약 패치를 포장할 수 있는 기계들이 어지러이 놓여 있었고 마당을 지나 뒤란으로 이어지는 곳에서부터 시작되는 슬레이트 건물은 바로 견사였다. 익문은 나를 세워둔 채로 먼저 견사문을 열고 안으로 들어갔다. 안에서 일제히 철창에 갇힌 개들의 움직임이 요란하더니 개들이 짖기 시작했다. 나는 그를 따라 살짝 안을 엿보았다. 굵은 철창의 행렬은 양쪽 끝이 보이지 않을 정도로 길게 이어지고 있었다. 철창 아래로 백여 마리는 족히 되어 보이는 개들이 뿌려놓은 분뇨에서 역한 냄새가 코를 파고들자 나는 곧바로 자리를 피해 버렸다.

"앉지."

백열등 불빛이 더 답답하게만 느껴지는 방 안에 들어서자 그는 나를 맞은편 자리로 안내했다.

"번듯한 음식점이 아니라서 미안하네. 내가 하는 사육장이야. 요즘은 마누라가 대부분 일을 맡아하지만. 이젠 이 일도 지긋지긋해. 어릴 적부터 보고 자라온 탓인지 결국은 이 길을 걷게 되더라고. 제대로 배우길 했나 번듯한 재주가 있겠나. 육십이 다 될 때까지 내가 걸어온 길은 아버지가 하던 일을 대물림을 하는 방법밖에 없더군."

그는 내게 무슨 부탁을 하려고 여기까지 데려온 것일까. 무엇보다 놀라운 건 그의 아내가 이 넓은 견사 일을 꾸려가고 있다는 사실이었다. 익문은 왜 남자도 하기 힘든 이 일을 아내에게 맡기고 혼자 고향에 들어와 은둔 생활을 하듯 지내고 있는 것일까. 그의 아내는 어떤 여자일까.

담배를 꺼내든 그의 손이 파르르 떨렸다. 그러고 보니 그의 손

떨림 현상을 본 것은 이번이 처음은 아닌 것 같았다. 바로 며칠 전, 황조롱이의 멱을 눌러 채 덜 끊긴 숨통을 끊던 날도 나는 그의 손에서 이는 작은 경련을 분명히 보았던 것 같았다.

"이 봐. 뭘 그리 꾸물대고 있어. 술상부터 봐 오라니까."

그가 갑자기 방문을 향해 소리를 지른다. 아마도 그의 아내를 부르는 것 같았다. 잠시 후 마루를 걸어오는 발자국 소리가 들리더니 이어 방문이 열린다.

"왜 이렇게 소란스럽대유? 두 손 두 발 다 놓고 저 혼자 팔자 좋게 늘어져 지낼 때는 언제고, 마누라나 자식 먹여 살리기 싫다고 혼자 선비처럼 하늘아, 세월아 하고 지내니 워때유? 좋쥬? 암 그럴 것이여."

짧은 파마머리에 앞치마를 두른 여인이 들으란 듯 큰 소리를 지르며 방 안으로 들어선다. 그녀의 콧잔등에 한겨울인데도 땀방울이 송골송골 맺혀 있다. 삼십 대 중반으로 보이는 여인은 생각보다 미인형의 얼굴이었다. 그녀는 들고 온 술상을 익문과 나 사이에 내려놓았다.

"그만하지 못해? 친구 앞에서 이게 무슨 버릇없는 말버릇이여."

그녀는 그제야 나를 힐끗 쳐다보며 가볍게 고개를 숙인다.

"죄송혀유. 이이가 워낙 변변찮아서."

그러나 그것도 잠시 그녀가 다시 익문을 향해 마주 앉는다. 그의 손의 경련이 더 심해졌다.

"그래유. 당신이란 양반, 이젠 이 생활이 지겹다고 했지유? 당신은 그 한마디로 끝날지 몰라도 내겐 아직도 내 목줄이 달린 일이란 말여유. 그래서 이젠 내가 개도 잡고 탕도 끓이고…….”

“그만두라니까.”

방 공기를 깨듯 소리를 지른 익문이 술 석 잔을 연거푸 마시고는 방을 나가버렸다. 그는 점점 더 심하게 경련을 일으키는 자신의 손을 내게 보여주기 싫어서인지 한 손으로 떨리는 다른 손을 꼭 쥐고 있었다. 열어젖힌 방문 너머에서 담배 연기 한 자락이 흘러들어왔다.

“초면에 실례가 많았구먼유. 저도 저이가 왜 저러는지 이해를 하쥬. 하지만 생명줄처럼 해온 이 일을 그만두고 시골로 들어가자니 그게 말이나 되는 소리여야 말이쥬.”

그녀는 잠시 짬을 두는가 싶더니 금방 말을 이어왔다.

“여태껏 친구라고 한 사람을 한 사람도 못봤어유. 아저씨가 처음이네유. 그래서 말인데 그동안 시골에 가 있으면서 저이한테 무슨 말 들은 건 없어유? 왜 갑자기 다 때려치우고 농사나 짓자고 고집을 부리는지.”

난감했다. 그가 고향으로 온 후 다시 만난 것이 오늘이 두 번째가 아니던가. 갑자기 후회가 밀려왔다. 아무리 그의 집안 내력이나 그의 지난 행적이 꺼림칙하긴 했어도 우리는 친구가 아니었던가. 그런 그에 대해서 난 여태껏 아무것도 모르고 있었다. 아니 어쩌면 의식적으로 그를 피하고 있었는지도 모른다. 그런 나에게 지금 이 여인은 남편과 친분이 가장 두터울 거라는 전제하에 내게 하소연하고 있는 것이었다.

"글쎄요. 전혀 그런 말은……. 워낙 말이 없던 친구였어요."

"그래유? 그렇다면 아무래도 그것 때문인지도 모르겠네유. 저이가 고향으로 가기 한 달쯤 전부터 밤에 가위에 눌리곤 했거든유. 새벽에 일어나 보면 저이가 마치 숨이 끊어질 듯 경기를 자주 일으켰어유. 온몸이 땀으로 젖어 허공을 보며 누군가 자신의 목을 누른다면서. 그때는 온몸을 엮어놓은 듯 꼼짝도 못했어유. 사지를 비틀며 바들바들 떠는 모습을 보노라면 저도 소름이 끼치곤 했어유. 아무래도 그 일이 발단이 아니었나 싶네유."

익문의 손이 파르르 경련을 일으키던 모습이 자꾸만 눈에 떠올랐다. 과연 그것이 그를 고향으로 돌아오게 한 원인이었을까.

"죄송혀유. 처음으로 친구분을 모시고 오셨는데 제가 이런 강짜쓰는 모습을 보여서. 들여보낼 테니 술이나 한잔 하세유."

그녀가 자리에서 일어나 나간 지 얼마 되지 않아서 익문이 다시 방으로 들어왔다. 그의 몸에 가득 베인 니코틴 냄새가 다시 방 안을 떠돌았다.

"에이, 마누라라고 있는 게 원, 말을 들어먹어야지. 자 한잔하지."

그는 아까 먹다 남은 술잔에 술을 가득 채웠다.

"무슨 일인가 이 사람아. 버젓하게 가정을 두고 혼자 고향에 내려와 있다니. 자네 부인이 걱정을 많이 하고 있잖은가."

그는 술잔을 따르더니 단숨에 마셔버린다.

“그래. 우리 집안 내력이야 자네가 제일 잘 알지 않는가. 백정으로 이어온 집안 내력이 싫어 어릴 적엔 집을 뛰쳐나가고 싶었지. 한때는 반항하듯 사고도 치고 돌아다녔다. 소년원에도 가고 감방에도 가고. 하지만, 하지만 말이야. 그런다고 내 집안의 내력과 내게 각인된 어린 시절의 충격적인 트라우마는 씻기지 않았어. 집안 곳곳에 배어 있던 피비린내와 달아오른 솥단지에서 생명줄 끊긴 육신의 익어가는 냄새. 어느 날 출소를 하고 보니 백정의 자식이란 그 초석과도 같은 내력 위에 전과자란 낙인이 하나 더 붙어 있었어. 아마도 그때 나의 폭력 뒤엔 그런 자신을 숨기고픈, 어디론가 숨어 버리고픈 상처 때문이었는지도 몰라.”

그는 다시 술 한 잔을 들이켰다.

“어느덧 내 나이 불혹이 넘어 있더군. 다시는 전과자란 굴레를 쓰지 말자고 버텼지. 이제 나도 여느 사람들처럼 가정도 꾸리고 마누라와 토끼 같은 아이들과의 행복한 가정 생활을 누구보다 간절히 원하고 있었지. 그러나 전과자인 내게 세상의 담은 너무나 높았어. 오랜 생각 끝에 내가 내린 결론이 뭔지 알겠나? 어쩔 수 없이 내가 갈 수 있었던 곳은 바로 도살장이었어. 아버지의 그 검붉은 손을 보며 치를 떨었던 그 길을 내가 다시 걷기 시작할 수밖에 없었다. 이렇게 얘기하면 도살장에 일하는 사람들을 천시하는 것 같아 그들에게 미안한 말이지만. 그렇게 일을 시작한지 몇 년이 지났어. 그리고 집사람을 만나 새 삶을 시작하는 듯 했지. 그러나 시간이 지나면서 내게 드는 생각이 뭔 줄 알아? 이것도 하나의 직업이구나 하는 생각. 생명줄을 담보로 내 삶을 영위하기 위한 수단? 하하, 난 그렇게 자위하고 싶었어."

나는 말없이 그를 쳐다보았다.

"그렇게 난 자신의 멍에에 면죄부를 찍고 싶었는지도 모른다. 그러나 어느 날부턴가 내게 찾아온 이상한 증상들. 악몽과 가위에 눌리는 끔찍했던 그 순간들은 비록 몇 초간의 찰나적인 증상이었지만 죽을 만큼의 고통으로 찾아오곤 했다."

그때 그의 손이 다시 떨리기 시작했다. 순간, 그의 눈에서 긴장한 빛이 역력했다. 그의 증세는 조금 전 내가 보았던 것보다 훨씬 더 심각한 수준이었다. 그의 손에서 시작된 떨림은 이미 그의 팔과 다리를 거쳐 온몸으로 이어지고 있었다. 간질병 환자의 발작과도 같은 그 경련은 그의 사지를 한동안 심하게 떨게 하더니 그것도 잠시 바닥에 누운 그의 몸이 그대로 뻣뻣해졌다. 순간 그의 갑작스런 행동에 내가 당황해 어찌할 바를 모르고 있는 사이 방문을 밀치고 그의 아내가 뛰어 들어왔다. 그녀의 손놀림은 마치 수없이 그런 행동을 보아온 듯, 그래서 어떻게 대처해야 하는지를 훤히 꿰뚫고 있는 것처럼 능숙하고 신속했다. 나는 문턱에 서서 그런 그들의 모습을 쳐다만 보았다. 밖에서 한 줄기 된바람이 집 앞을 맴돌다 축사 쪽으로 사라져 갔다.

그날, 익문이 경련에서 깨어난 것은 약 삼십분이 지난 뒤였다. 그의 아내는 별일 아니라는 듯 그가 깨어나자 다시 밖으로 나가버렸지만 익문의 표정은 그게 아니었다.

"제발, 이젠 그만둬. 여기서 멈춰야 해. 그러니 당신도 이젠 이 일을 그만두고 함께 고향으로 돌아가자고. 제발, 살생은 이제 그만……."

그는 울고 있었다. 그러나 밖에선 아무런 응답이 없었다. 때마침 눈이 소리 없이 북풍을 타고 내리고 있었다. 그랬다. 익문은 더 이상 생명을 자신의 손으로 없애고 싶지 않았던 것이다. 그것은 자신 하나만의 문제가 아니었음을 나는 비로소 깨달았다. 그날 그가 언젠가 끌려가던 황소의 눈에서 흘러내리던 것과 똑같은 눈물을 흘리고 있을 무렵 나는 비로소 그 답을 찾았기 때문이었다.

"어린 시절, 난 아버지란 존재가 정말 싫었다. 언제나 배어 있는 피비린내를 맡는 것은 둘째치더라도 무엇보다 사람들의 따가운 시선을 이겨내야 한다는 게 너무 힘들었다. 중학교도 다니지 않고 집을 나간 이유는 바로 그런 아버지를 피하기 위해서였지. 나도 남들처럼 중학교도 다니고 가족들과 함께 행복한 어린 시절을 보낼 수 있었는데 그 모든 불행의 시작이 아버지로부터 시작되었다는 생각이 들면 들수록 난 그 사실을 잊기 위해 더 잔인해졌는지도 모른다. 일을 부여 받으면 난 닥치는 대로 행동했어. 그때마다 아버지의 피비린내가 떠올랐고 난 그 사실을 잊기 위해 더 악랄해져야 했어. 그 일로 감방을 내 집처럼 드나들곤 했지."

난 말없이 그의 말을 듣고 있었다. 그는 다시 술 한 잔을 마시고는 말을 이어나갔다.

“그런데 어느 날부터 내가 살아가는 방식에 회의가 들기 시작했어. 내가 아무리 세상을 모두 뒤엎어버릴 듯 행동을 해도 내게 돌아오는 건 아무것도 없다는 사실과 전과자라는 낙인만 쌓여간다는 사실을. 내가 교도소에 수감되어 있던 어느 날, 아버지가 날 찾아오셨다. 십여 년 만에 교도소에서 처음 만난 아버지의 모습은 뜻밖에도 너무나 야위어 있었어. 마치 중병을 앓는 환자처럼 창백한 얼굴과 깡마른 모습. 어디에서도 난 어릴 적 아버지의 당당하던 모습을 찾아볼 수가 없었다. 무엇보다 내가 충격을 받았던 것은 나를 면회하는 시간 내내 경련을 일으키던 아버지의 오른쪽 팔을 봤기 때문이지. 아버지는 내게 그런 모습을 보이지 않으려는 듯 왼손으로 팔을 꽉 잡고 있었지만 내겐 그날따라 그 작은 떨림조차도 생생하게 내 마음을 송곳으로 찌르고 있었으니까.”

말을 잠시 멈춘 사이 익문의 팔이 경련을 일으키고 있었다.

“돌아가시기 전 아버지는 내게 유언처럼 말을 남기셨어. 내 죽거든 이 세상엔 흔적도 남기지 마라. 땅속에 뒹구는 해골마저도 남기고 싶지 않다. 태워라. 한 줌의 재가 되거든 물이든 바람이든 산산이 흩어지게 해다오. 한 많고 죄 많은 이 세상에 나란 흔적을 남기지 말란 말이다. 알겠느냐? 이 세상에 안 죽는 게 어디 있을까마는 난 죽음을 두려워하지 않는다. 비록 쉽게 남의 목숨을 그들의 의지와는 상관없이 없애버린 자체에 대해선 그들의 원망을 들어도 할 수 없긴 하다만 이 세상은 그렇게 먹고 먹히는 먹이사슬이 공존하는 세상 아니더냐. 아직도 동물들은 그 생존의 법칙을 본능적으로 따르고 있지. 사람도 마찬가지인 게다. 문명화된 현대 사회에선 그 대상이 같은 인간이 아닐 뿐이다. 여전히 인간들은 짐승들을 식자재로 활용하기 위해 때론 대량 사육을 하면서 약육강식의 법칙을 이어나가고 있을 뿐이다. 난 그런 인간들의 욕망 내지 본능을 단지 충족시키기 위해 살생을 했을 뿐이다. 어떻게 보면 인간들이 얼마나 간사하고 교활한지를 보여주는 단면이 아니더냐. 스스로 그 일을 하는 걸 꺼려하면서 동물사랑이니 어쩌니 하는 궤변으로 자신을 가장 숭고한 자연인으로 포장하는 인간들. 남들은 그런 일을 도맡아 한 내게 백정이니 어쩌니 하면서 나를 천하게 여기기도 했지만 그럴 때마다 난 오히려 그런 그들에게 속으로 욕을 퍼붓고 있었다. 그런 너희들은 뭐 그리 대단한 놈들이냐고. 박애주의? 인권? 웃기지 말라고 그래. 그들은 비록 생을 담보로 하진 않았다 쳐도 그보다 더한 놈들이 얼마나 많은가 말이다. 가소로운 것들."

익문은 그날 밤 술에 취해 있었다. 나는 그가 그날만은 그집에서 자고 오기를 바랐다.

하지만 그는 끝까지 시골집으로 돌아가기를 고집했다. 그의 아내도 그런 그를 더 이상 만류하지 않는 것 같았다.

"저이는 더 이상 제가 이 일을 하지 않기를 원하고 있지만 이젠 저도 그럴 수 없을 만큼 이미 깊은 숲속을 걸어 들어온 걸유. 내가 그만두지 못하는 이유는 밭뙈기 하나없는 시골 생활이 얼마나 궁핍하고 구차한 지를 잘 알기 때문이에유. 그리고 또 다른 진짜 이유는…….”

그녀는 말없이 문 앞을 가리켰다. 그렇게 나는 그를 차에 태우고 집으로 돌아왔다.

혼자 남은 그가 또 다시 발작을 일으키지 않을까 걱정이 되었지만 그의 고집 또한 쉽게 꺾이지 않았다.

“지장경에 보면 이런 구절이 있지. 남의 목숨을 함부로 뺏은 사람은 그 생명이 죽는 모습과 똑같은 모습으로 최후를 맞는다고. 무슨 뜻인지 알아? 내가 없애야 했던 그 수많은 생명들이 내가 경련을 일으키는 그 모습 그대로 죽어갔다는 뜻이지. 우리 아버지 또한 이런 경련에 시달리다 돌아가셨으니……. 누구도 원망하지 않는다. 모든 걸 있는 그대로 받아들일 수밖에.”

그의 발작은 이틀째 계속되고 있었다. 나는 수시로 그의 집을 방문해서 그의 동태를 살폈지만 그는 지금처럼 그냥 옆에서 지켜만 봐달라는 의지를 굽히지 않았다. 그러나 나는 도저히 그 상황을 묵과할 순 없었다. 급기야 그의 여동생에게 전화를 했고 나의 전화를 받고 정숙이 달려온 후에야 그는 응급차에 실려 집을 떠나갔다.

“저도 어쩔 수 없어유. 제겐 목숨을 걸고 지켜줘야 할 일이 하나 더 남아있거든유.”

그의 아내는 끝내 모습을 보이지 않았다. 난 그녀가 왜 익문의 집으로 돌아오려 하지 않는지 그제야 그 이유를 알 것 같았다. 그날, 그녀의 곁에서 말없이 나를 올려다보던 작은 망울 하나. 바로 익문의 여섯 살 난 아들이었다.

그뒤 나는 그의 집을 볼 때마다 어릴 적 피비린내 나고 가축의 고통스런 비명만이 내 귀를 생생하게 맴돌던 참담한 기억과는 달리, 바람 앞 등불처럼 위태롭게 이어오던 비극과도 같은 어느 가족사 앞에 던져진 기구한 삶에 대한 의구심과 허무함을 동시에 느껴야만 했다. 그것은 가난한 삶의 소용돌이 같은 대물림 속에서 인동초로 살아야만 했던 그들의 비극적인 운명을 예고한 곳이었는지도 모른다. 익문은 그런 자신들의 운명을 그렇게 해석하곤 했다.

“어머니와 여동생의 불구 또한 윗대로부터 이어온 유전자였다고 생각할 때가 많았다. 나 또한 방황 속에서 내 인생의 불구자가 되었던 것을 보면.”

그가 떠나던 날도 맞은편 산등성이엔 남은 황조롱이 한 마리가 그의 집을 바라보며 애타는 몸짓을 하고 있었다.

끝.

부르는 소리

우린 흔히 또 다른 삶을 꿈꾸곤한다
기회가 되면
특히 헤어날 수 없는
가난이란 늪에 빠질 때
우연히 찾아든 신분 세탁이란 기회
기회에서 다시 늪으로
돌아가야 한다면?

부르는 소리

얼음장은 두꺼웠지만 투명했다.

강물 속 바닥에 몽글몽글 모여 있는 돌멩이들이 훤히 내려다보였다. 허겁지겁 얼음 위를 걸으며 그를 따라 갔다. 공기층과 수면 사이 두꺼운 얼음이 경계가 되어 물 아래에서 나는 소리는 전혀 들리지 않는다. 숨을 헐떡이며 얼음 아래로 하염없이 떠내려가는 그의 입과 코에서 공기 방울이 보글보글 튀어나와 뒤로 흘러갔다.

"형! 그쪽이 아니야. 뒤쪽으로 와. 구멍은 반대편이라고!"

그러나 그 소리가 들릴 리 없다. 숨을 내쉬고 들이마실 공기구멍을 찾지 못한 형은 자꾸만 구멍이 난 곳과 반대방향으로 떠내려갔다. 형은 얼음 속으로 빠져든 바로 그곳에서 한참을 벗어나 있었다. 그 짧은 시간이 마치 겁을 지난 듯 눈앞이 빙글빙글 돈다. 형의 폐 속 산소 잔량이 부족해진 듯 그의 눈이 튀어나올 듯 부릅

떴다. 쩡쩡 얼음이 울리도록 발을 굴렀다. 그러나 형의 목소리는 들리지 않았다. 다급했는데, 그렇게 큰 소리로 불렀는데도.

"안 돼! 뒤돌아 가. 돌아가라고. 이 등신아."

방향을 틀어 구멍이 난 쪽으로 가려 해도 형은 이미 자신을 제어할 기력도 정황도 없는 듯 했다. 그의 목소리는 물을 투과하지 못했다. 거기엔 얼음이라는 경계가 분명히 우리를 떼어놓고 있는 듯 했다.

꿈이었다. 형의 모습이 나타난 것은 오랜만이다. 한동안 잊고 있었는데. 두 볼 가득 복어처럼 부푼 입, 흰자위가 드러난 엄청난 크기의 눈, 잔물결에 흔들리는 해초처럼 날리던 머릿결. 무언가 말을 하려던 입의 움직임.

이젠 어디로 가야하나.

잠시 D역에 머문 열차가 다시 송충이처럼 슬금슬금 기어가더니 속력을 내어 역사를 빠져 나갔다. 열차표를 아무렇게나 던지고 개찰구를 나왔다. 입구에 마중을 나와 있던 사람들과 열차에서 내린 사람들이 반갑게 만나는 모습이 낯설기만 하다. 나 아닌 그들의 일상이. 역을 빠져 나와 지하상가와 연결되는 지하계단으로 내려왔다. 찬 겨울바람이 지하도 안쪽에서부터 회오리치듯 휘감아 오자 그는 낡은 외투 깃을 올렸다. 가방을 메고 지하상가를 가로질러 갔다. 따스한 난방기류와 외부의 찬 공기가 뒤섞이는 지점에서 다시 망설인다. 오늘 밤은, 아니 오늘부터는 어디서 숙식을 해결해야 한단 말인가. 암담했다. 수중엔 이미 어제 저녁 P가 쥐어준 돈의 절반 정도가 빠져나가고 없었다. 어젯밤엔 싸구려 여인숙에서 자고 라면으로 아침을 때웠지만 이제 그의 수중엔 단돈 만 원과 동전 몇 개가 전부였다. 점심을 건너뛴 탓인지 피로와 함께 또 다시 위장이 옥죄여 왔다. 두 손으로 힘껏 짜내는 것 같은 둔통과 사방을 바늘로 콕콕 찌르는 듯 날카로운 통증이 번갈아 이어졌다. 식은땀이 흐르자 그는 발길을 되돌려 다시 역사 안으로 돌아가기로 마음먹는다. 지상으로 오르는 계단 어귀에 70도 각도로 고개를 숙인 노인이 한 손에 모자를 들고 서 있었다. 주머니 속에서 마주치던 동전 두 개를 꺼내 노인의 모자 속에 집어넣었다. 노인이 고개를 숙인다.

왜 하필 D시였을까? 생각해 보았지만 자신도 답을 몰랐다. 아무 연고도 없는 이곳이 어쩌면 그의 방황을 더 부채질하는 듯했다. 자정이 지난 시각. 대합실이 잠기자 셔터가 내려진 지하상가 벽과 벽을 사이에 두고 수많은 노숙자들이 저마다 바람이 덜 몰아치는 곳을 찾아 모여 있었다. 박스와 신문지 조각들, 그리고 그 옆으로 뒹구는 소주병들. 그는 자리조차 잡지 못한 채 이곳저곳을 헤매고 다녔다. 할 수 없이 그들이 모여 있는 구석진 곳으로 가서 자리를 잡기로 했다. 그러나 앉기도 전에 잠시 몸을 일으켰던 사람들이 빈 공간으로 끼어드는 그에게 술 냄새를 풍기며 내뱉는 온갖 욕설. 그리고는 아무 일도 없었다는 듯이 낡은 담요를 뒤집어

쓰고 있다. 튕기듯 그 자리에서 밀려난다. 난감했다. 빈 곳이라야 지상으로 통하는 계단 아래쪽이 있었지만 매서운 칼바람이 밀려드는 그곳엔 차마 다가갈 엄두가 나지 않는다.

"처음에는 다 그런거요. 이곳에도 나름 규칙도 있고 텃세도 있고 하지."

광고판이 있는 약간 움푹 들어간 곳에서 한 노인이 그를 불러세웠다. 그리고 비스듬히 누워있던 몸을 옆으로 틀어 공간을 만들어 준다.

"아, 서 있지만 말고 빨리 앉아. 쫓겨나기 전에."

그는 겨우 자리에 앉았다.

"난 몇 번 당신을 마주치곤 했는데. 아니 내가 당신 뒷조사를 한 건 아니고 여기선 신입을 금방 알아본다는 말이요. 여기에 오는 사람들은 처음엔 며칠 아니면 몇 달, 그러다 계속 머무르는 사람들도 있지. 아 참 낮엔 고마웠소."

"네? 무슨."

노인이 동전 두 개를 꺼내 보인다. 아! 그제야 생각이 떠올랐다. 낮에 지하계단 입구에 서서 돈을 구걸하던 노인이었다.

"얼른 자리 깔아. 밑이 차서 오래 못 누워있어. 그래도 새벽에 대합실로 가기 전까진 별 수 없지 뭐."

콧수염이 제멋대로 자라나 있었다. 노인이 콧수염을 손으로 부비며 침낭 끝을 잡아당긴다. 함부로 자란 수염과 머리카락을 빼면 준수한 얼굴이라고 그는 생각한다. 노인은 무슨 사연이 있는 걸까. 맞은편 구석에 모여 술판을 벌이던 사람들이 갑자기 시비가 붙어 싸우고 있었다.

"술 한잔 할겨? 추울 텐데."

노인이 주섬주섬 가방 속에서 먹다 남은 소주병을 꺼내든다. 문득 오늘 아침 기차를 타고 오면서 사둔 훈제 오징어가 생각이 났다.

"안주는 이걸로 하시죠."

낮에 지하상가 쪽에서 느꼈던 지독한 위의 통증이 밀려올 것만 같았지만 그는 노인이 내미는 술잔을 받아 입으로 털어 넣는다. 노인이 오징어 한쪽을 쭉 찢어 한쪽으로 넘겨놓고는 다리 쪽을 찢어 그의 입으로 넣는다. 그때 어디선가 낯선 사내가 다가왔다. 오십 대 후반쯤 되어 보였다. 그리고는 노인이 찢어놓은 오징어 한 쪽을 들고는 말없이 다른 곳으로 사라진다. 노인은 아무렇지도 않은 듯 그런 사내를 무시하고 있었다.

"나를 부도 맞게 한 장본인이지. 물론 저 친구 말고도 다른 사람들이 복합적으로 얽혀 있었지만. 도망 다니다 이곳으로 흘러들어온 얼마 뒤 저놈이 보이기 시작하더군. 처음엔 때려죽이고 싶었지만……. 피차 불쌍한 인생들이니 원망한들 뭣하겠소. 운명이고 숙명이니 뭐, 그런 시답잖은 얘기는 이제 하고 싶지도 않소."

노인이 피곤한 듯 자리에 눕더니 이내 코를 골기 시작한다. 일흔둘이라던 그의 나이 때문인지 더욱 쓸쓸해 보였다. 문득 오늘 아침, P가 한 마지막 말이 떠오른다.

"힘들면 언제든지 돌아와. 그리고 내가 한 말 잘 생각해 봐. 그런 기회 얻기도 쉽지 않아. 미안한 말이지만 지금의 자네 상황으로 보면 그건 행운이야. 꼭 연락하기 바랄게."

P는 전화번호가 적힌 쪽지를 내밀며 그의 어깨를 두드렸다. 어떻게 해야 하는 걸까? 그러나 막상 현실에서 그가 할 거라곤 아무것도 없었다. 형 대신 매일 그에게 달려드는 빚쟁이들에게 쫓겨 하루라도 편히 발 뻗고 지낸 적이 어디 있었던가. 그럼에도 그는 선뜻 P의 제안을 받아들이지 못하고 있었다. 그는 P앞에서 흐르는 눈물을 보이기 싫어 해장국을 허겁지겁 입으로 떠 넣었다. 눈물 한 자락이 툭! 하고 국 속으로 빠져들었다. 운명! 과연 숙명이란 게 존재하는 걸까? 아버지와 형의 죽음도 운명이었을까?

새벽이 되자 사람들이 부리나케 가방을 챙겨들고는 온풍이 나오는 대합실을 향해간다. 그는 다시 시작되는 통증 때문에 겨우 자리를 정리했을 뿐 지하통로 중앙에 있는 대리석 의자에 한참을 기대어 있었다. 이제 새로운 시작이었다. 무엇을 어떻게 시작해야 하는 걸까. 그리고 이 지겨운 통증은? 밖엔 아직 걷히지 않은 어둠 속에서 눈이 내리고 있었다. 따스한 온풍이 쏟아져 나오는 대합실에는 여전히 사람들이 밀물처럼 왔다 썰물처럼 사라진다. 그는 꼼짝도 않고 등받이 의자에 앉아있었다. 기차 출발을 알리는 전광판에 가까운 앞쪽 자리에는 기차를 기다리는 사람들이, 뒷좌석엔 남루한 옷차림의 사람들 몇몇이 자리를 잡고 앉아 꾸벅꾸벅 졸거나 큰 소리로 떠들고 있는 곳. 서점과 음식점이 맞닿은 코너에 낡은 털모자와 때가 반지르르한 노인이 다리를 펴고 앉아 힘에 겨운 듯 퀭한 눈으로 지나치는 사람들을 보고 있다. 그에겐 이제부터 이들 모두가 낯설지 않은, 낯설지 않아야 한다는 숙제만이 남은 듯 했다. 눈을 감았다. 그리고 한참을 생각했다.

"형!"

그는 그때 사라졌어야 했다. 그들이 살던 아파트에서도, 삼십여 년을 살아온 그 도시에서도. 지난 삶은 그렇게 영화처럼 흘러갔다. 결코 해피 엔딩이 아닌 짙은 터널 속에 묻힌 채 영원히 캐내지 못할 무서운 중력으로 그의 가슴을 눌러왔다. 형의 익사 사고가 있던 것도 그 무렵이었다. 아버지와의 지루한 게임. 그건 게임이 아니라 일방적인 공세였다. 형과 그는 실격패라도 당하고 싶었다. 그러나 아버지의 병은 흡혈판처럼 한번 붙은 이상 절대로 떨어질 줄 몰랐다. 루게릭 병, 그리고 알츠하이머성 치매. 병원비는 눈덩이처럼 불어났다. 형이 한 달 동안 번 봉급은 고스란히 그와 아버지의 병수발과 병원비로 투입되었다. 아버지는 지독한 구두쇠였는지 모른다. 두 아들에게 물려줄 유산이라곤 아무것도 없었으니 마이너스성 유산이었다. 형은 지쳐갔을 것이다. 형의 나이 서른여덟. 5년간의 간병. 그래도 형은 그에게만은 절대 포기란 걸 몰랐다.

"어떤 일이 있더라도 너는 너의 길을 가야 한다."

포기란 타의에 의한 것인 줄로만 알았다. 왜 그랬을까? 가족과 그 자신의 자기최면이라기엔 지금 생각하면 그의 건방이 도를 넘은듯했고, 고집이라 하기엔 자신을 너무 모른 탓이었다. 아니 정확히 말하면 가족들이 그에게 가졌던 기대치에 스스로 끌려갔는지도 모른다. 자신도 없었으면서. 그러나 모두가 그렇게 믿고 있었다는 이유 하나만으로. 사법 고시는 번번이 고배를 마셨다. 대학 졸업 후 8년째였다. 아버지가 쓰러지신 것은 그가 세 번째 고시 시험에 낙방을 한 직후였다. 덜컥 겁이 났다. 어느새 빚이 눈덩이처럼 불어나자 그들이 살던 집의 낡은 대들보, 허물어진 담조차도 그들의 재산이 아닌 차용이 되었다. 전세 생활은 아버지가 회사생활을 하시던 그때부터 형과 그가 태어나던 이후까지 이어지고 있었다. 이어 어머니가 그 중심에 서서 조금씩 모은 돈을 처음으로 야금야금 헐어내기 시작했고 맨 마지막에 찾아온 자궁암은 전세금을 모두 절단을 낸 것도 모자라 어머니를 기어이 하늘로 보내고 월세방으로 쫓겨나고 나서야 끝이 났다. 아버지마저 쓰러지자 형은 일찌감치 가장이 되어 있었다. 가시방석이었다. 그때 당장이라도 그가 취직을 하는 게 옳은 길이었다. 그러나 서른 중반으로 치닫는 나이. 그리고 복권처럼 쉽게 벗어날 수 없는 막연한 기대감이 그를 막았다. 형의 기대치가 거기에 합세했다.

"너는 무슨 일이 있어도 우리 집안을 다시 세워야 한다."

아버지의 연명치료는 끝이 보이지 않았다. 이젠 아버지 당신의 문제가 아닌 우리 가족의 문제였다. 우선순위가 바뀔 정도로 생활고가 압박을 해왔다. 아버지의 병원비가 눈처럼 불어났을 때 형의 선택은 사채였다.

"형. 이건 도박이야."

"난 아버지도 너도 쉽게 포기하지 못한다."

간신히 집에서 쫓겨날 위기는 면했지만 공부는 이제 무용지물이었다. 어딘가로 나서고 싶었다. 그러나 막상 현실 앞에서 덜컥 겁이 났다. 그러던 어느 날, 형은 소리 소문도 없이 사라졌다. 사흘을 기다린 끝에 실종 신고를 했다. 그해 12월 31일이었다. 그리고 새해 첫날부터 사채업자들이 집으로 찾아와 반지하 단칸방을 무너트릴 듯 소란을 부리던 지독한 홍역은 순전히 그의 몫이었다. 아버지는 그런대로 산소호흡기 없이도 며칠을 버티고 계셨다. 아버지의 저 끈질긴 버팀도 운명이란 말인가? 시작은 알아도 끝은 알 수 없는 운명이란 마침표를 찍는 그날까지 살아야 하는 것. 형은 보름이 지나도록 소식이 없었다. 그날도 아버지는 자리에 누워만 계셨다. 아버지 곁에서 그가 할 수 있는 일이라곤 아무것도 없었다. 죄책감? 글쎄, 그것을 느꼈던가? 그에겐 단지 짐을 벗어나고 싶다는 생각뿐이었다. 그건 일종의 유기였다. 묵인을 넘어선 유기란 무슨 차이가 있을까? 이 현실에서 그는 하루라도 빨리 아버지의 임종을 기다리고 있었던 건 아닌지. 그 세 달 동안 그에게 닥친 시련은 35년을 살아온 세월보다 더 혹독했다.

아버지의 죽음과 형의 실종. 사채업자들의 독촉으로 풍비박산이 난 살림. 남은 건 아무 것도 없었다. 달랑 남은 내 몸뚱이 하나. 이것을 운명이라고 해야 하나? 왜 운명이란 모두가 예측하는 것과 다르게 다가오는 걸까? 처음 사시에 도전할 때부터 그는 자신을 확대 해석했으며 그건 자신만만했던 도전 3년차까지 이어졌다. 그동안 그를 지켜본 주위 사람들은 모두 그의 합격을 당연한 귀결로 미리 연결 짓고 있었다. 3년이 지나자 그는 그런 구름옷을 벗고 한 단계 아래로 내려섰다. 그건 자신감을 놓친 두려움이었다. 그가 할 수 있는 게 아무 것도 없었던 것처럼. 그리고 지금은……. 땅속이라도 들어가고 싶을 뿐. 아니다. 그에겐 그럴 용기조차 없었다. 허세고 허구였다. 대신 할 수만 있다면 다른 사람으로 탈바꿈하고 싶었다. 부와 명예를 함께 지닌 다른 사람으로 살아간다는 걸 상상이라도 해 보았는가? 그는 신용 불량자가 되어 있었다.

"어디야? 왜 그렇게 소식이 없었어. 내가 자네 전화오기를 얼마나 기다렸는지 알아?"

일주일 뒤 처음으로 P에게 전화를 걸었다. 그의 나무라는 목소리는 차츰 설득에 가까운 말로 이어졌다.

"지금 자네 처지에 찬밥 더운 밥 가릴 게 뭐 있어. 평생 신용 불량자 신세로 살아갈 거야? 그러지 말고 내 말대로 해봐."

그의 말이 귓속으로 철사처럼 파고들다가 이윽고 먼 동굴 속 울림 같은 소리로 퍼지더니 마침내 P의 목소리는 솜사탕처럼 달콤해진다. 그러나 그에겐 마치 한밤중 초원에서 들려오는 늑대의 울음소리처럼 섬뜩하게 들려왔다. P의 목소리는 한동안 이어졌다. 무언의 압박이었다. 그러나 재고의 여지도 없었다. 그것을 알고 있는 P의 말은 단호했다. 그래. 이 지긋지긋한 노숙자 생활을 벗어나고 싶다. 의식주 중 지금 당장은 빵이 필요했다.

전화를 걸고 세 시간 뒤, 그는 P가 전해준 약속장소인 역 맞은편 오래된 3층 건물 안으로 들어섰다. 2층 다방 안은 마치 시공을 거슬러 삼십 년 전과 같은 모습이었다. 반질거리는 군청색 커버 위에 담뱃재로 뚫어진 듯 까만 흠집이 보이는 의자에 앉았다. 얼마 지나지 않아 회색 양복을 입은 사내 하나가 다방으로 들어왔다.

"이석영 씨 되시죠?"

운명이란, 길이 아니다. 그건 방향일 뿐이다. 48% 경사의 융프라우 산맥을 오르는 톱니바퀴 열차. 삼천여 미터 높이의 필라투스 쿨름까지 오르는 열차를 타고 알프스를 오르는 순간을 떠올려보라. 그건 삶의 뒤안길을 좇아가는 것이지 앞서 가는 건 결코 아니지 않은가. 길에 이정표가 붙어 있든 말든, 내가 그 이정표를 따라 가든 말든 방향은 이미 오래전부터 제시된 그대로다. 궤도를 이탈해도 그 이탈 자체는 운명이 아니라 단지 내가 가려한 그곳이 운명일 뿐이다. 다시 말하면 운명이란 길을 따라가는 것이 아니라 뒤안길을 좇아가는 것일 뿐이다. 비록 도중에 낙오를 해도, 그래서 잠시 뒤처지거나 아예 더 이상 나아가지 못하고 포기를 하더라도 낙오나 포기 자체가 운명은 아닐 것이다. 그건 대세론이다. 사소한 일상의 길라잡이. 망망대해에서 우연히 본 먼 목적지, 그 항구의 등대 불빛. 그것을 보고 따라가는 게 운명이지 가는 도중에 암초에 부딪치거나 폭풍을 만난다고 해서 그 자체가 운명이라고 하기엔 좀 그렇다.

"9시 뉴스를 말씀드리겠습니다.

....

다음 소식입니다. 그동안 베일에 가려 있던 국내 굴지의 제철, 제강 업체인 G그룹의 후계구도가 조금씩 드러나고 있습니다. 지난 화요일 본 방송국과의 단독 인터뷰에서 G그룹 관계자는 올해 연말쯤 현재 장남인 박재선 상무에게 경영권을 전부 이양할 것으로 전해졌습니다. 이로서 올해 만 85세인 박 회장은 일선에서 후퇴하고 사실상 2세 경영구도로 전환될 것이란 전망입니다. 관계자에 따르면 미국 유학 중이던 박재선 씨는 지난 일요일 귀국했으며 곧 회사에 출근을 할 것이라고 합니다."

이틀 동안 수십 번도 더 보았던 녹화 화면이 또 다시 보이기 시작했다. 활발한 모습의 화면 속 남자. 그의 눈매가 매우 날카로워 보였다. 키 172cm 정도의 다소 야윈 모습. 그는 화면 속 남자를 보는 순간 깜짝 놀라고 말았다. 자신의 모습과 너무나 흡사했기 때문이다. 외모는 물론 체격까지. 사내는 약 십분 정도 영상을 보여준 뒤 리모컨으로 TV를 껐다.

"잘 할 수 있으리라 믿습니다."

사내는 둘만의 구도에서 자신이 주도권을 쥐고 있다는 듯 당당했다.

"왜 내가 그의 대리 역할을 해야 하는 거죠?"

"자세한 것은 아실 필요가 없습니다. 우리가 알아서 할 테니까요. 그리고 회사 직원들은 물론 외부 사람들도 이 사실을 전혀 눈치 채지 못하게 해야 합니다. 그러니 녹화 화면으로 보았듯이 최대한 그의 제스처, 행동, 외모까지 흡사해야 합니다. 한 번 더 말하지만 결코 이 비밀이 밖으로 누설되어서는 안 된다는 걸 명심하시오. 기간은 한 달이 될지 혹은 그 이상이 될지는 미지수입니다."

"알겠소, 근데 혹시 P와는 어떻게 되는 사이인지 여쭤 봐도 되겠습니까?"

"이석영 씨. 너무 많은 것을 아시려 하지 말고 그냥 하라는 대로만 하면 됩니다. 한 달이 될지 일 년이 될지 혹은 그 이상이 될지 모르지만 당신은 그 이후엔 다시 본래의 자리로 돌아가실 수 있으니까요. 이 일이 끝나면 당신이 평생 먹고 살 수 있을 만큼의 사례가 주어질 겁니다. 그래도 이유가 필요한가요?"

그렇게 그는 G그룹 후계자 박재선의 대리인으로 살아갈 준비를 해야 했다.

드레스 룸 입구 스탠드 옷걸이에는 양쪽 면을 가득 채운 럭셔리한 옷 중에서 오늘 입을 양복이 걸려 있었다. 희다 못해 시퍼런 광채가 돋아나는 와이셔츠를 입고 군청색 바탕에 얇은 사선으로 붉은색에 흰 무늬가 있는 넥타이를 매었다. 문을 열고 유선형 계단을 따라 아래층으로 내려왔다. 넓은 거실의 대리석 바닥 한 면을 자리 잡고 있는 대형 오디오 및 TV. 그 뒤 탁 트인 유리창. 밖은 아직 어둠에 쌓여 있다. 스르르 열리는 자동문을 열고 잘 다듬어진 정원수들이 늘어선 정원을 지나니 집 앞엔 돌고래처럼 유선형의 승용차가 이미 시동을 걸고 기다리고 있다. 탁! 하고 차 문을 닫은 사내가 재빨리 운전석으로 가서 앉는다. 그는 뒷좌석에 머리를 기대고 눈을 감았다. 이 아늑하고 푹신함이 주는 풍요로움이란. 차는 아직 밤을 채 벗어나지 못한 거리를 내달린다. 잠시 후, P호텔로 들어선 차가 미끄러지듯 현관 앞에 멈추자 호텔 직원이 달려와 문을 열어준다.

"나오셨습니까?"

이미 도착해 기다리고 있던 회사 임원들이 잰걸음으로 다가와 인사를 하였다.

"회장님이 안에서 기다리고 계십니다."

가볍게 고개를 숙여 인사를 미치고 그들을 따라 안으로 들어섰다. 복도를 지나치다 그는 흠칫 뒤를 돌아보았다. 옆을 스치고 지나간 중년의 남자. TV 시사 프로그램에서 자주 보았던 진행자였다. 넓은 홀 안에 비치된 수많은 원탁 테이블엔 이미 많은 사람들이 착석을 하여 조찬회가 시작되기를 기다리고 있거나 다른 그룹 혹은 학계나 정계의 인사들을 만나 서로 인사를 나누는 중이었다. 화려한 조명이 조금 전 안락했던 몸의 느슨한 세포를 전부 일으켜 세우자 긴장감이 몰려왔다. 그가 안내된 곳은 식장 맨 앞좌석 그것도 연단 아래 정중앙이었다. '하필이면.' 그러나 불편한 내색 없이 자리에 앉았다. 원형 탁자 맞은편에 반백의 회장이 잠시 뒤로 돌아보더니 이내 고개를 돌렸다. 짧은 순간이었지만 그 눈빛이 너무나 강렬해 그는 앞에 놓인 그라스의 물을 한 모금 마셔야 했다. 잠시 뒤 한 무리의 사람들이 테이블 쪽으로 다가왔다.

"인사드리지. 이쪽은 K그룹 000 회장님. 그리고 옆에 계신 분은 **대학교 000 교수님."

회장이 소개하는 사람에게 자리에서 일어나 정중하게 인사를 드렸다. 희끗한 반백의 인사가 반갑게 악수를 청해왔다.

"오! 이 분이 바로 회장님의 후계자이신 박재선 상무님이시군. 반갑습니다. 앞으로 자주 만나게 되겠군요."

희끗한 반백의 인사가 반갑게 악수를 청해왔다. 바로 조금 전 식장 입구에서 보았던 얼굴이었다. 그는 그 뒤로도 몇 번이나 회장이 소개하는 사람들과 인사와 악수를 나눴다.

– 지금부터 4월 최고경영자 조찬회를 시작하도록 하겠습니다. –

권위를 자랑하는 우리나라 최고의 학계 교수들과 외국에서 초청된 국제 경영 전문가 몇몇이 차례대로 연사로 나와 국제 무역 시장의 흐름과 동향 등과 최근 우리나라의 경제 위기 상황에 대한 주제로 강연과 토론이 시작되었다. 길고도 긴 2시간여 동안 그는 서빙된 빵과 차를 마셨다. 그리고 식사까지 천천히 그리고 최대한 우아하게 먹었다. 마음 같아서는 체면치레 없이 후딱 먹어치우고 싶었다. 그러나 여기에 모인 사람들의 몸에 밴 것처럼, 결코 서두르지 않고 주위 사람과의 분위기를 고려한 자연스런 행동들을 따라해 보지만 지레 눈치만 보인다. 천장과 연단 정면에 배치된 강렬한 조명이 그대로 투과되어 눈을 부시게 하는 그라스의 물을 보며 그는 천천히 그리고 세련되게 탁자 위의 빵과 스프를 먹었고 이어 차를 마셨다.

이태리제 수제양복에 고급 양주, 시계와 구두. 모든 게 꿈만 같았다. 불과 한 달 전만 해도 이런 호화스런 생활을 꿈도 꿀 수 없었다. 언제나 가난했던 삶이 그의 전부였으니까. 그것도 모자라 마지막 남은 집과 가족도 모두 잃지 않았던가.

박재선으로 살아간다는 것. 굴지의 G그룹의 차기 후계자란 호칭에 어느새 익숙해져 버린 한 달이란 세월이, 자신을 탈피시킨 최면과도 같은 생활의 변화가 아직도 실감이 나지 않았다. 호화로운 저택, 그리고 맛난 음식과 과일들, 고급스런 옷. 비록 일주일에 두 번 정도 회사에 출근을 했지만 그가 하는 일이라곤 잠시 자신의 집무실에 한 시간 정도 앉아 있다가 퇴근을 하는 게 전부였다. 진짜 박재선은 왜 나타나지 않는 걸까. 그러나 그에겐 집과 회사 이외의 다른 곳엔 마음대로 돌아다닐 자유가 없었다. 하지만 그것 역시 불편함이 아닌 마음의 평화로움이라 하는 게 옳을 것 같았다. 몸과 마음은 이미 주변 여건에 자연스레 동화가 되어버렸다.

"나는 박재선이다."

가난도 하루 끼니를 걱정해야 하는 것도, 지하도에서 칼바람을 맞으며 웅크리고 선잠을 자야했던 기억도 차츰 멀어져 간다. 멀어지는 게 아니라 애써 지워버리고픈 기억이다. 할 수만 있다면 지난 삼십오 년간의 기억을 송두리째 삭제시키고 싶었다. 다시는 돌아가고 싶지 않은. 그래서 하루하루가 그에겐 새로운 도전이고 희망이었다.

'그래. 비록 언제까지 내가 박재선으로 살아갈지는 몰라도 이 순간이 끝나더라도 내겐 그들이 약속한 후사가 있지 않은가. 일단 신용 불량자에서 벗어날 수 있다는 것만도 어딘가. 수억 원의 목돈이라면 평생 먹고 살 일은 잊어도 되리라.'

무엇보다 이 달콤한 삶이 죽을 때까지 유지될 수 있다는 사실에 그는 하루하루가 행복하기만 하다. 제발 꿈이 아니기를. 그는 앞에 놓인 명품 위스키 빈 병을 가볍게 손가락으로 튕겼다. 벌써 두 병째였다. 술기운이 오른다. 이제 모든 것이 내 눈 아래로 보였다. 100평 넓은 집에서 맞은 또 하루가 그렇게 지나가고 있었다. 단지 그가 마음에 걸리는 것은 처음부터 그와 함께 이 집에서 지내는 회색 양복의 사내였다. 그의 행동에 아무런 제재는 없었으나 사내의 눈빛은 언제나 그의 뒤통수를 겨냥하고 있는 것 같아 신경이 제법 쓰이는 일이었다. 그러나 사내는 아무 말도 없었고 그와 말동무도 아닌, 그림자 같은 존재일 뿐이었다. 두 달이 지나가자 이젠 그의 존재도 의식이 되지 않는다. 그래, 그는 나의 기사이자 매니저? 흐흐, 아니면 비서쯤이라고 하지 뭐.

처음으로 아르바이트를 나섰을 때였다. 모자를 깊게 눌러쓰고 주유기를 차 뒤꽁무니에 꽂아 넣었다. 중독성 있는 냄새가 코에 들어올 때마다 담배가 생각났다. 휘발성 가연 액체의 실화점이 담뱃재를 만나 하지 말아야 할 역할을 다하는 순간이 그려진다. 영화에서만 보아 온 거대한 폭발 장면이. 휘발유의 가연성은 운명이다. 그러나 언제나 그 운명이 곧 연소란 말은 아니다. 조심해 다루면 그건 가능성일 뿐이다. 가변성은 단 1%의 오차에서 시작된다. 0대 100이 될 수도 있고 안될 수도 있다. 폭발 가능성이 아예 없거나 폭발의 기대치가 높으면 어쩌면 실현 가능성도 있었을 것이다. 그러나 그날, 그는 하루도 못 버티고 그곳을 그만두었다. 그날 형은 병원에서 아버지를 모셔온 뒤 줄곧 닫고 있던 입을 며칠 만에야 열었다.

"넌 참 쉽구나. 모든 게."

"무슨 소리야? 형."

"허튼데 시간 낭비는. 너는 꿈도 없어? 아버지 병원비, 네 학비, 내가 어떻게든 조달한다고 했는데 왜 아르바이트를 한다고 난리야."

"형! 이젠 현실을 똑바로 봐. 지금 이 모습이 우리의 현실이야. 빚에 쫓기고 아무리 살려고 노력해도 언 발에 오줌 누기 같은 거기서 거기의 우리 생활. 이젠 모두가 포기해야 하는 것 아냐?"

"난 지금도 포기 못해. 아버지도 너도."

"형! 왜 나를 이토록 비참하게 만들어? 형 혼자 희생의 가치를 높여본들, 아버지와 나, 둘 중 어느 하나라도 그 가치를 더 값지게 할 건 아무것도 없어. 혼자 짐을 짊어지겠다고? 진작 한계를 깨닫지 못한 내가 가증스럽단 말이야."

"운명으로 받아들이랬잖아. 아직 기회는 있어."

"뭘? 내가 고시 공부를 해야 하는 것이? 운명이라면 이런 궁상을 떠는 지금의 내 모습이 운명이겠지. 똑똑히 봐."

형의 얼굴이 벌겋게 달아오르며 일그러지고 있었다.

"난 하루라도 바삐 이런 생활에서 벗어나고 싶을 뿐이야. 지긋지긋해 정말!"

그에게 공부는 이제 무용지물이었다. 어딘가로 떠나고 싶었다. 그러나 막상 현실 앞에서 덜컥 겁이 났다.

그는 비틀거리는 걸음으로 거실에서 일어나 침실로 들어갔다. 술기운에 눈앞이 빙글빙글 돌아가고 온몸에 열꽃이 피는 듯하다. 한 손에 술잔을 들고 영화에서 보았던 것처럼 두 팔을 벌렸다. 그리고 천천히 침대 위로 꼿꼿이 선 채 뒤로 쓰러진다. 출렁이는 침대의 쿠션이 그의 볼을 몇 차례 스쳤고 그는 그럴 때마다 입가에 미소를 지었다.

"형! 형은 진짜 바보였어."

몇 번이고 되뇐 다음에야 그는 정신없이 잠이 들었다.

의식적으로라도 지난 과거를 지우고 싶었다. 그러나 그럴수록 술을 마시는 날이 점점 많아졌다. 이 풍족한 삶을 위하여! 위하여! 그렇게 또 한 달이 지나갔다.

그러던 어느 날 아침 일찍 회장의 호출이 왔다. 사내를 따라 회사로 들어갔다.

"자네, 듣자 하니 요즘 저녁마다 술만 마신다며? 그렇게 해서 앞으로 어떻게 내 아들 역할을 할 텐가. 앞으로 점점 사람들을 만나야 할 기회가 잦아질 텐데. 비록 자네 역할이 당분간이긴 하나 있을 동안에는 정계, 재계, 학계의 거물급 인사들과 마주쳐야 한다는 사실을 모르는 건 아닐 테지? 내겐 중요한 비즈니스인데 이런 식으로 망종을 하고 있다니. 이러니 근본이 없는 것들이란 소리가 나올 수밖에."

아침부터 회장실을 다녀온 그에게 회장의 마지막 말 한마디가 송곳처럼 뇌리를 두고두고 찌르고 있었다. 근본이 천한 것들! 근본이....... 천한.......나....... 하하. 아무렴 어때? 어차피 영원히 너희들과 함께 갈 건 아니니까. 난 내 몫만 챙겨 가면 되니까. 박재선이 아직도 돌아오지 않은 걸 보면 분명 무슨 피치 못할 사정이 있는 게 분명했다. 만약 영원히 나타나지 않는다면? 그가 빨리 돌아와 약속한 돈을 받은 뒤 혼자만의 편안한 삶을 추구하고 싶어진다. 쇼핑과 맛있는 음식, 호화로운 생활의 영원함.

"오늘은 바로 집으로 가지 말고 L백화점으로 갑시다."

차를 모는 사내가 힐끔 백미러로 쳐다보는 듯 했지만 그는 머리를 뒤로 기대고 눈을 감았다.

또 다시 꿈을 꾸었다. 사채업자들에게 쫓기는 꿈. 다시는 돌아가고 싶지 않은 과거로의 회귀. 꿈은 그렇게 그의 무의식을 현실로 바꾸어 놓곤 했다. 눈을 뜨면 이젠 행복한 현실이 내 앞에 펼쳐져 있는데 왜? 그럴수록 그는 매일 술을 마셨다. 처음엔 처음 맛보는 현실을 만끽하기 위하였다. 그런데 시간이 흐를수록 그 욕망은 점점 포물선처럼 휘어져 마치 내시경으로 그의 내부를 샅샅이 훑어내듯 잊어가는 지난날을 헤집어 내곤 했다. 그런 꿈이 계속될 때마다 그는 옷이든 구두든 닥치는 대로 사들였다. 그것은 그의 내면에 대한 보상이기도 했으며 그것을 달래는 수단이기도 했다.

어느새 세 달이 지나간다. 드레스 룸으로 사용하는 방 한 칸이 어느새 사철 옷과 정장 그리고 명품 구두로 가득 찼다. 그 중에서 그가 입어본 옷은 몇 벌뿐 나머지는 거의가 라벨도 떨어지지 않은 채 옷걸이에 걸려 있었다. 문득 언제까지 이런 생활을 해야 하나 하는 회의가 든 것은 그때였다. 어쩌다 한 번 회사에 들를 때만 사내가 태워주는 차를 타고 가서 단 십여 분 정도 머물다 집으로 돌아오는 생활. 그에겐 그 이상의 자유도 없었다. 함께 얘기를 나눌 친구도 마음대로 갈 곳도 없다. forbidden, 그리고 can't.

처음엔 그냥 이 환경이 꿈만 같았는데 이젠 조금씩 그 환상의 껍질이 벗겨져 나가는 걸까? 이상한 것은 그럴수록 그가 꿈을 꾸는 날도 점점 많아진다는 것이다. 형! 그리고 아버지. 그때마다 술이 그 외로움을 대신해 주었다. 그는 외로움을 기꺼이 받아마셨다.

그러던 어느 날, 그날도 그는 술에 취한 채 잠이 들었다. 얼마나 지났을까? 꿈인 듯 생시인 듯 형이 부르는 소리에 얼핏 잠을 깼다. 그러나 눈을 뜬 순간, 형의 모습이 순식간에 사라져 버렸다. 형은 왜 꿈에 나타나 나를 불렀을까? 그때 어디선가 들려오는 속삭이는 소리.

"예. 한 시간 전에 잠이 들었습니다."

사내의 목소리가 거실 옆방에서 나지막이 들려왔다. 뭔가 이상한 기분이 들었다. 섬뜩하기도 하고 알 수 없는 긴장이 밀려왔다. 사내가 방문을 살짝 열어 그가 자는 방 쪽을 살펴보고는 창가의 의자에 앉으며 목소리를 조금 높였다. 방 안에 또 다른 사람이 보였다. 회사에서 몇 번 보았던 회장의 비서가 틀림없었다. 그는 잠자코 자는 체하다가 자리에서 일어나 살금살금 그의 방 앞으로 다가가 귀를 기울였다.

"예? 그렇다면 어제 돌아가셨단 말입니까?"

"쉿! 이미 비행기 표와 외국으로 떠날 행선지까지 다 준비를 해 놨으니 자네가 알아서 하란 말이야. 분명 말하지만 절대로 저놈에게 여권을 줘서는 안 된다는 걸 명심하고. 도착한 뒤 기회를 봐서 조용한 곳에서 즉시……. 알겠나?"

사내의 얼굴이 흙빛으로 변해갔다. 자신에게 주어진 무서운 음모를 실행해야 할 부담감 때문인지 그는 가끔 침을 삼키며 상대방의 말을 조용히 듣고 있었다.

초겨울로 접어드는 밤공기는 예상외로 차가웠다. 마침 안개가 나지막이 사위를 덮고 있었다. 그는 집을 벗어나 반대편 강변도로 쪽으로 무작정 달렸다. 뒤를 돌아다보았다. 그가 뛰어내린 창문이 여전히 열려 바람에 커튼이 밖으로 휘적거리고 있었다. 다행히 아무도 뒤따르는 기척이 없었지만 그의 발걸음은 다급했다. 숨이 턱까지 차올랐지만 그는 무작정 이곳을 벗어날 생각밖엔 없었다. 그들의 마지막 대화소리가 귓전에 맴돌았다.

"그렇다면 박재선 상무가 미국에서 돌아가셨단 말입니까?"

"치료 방법이 없다는 걸 알고 있었지만 실낱같은 희망마저 무용지물이 되어버린 셈이지. 그러니 이제 대리인도 필요 없게 되었단 말이야. 괜히 그냥 내보냈다간 헛소문만 날 수도 있으니……. 무슨 뜻인지 알겠나? 내일 새벽에 저놈을 공항으로 데려가란 말이야."

눈앞이 캄캄했다. 그럼 나를? 서둘러 그는 자신의 방문을 안으로 잠그고 사내가 통화에 신경을 쓰는 사이 창문을 열고 밖으로 빠져나왔던 것이다. 얼른 이곳을 벗어나야 했다. 밤이 깊었는지 아니면 도심과 떨어진 곳 이어서인지 지나가는 차도 보이지 않는다. 급하게 대충 입고 나온 탓인지 차가운 공기가 몸을 파고든다.

잠결에 누군가 그를 부르던 소리. 그건 분명 형의 목소리였다. 만약 형이 꿈속에서 그를 부르지 않았더라면? 아마도 쥐도 새도 모르게 낯선 타국으로 끌려가 처참한 최후를 맞이했을 것이다. 생각만 해도 소름이 끼치는 일이었다. 저 멀리 택시 한 대가 돌아오자 그는 무작정 손을 흔들었다. 그리고 급히 차에 올라탔다.

"어디로 모실까요?"

어디로? 어디로 가야 하지? 이제 어디로 가야 하냐고?

"손님!"

기사의 말을 몇 번이나 들은 다음에야 그는 말했다.

"……. 서울역."

형이 발견된 것은 꽃피고 새도 다 울고 간 4월 초, 어느 날이었다. 강물이 풀리고 얼음이 녹아내리던 초저녁, 경찰서에서 온 연락을 받고 달려간 곳은 태화 강변이었다. 수양버들이 제법 연둣빛 잎새를 떨어뜨리던 강가엔 자라난 풀들과 지난해 생명이 꺾인 잡풀의 마른 가지가 뒤엉켜 있었다. 얕은 강가에 서니 길 건너 아파트와 빌딩, 그리고 교각을 지나는 차량들이 내뱉는 불빛이 잔물결 위로 어른거렸다.

"시신은 가족들이 확인 후 인양하려고 물가에 그대로 두었습니다. 확인해 보시죠."

경찰의 말을 귓가로 흘리며 차가운 물속으로 무작정 걸어 들어갔다. 물속 형형색색의 네온 불 그림자가 발에 채여 긴 목을 꺾으며 뒤로 물러났다. 얕은 물가에 형은 반듯이 누워 있었다. 형의 온몸에서 세 달 전에 뚝 끊겨버린 시점이 멈춰있었다. 십여 년을 형과 함께 해온 쑥색 점퍼와 색 바랜 청바지가 그걸 말해주었다. 형의 얼굴은 바위처럼 커져 있었다. 점퍼 소매를 잡고 뭍으로 끌어올렸다. 울컥! 형의 팔 어딘가로 몸에 갇혀 있던 강물이 쏟아져 나왔다.

"한겨울 동안 물속에 잠겨 있다 해동이 되면서 시신이 떠오른 것 같습니다."

보트를 타고 놀던 중학생들이 처음 발견을 하고 신고를 했다고 했다.

"사채업자를 중심으로 수사를 했습니다만 특별한 범행 단서나 알리바이가 일치되지 않았습니다."

"그럼 자살이란 말입니까?"

"실족사로 결론을 내렸습니다. 추정하기론 술을 마시고 강가에서 볼 일을 보기 위해 서 있다가 발을 헛디딘 것으로 보입니다. 바지의 지퍼가 내려진 걸로 봐서."

밤차를 타고 D역에 도착했을 때는 이미 새벽이 밝아오고 있었다. 반년 전, 그가 처음 이곳으로 오던 바로 그날처럼. 변한 건 아무것도 없는 역사. 그리고 오가는 사람들. 그 속에 정체된 사람들의 허술한 모습들. 그들은 오늘도 어디선가 밤을 설치고 또 끼니도 걱정하고 있을 테지. 지난 세 달간의 공백을 생각할 겨를도 없이 그는 지하도로 내려갔다. 저 멀리 에스컬레이터 앞에 구부정한 자세로 손을 벌리고 서 있는 노인. 얼핏 고개를 든 노인이 그를 보고는 알 듯 모를 듯 미소를 짓는다.

"무사히 돌아오다니 다행이군. 다신 못 볼 줄 알았는데."

"무슨 말씀이세요?"

잠시 후, 노인이 전해주는 말을 들은 석영은 순간 가슴이 철렁했다.

"작년 가을 사람을 소개해달라며 어떤 사람이 내게 찾아왔지. 대리인을 찾는다고 했어. 사례금은 우리가 상상도 못할 정도로 내세우면서 말이야. 절대 비밀로 해달라며. 그 사람의 말에 의하면 모 그룹 회장의 후계자가 될 아들이 있는데 실제로는 지병으로 인해 해외에서 사경을 헤매고 있다고 하더군. 그래서 자칫하면 후계자가 사라질 판이었는데 만약 그 사실이 알려지면 경쟁사에게 경영권을 뺏길지도 모를 급박한 상황이라더군. 또한 주주들도 반발이 심해질 건 뻔했지. 그렇다고 아흔을 앞둔 회장도 건강이 좋지 않아 언제까지 일선에 머물 수도 없는 입장이고. 그래서 이리 저리 후계자 대리인을 수소문한다는 말이었어. 아들이 다 나아 돌아올 때까지 말이야. 나이도 비슷하고 신체조건과 외모까지 흡사한 인물을 찾더군. 자세한 내용은 알 수 없지만 그런 급박한 상황이라더군.

그런 사람을 소개한 사람에게도 사례를 톡톡히 한다면서 말이야."

문득 P의 말이 떠올랐다.

"내가 잘 아는 사람의 부탁인데 말이야."

그렇다면 P가 나를 소개했단 말인가? 그는 곧장 공중전화 박스로 발길을 돌렸다.

"지금 거신 전화는 없는 번호이니……."

죽일 놈! P는 끝내 전화를 받지 않았다. 그들에게 소개해 주고 P는 얼마를 챙겼을까? 죽을 고비를 넘긴 그로서는 갑자기 P에 대한 심한 배신감을 느끼지 않을 수 없었다.

운명은 우연을 가장해 나타난다. 삶의 가변성 내지 불확실성. 이미 지나간 그것의 확실성은 100%이다. 그러나 내일, 미래의 것은 99%일 가능성. 그건 필연적인 과거와 우연적인 내일의 가변성이다.

그렇게 잠시 신기루 같았던 운명의 행선지는 다시 원점으로 돌아오고 말았다. 문득 그날 밤 나를 깨우던 형의 목소리가 생생하게 귓전을 스치며 지나갔다.

"일어나! 일어나! 얼른!"

끝.

「미디어 파사드」

2012년 제4회 포항문학상 대상 수상소감

회색빛 하늘아래 거리의 가로수는 마지막 남은 잎새를 저 홀로 날리고 있다.

저 오솔길을 이왕이면 바바리코트 깃을 올리며 한껏 취해 걸어봤으면, 그러면 내 가슴 속에 아직도 모자라기만 한 글쓰기에 대한 염원이 이뤄질 수 있을까.

습작이 이렇게 힘들 바에야 차라리 마음 편하게 글을 쓰자. 설왕설래하는 마음을 추스르며 돌아서 집으로 들어선 순간 받은 한 통의 전화. 그리고 생각지도 못한 대상 소식.

지난 2008년 30년간 몸담았던 회사를 퇴직하면서 그동안 목말랐던 소설 쓰기에 도전했습니다. 그리고 몇 편의 졸작이 완성될 때마다 나름 쾌재를 부르고 싶었으나 그것도 잠시, 시간이 지날수록 자신의 글에 대한 회의가 점점 차올랐습니다. 너무 늦게 시작한 글, 때론 그냥 포기할까 하는 마음에 몇 달씩 쓰다 미뤄둔 글들을 애써 피하다 문득 44년 만에 다시 글을 쓰기를 권하신 옛 은사님의 말씀을 떠올리고는 다시 용기를 내었습니다.

이젠 다시 초심으로 돌아가 꼭 누군가에게 보여주기 위한 글이 아닌 진정성을 담은 글을 쓰고자 합니다.

마지막으로 부족한 글을 뽑아주신 심사위원 선생님들과 관계자분들께 진심으로 감사드립니다.

「지금은 밤꽃 필 때」

2014년 웅진문학상 대상 당선소감

가을 하늘이 참으로 맑습니다.

지금쯤 그곳엔 잘 영근 밤송이가 속살 터뜨려 사방으로 흩어져 있겠죠.

타향을 고향처럼 살아야할 팔자라던 누군가의 말이 현실이 될 줄 몰랐습니다.

30년 직장 생활, 그런 객지 생활 마지막 6년을 충청도에서 보냈습니다.

그곳에서 소설처럼, 사곡면 월가리로 귀농한 회사 선배를 만났습니다.

공주는 그렇게 제게 친근하게 다가왔습니다.

주말이면 선배 집에서 함께 농사일도 하고, 공주 장터에서 소주도 한잔 마시며 햇살 좋은 날엔 마곡사까지 걸어도 다녔습니다.

떠나온 지 어언 6년, 언제 다시 찾을 날 있을까.

안중인으로 삼으며 아쉬움에 글을 썼습니다.

지난날에 대한 회한과 추억으로만 생각하려 했는데, 뜻밖에 당선 소식을 들었습니다. 언제나 원고지에 마침표를 찍고 나면 글은 가난하게만 보였는데, 그때 그 맑은 날의 기운이 좋은 결과를 준 것 같습니다.

부족한 글 뽑아주신 심사위원 분들과 공주문협 관계자분들께 진심으로 감사의 말씀 올립니다.

다시 그곳에 가면 푸른 하늘로
빨간 풍선하나 날려 보내고 싶은 마음으로

미디어 파사드 *Media facade*

인쇄 2020년 11월 30일
발행 2020년 12월 7일

지은이 서 웅 교
펴낸이 김 창 석
펴낸곳 홍익출판사

주소 / 대구시 중구 명륜로23길 38-4
전화 / 053)421-6700, 427-3627
팩스 / 053)423-5965
등록번호 / 1987년 11월 26일 제1-107호
E-mail / hongick88@hanmail.net

정가 16,000원

ISBN 978-89-7826-301-6 03810

※ 이 도서의 국립중앙도서관 출판예정도서목록(CIP)은 서지정보유통지원시스템 홈페이지(http://seoji.nl.go.kr)와 국가자료종합목록 구축시스템(http://kolis-net.nl.go.kr)에서 이용하실 수 있습니다. (CIP제어번호 : CIP2020050497)